La gran tienda de los sueños

GRANTRAVESÍA

Miye Lee

La gran tienda
de los sueños

GRANTRAVESÍA

Este libro es publicado con el apoyo de Literature Translation Institute of Korea (LTI Korea).

LA GRAN TIENDA DE LOS SUEÑOS

Título original: *Dallergut Dream Department Store:*
*The Dream You Ordered is Sold Ou*t (달러구트 꿈 백화점)

© 2020, Miye Lee

Publicado según acuerdo con Sam & Parkers Co., Ltd. c/o KCC (Korea Copyright Center Inc.), Seúl, y Chiara Tognetti Rights Agency, Milán

Traducción: Charo Albarracín (del coreano)

Imagen de portada: Jeewoo Kim

D.R. © 2023, Editorial Océano de México, S.A. de C.V.
Guillermo Barroso 17-5, Col. Industrial Las Armas
Tlalnepantla de Baz, 54080, Estado de México
www.oceano.mx
www.grantravesia.com

Primera edición: 2023

ISBN: 978-607-557-801-9

IMPRESO EN MÉXICO / PRINTED IN MEXICO

Prólogo
La legendaria tienda del tercer discípulo

Penny, con una melena corta bastante esponjada por la humedad y vestida con una cómoda camiseta, estaba sentada junto a una ventana del segundo piso de su cafetería favorita. Esa misma mañana había recibido una notificación de parte de la Galería de los Sueños: había pasado con éxito la evaluación de documentos y la citaban a una entrevista la semana siguiente. Para prepararse, se acercó a la librería del callejón contiguo a comprar un montón de manuales con preguntas de práctica y trucos para responder acertadamente en las entrevistas y ahora los estaba devorando uno por uno. Sin embargo, llevaba un rato en el que su concentración había pasado a cero. El cliente que tomaba té en la mesa de al lado no paraba de balancear sus pies cubiertos con unos calcetines de colores hipnotizantes que dispersaban su atención.

El hombre, ataviado con una bata de dormir, sorbía su té con los ojos suavemente cerrados. Con cada soplo que le daba a la bebida, una agradable brisa forestal llegaba hasta el olfato de Penny. Seguramente estaba bebiendo una infusión para aliviar la fatiga.

—Hum, qué rico té... calientito... otra taza... ¿cuánto vale?

Tras decir esas pocas frases como si hablara en sueños, el hombre continuó meneando los pies a la vez que se relamía con sonoridad.

Penny le dio la vuelta a la silla para evitar tener a la vista los calcetines.

Aparte de él, había muchos más clientes vestidos con pijama en la cafetería. Sentada junto a la escalera que conducía a la planta baja, estaba una mujer, vestida con una bata de esas que te prestaban, que se rascaba con insistencia la nuca. Parecía sentirse algo agobiada, pues al poco rato se puso a hacer aspavientos.

Desde tiempos lejanos, esta ciudad en la que vivía Penny había prosperado por la venta de productos relacionados con el dormir y ahora era una metrópoli muy populosa. Sus habitantes estaban acostumbrados a mezclarse con forasteros que iban en pijama, y Penny, que había nacido y crecido allí, no era una excepción.

Penny le dio un sorbo al café. Al atravesarle el líquido amargo la garganta, los confusos sonidos de su entorno se debilitaron y se sintió más envuelta en el ambiente del lugar. Había sido una elección sabia pagar un poco más para que le echaran dos cucharadas extra de jarabe calmante en ese café. Acercó hacia sí el cuaderno de preguntas de práctica que tenía abierto sobre la mesa y comenzó a releer la pregunta que antes le estaba costando resolver.

P: ¿Quién fue el creador y con qué sueño ganó el Grand Prix por voto unánime del comité evaluador en la Gala de los Premios al Mejor Sueño en 1999?

a) Kick Slumber con *Atravesando el Pacífico convertido en orca*.

b) Yasnooz Otra con *Vivir como mis padres durante una semana.*

c) Wawa Sleepland con *Observación de la Tierra flotando en el espacio.*

d) Doze con *Un té con un personaje histórico.*

e) Coco Siestadebebé con *Un matrimonio con problemas de fertilidad tiene trillizos.*

Sumida en el esfuerzo de encontrar la respuesta, dio unos mordisquitos a la punta del bolígrafo. Hacía muchísimo que pasó el año 1999. Como Kick Slumber y Wawa Sleepland eran creadores jóvenes, no encajaban como respuesta correcta, así que tachó esas dos opciones. Entonces el sueño ganador quizá fue *Vivir como mis padres durante una semana.* Si la memoria no le fallaba, era un producto relativamente reciente. Los sueños de Yasnooz Otra solían tener una propaganda inmensa antes de salir al mercado. Recordaba con claridad aquel eslogan rimbombante: "¡Ya no tendrán que sermonear a sus hijos por desobedecerlos! ¡Déjenlos vivir como ustedes por una semana!", al igual que el aspecto de la modelo que lo decía en el anuncio.

Penny se debatió entre las otras dos opciones que quedaban y finalmente, marcó como correcta *e) Coco Siestadebebé con Un matrimonio con problemas de fertilidad tiene trillizos.*

Enseguida tomó la taza de su café para darle otro sorbo cuando, de pronto, las patas delanteras de un animal lanudo se posaron sobre el cuaderno. Del sobresalto, estuvo a punto de tirar el café con el dorso de la mano.

—No, la respuesta correcta a esta pregunta es *a)* —empezó a decir sin ningún saludo previo el dueño de aquellas patas—. 1999 fue el año en que Kick Slumber debutó y fue memorable porque ganó el premio también. Me pasé seis meses ahorrando para comprar ese sueño. Fue la primera vez en mi vida que tuve uno así de vívido; esa sensación de mis aletas atravesando el agua y el espectáculo del ondulante fondo marino... Al despertarme, ¡me dio mucha rabia no haber nacido como orca! Penny, Kick Slumber es un genio. ¿Sabes qué edad tenía entonces? ¡Sólo trece años!

El peludo animal se expresó con tanto orgullo que parecía que el logro había sido suyo.

—Ay, eres tú, Assam. Qué susto me has dado —dijo Penny apartando la taza—. ¿Cómo sabías que yo estaba acá?

—Te vi hace un rato cuando salías de la librería cargada con todos esos libros, así que imaginé que estarías aquí porque sé que en casa no estudias —dijo Assam, dirigiendo una mirada hacia la pila de libros que Penny había puesto sobre la mesa—. ¿Te estás preparando para una entrevista?

—¿Y cómo sabes también eso, si me han llamado justo esta mañana?

—A los noctilucas no se nos escapa nada de lo que pasa en este callejón.

Assam era uno de los noctilucas que trabajaban en el callejón. La labor de los noctilucas era ir detrás de los clientes dormidos para que no deambularan sin ropa, es decir, vestirlos si se desnudaban; para ello, iban siempre cargados con unas cien batas. Estaban dotados de unas patas delanteras enormes si se comparaban con el resto de su cuerpo y de ellas salían unas largas uñas, ideales para llevar colgadas las batas. Además, su aspecto suave y lanudo los hacía perfectos para ese trabajo. Aunque resultaba algo irónico que ellos mismos no necesitaran llevar ropa gracias a lo espeso de su pelaje, Penny creía que los clientes que merodeaban desnudos se sentirían más cómodos si esos esponjosos animalitos, igualmente sin atuendo como ellos, les repartieran las batas en vez de que lo hicieran personas adecuadamente vestidas.

—Puedo sentarme aquí, ¿no? Es que me duelen las patas de todo el recorrido que hice hoy.

Antes de que Penny contestara, Assam dejó caer su trasero en la silla de enfrente. Su peluda cola osciló a través del respaldo abierto de la silla.

—Estas preguntas son difíciles —dijo Penny, comprobando una vez más la pregunta en que falló—. Assam, ¿me vas a decir cuántos años tienes como para que sepas todas estas cosas?

—Es de mala educación preguntarle la edad a un noctiluca —respondió Assam fríamente—. En su día, yo también tuve que hincar mucho los codos cuando quería obtener un trabajo en el sector comercial. Luego lo dejé cuando me di cuenta de que conmigo iba mejor este oficio —añadió, mientras acariciaba las batas que llevaba sobre los hombros—: Como sea, ¡quién me habría dicho que vería a la despistada de Penny yendo a una entrevista en la Galería de los Sueños! Viví tanto como para ver esto. Tal vez se me está premiando en esta vida por las cosas buenas que hice en la anterior.

Penny estaba convencida de que era un milagro haber pasado la evaluación de documentos.

La Galería de los Sueños de Dallergut era un lugar de trabajo muy popular entre los jóvenes. Por sus altos salarios, la vistosa y clásica fachada de su edificio que era el símbolo de la ciudad, el sistema laboral con diversidad de incentivos y el regalo de un sueño caro que daban a los empleados en el aniversario de su fundación, las ventajas de tener un puesto allí eran innumerables. No obstante, nada de ello superaba el honor de poder trabajar junto a Dallergut.

Todos los habitantes conocían acerca del linaje y los remotos antepasados del propietario de la Galería de los Sueños, pues era su familia la que había erigido la ciudad. De sólo imaginarse trabajar con él, Penny se sentía tan henchida de orgullo que le daban ganas de saltar de alegría.

—Ojalá consiga pasar la entrevista —dijo Penny, apretando sus propias manos.

—Pero ¿la estás preparando sólo con estos libros? —preguntó Assam, hojeando el libro de ejercicios que estaba resolviendo Penny y volviéndolo a dejar sobre la mesa

—Creo que debo memorizar todo cuanto me sea posible. Puede que me pidan que hable sobre los Cinco Creadores Legendarios de Sueños, que me pregunten cuál es el sueño más vendido en los últimos diez años o qué tipo de clientes viene en cada franja horaria. Oí que para las horas del turno que yo solicité, la mayoría de los clientes vienen de Australia occidental y de Asia. Estudié bien las diferencias horarias y los meridianos en donde cambia la fecha. ¿Sabes la razón por la que en esta ciudad recibimos visitas de clientes las veinticuatro horas del día? ¿Quieres que te lo explique?

De tanto entusiasmo, Penny estaba dispuesta a dar una clase magistral sobre ello en cualquier momento. No obstante, Assam agachó la cabeza en señal de completa desaprobación.

—Dallergut no te va a preguntar una cosa tan simple como ésa. Una respuesta así se la saben hasta niños de primaria.

Al ver que ella se desanimaba, le dio unas palmadas en la espalda.

—Descuida, Penny. ¿Sabes? Yendo y viniendo de un sitio a otro, tuve ocasión de escuchar muchas cosas acerca de ese señor. Aunque no lo aparente, soy alguien con muchos contactos, pues llevo ya varias décadas trabajando en este callejón —para que no le volviera a preguntar sobre la edad, siguió rápido con la explicación—: Dicen que a Dallergut le gusta conversar acerca de los entresijos de los sueños. No tengo absoluta certeza, pero probablemente te haga una pregunta que no tenga una respuesta correcta tan evidente. La verdad es que vine a visitarte para compartir esto contigo.

Assam descargó todas las batas que llevaba a sus espaldas en el suelo y empezó a buscar algo. Tras abrir un hueco entre aquel montón, sacó un bulto de tela. Lo abrió y de él salieron un montón de calcetines de dormir.

—Me he equivocado. Esto de aquí son calcetines para clientes que tienen los pies fríos... ¡Sí, aquí está!

Assam sacó un fino librito del tamaño de la palma de una mano. En la gruesa portada de color azul claro se leía el título grabado exquisitamente en oro:

La Historia del Dios del Tiempo
y el Tercer Discípulo

—¡Hacía mucho que no echaba mano de este libro! —exclamó Penny, reconociéndolo de inmediato.

Cualquiera que se hubiera criado en aquella ciudad lo conocía. Era una obra famosa que se recomendaba como lectura obligatoria a los niños de la localidad.

—A lo mejor te pregunta algo relacionado con esta historia; quizás una breve reseña y tus impresiones. Si no lo leíste más que una vez de pequeña, dale una nueva leída bien concienzuda ahora. Sobre todo, porque, como ya sabes, es una historia muy importante para Dallergut —Assam arrimó su asiento a Penny y, acercándole su cara al oído, le dijo—:

Esto es un secreto... Cuentan que todos los empleados que trabajan en la Galería de los Sueños han recibido de parte de Dallergut un ejemplar del libro como regalo.

—¿Es cierto? —dijo Penny, tomando con presteza el libro.

—¡Ya lo sea o no, imagínate lo que significa para él si lo regala a todos...! ¡Ay, me tengo que ir a trabajar ya! —Assam desvió la mirada tras de sí, hacia la ventana que daba a la terraza y agregó—: Creo que acabo de ver a uno que anda dormido en ropa interior.

Tras menear su nariz marrón, se apresuró a recoger las batas que había dejado esparcidas. Penny le ayudó devolviendo los calcetines al hato.

—¡Ya me contarás cómo te fue en la entrevista! ¡Buena suerte! —en lo que se levantaba de la silla, Assam no pudo evitar seguir mirando en dirección a la ventana—. Creo que hoy al menos no se quitará los calzones, por suerte —murmuró para sí mismo.

—Gracias, Assam.

Como respondiéndole con un "de nada", meneó su cola en círculo y pronto desapareció bajando al primer piso.

Penny, aliviada, dio unas palmaditas sobre el libro que le había dejado.

Assam tenía bastante razón en lo que decía. ¿Cómo no se le ocurrió leerlo? Sus páginas narraban los orígenes de esa gran avenida comercial, el nacimiento de la ciudad y los inicios de la Galería de los Sueños. Si Dallergut era alguien que le daba importancia a la Historia, era muy posible que las respuestas estuvieran ahí.

Sin pensárselo más, metió en el bolso esa libreta que había plagado de tachones y enseguida se terminó el resto del café de un trago. Tras enderezar su postura, abrió el libro que Assam le había dado.

La Historia del Dios del Tiempo y el Tercer Discípulo

En tiempos muy remotos existía un dios que controlaba el tiempo de las personas. Un día como cualquier otro, cuando este Dios del Tiempo se encontraba disfrutando de su almuerzo, tomó conciencia de pronto de que a él no le quedaba mucho tiempo, así que llamó a una reunión a sus tres discípulos para darles la noticia.

El primer discípulo, que era el más resuelto y osado, le preguntó a su maestro qué deberían hacer de ahora en adelante. El segundo, de corazón tierno, empezó a derramar lágrimas en silencio al rememorar los tiempos pasados con su maestro. Por último, el tercero permaneció callado esperando a que el maestro terminara de hablar.

—Mi tercer discípulo, siempre tan prudente y reflexivo, respóndeme a esta pregunta: si los tres tuvieran que compartir el control del tiempo, ¿cuál elegirías tú de entre pasado, presente o futuro?

Tan pronto como el Dios del Tiempo propuso la cuestión, el tercer discípulo lo pensó un poco y respondió que se quedaría con el tiempo restante que no eligieran los otros dos.

El impulsivo primer discípulo, temiendo perder su oportunidad, fue raudo en anunciar que se llevaría el futuro:

—Concédame el poder de no quedarme estancado en el pasado para ser un buen gestor del futuro.

Él siempre había sido fiel creyente de que la virtud más admirable era ser capaz de apoderarse del futuro dejando atrás el pasado. El Dios del Tiempo le otorgó el futuro, a la vez que la capacidad para olvidar fácilmente el pasado.

Acto seguido, el segundo discípulo dijo cautelosamente que él se llevaría el pasado. Pensaba que con los recuerdos se podía ser feliz eternamente, pues no habría nada que lamentar ni echar de menos. El Dios del Tiempo le otorgó el pasado y, al mismo tiempo, el don para recordarlo todo infinitamente.

Sosteniendo en la mano el presente, un trozo puntiagudo e inconmensurablemente más corto que el pasado y el futuro, el Dios del Tiempo le preguntó al tercer discípulo:

—¿Te encargarás del fugaz presente?

A lo que él respondió:

—No, me gustaría que repartiera el presente a todas las personas por igual.

El Dios del Tiempo se extrañó por su respuesta.

—¿No hubo ningún tiempo que valoraras más en todo lo que estuviste aprendiendo conmigo? —preguntó, en un tono que denotaba gran decepción.

Entonces fue cuando el tercer discípulo, tras mucho pensárselo, se decidió a explicarle su postura:

—El tiempo que en más estima tengo es cuando todos duermen. Durante esos momentos, no hay remordimientos acerca del pasado y desaparece la ansiedad acerca del futuro. No obstante, las personas que recuerdan un pasado feliz no incluyen en sus memorias el tiempo durante el que estuvieron dormidos, los que anticipan un grandioso futuro no esperan con ganas las horas de descanso. Y los que están profundamente dormidos no son conscientes de su presente, ¿cómo podría yo, que me falta tanto por aprender, ofrecerme a gobernar ese tiempo tan complicado?

Al escuchar lo que decía, el primer discípulo se rio de él para sus adentros y al segundo le causó un poco de sorpresa; todo porque ellos siempre habían pensado que era un tiempo inservible. No obstante, el Dios del Tiempo le concedió de buen grado el tiempo del sueño a su tercer discípulo.

—¿Les parece bien a los dos que quite de sus tiempos las horas del sueño y se las dé a él?

—Por supuesto que sí —respondieron los discípulos primero y segundo sin vacilar.

Así, los tres se dispersaron tras haber recibido sus respectivos tiempos.

En un comienzo, el primero y el segundo estuvieron muy contentos con el futuro y el pasado y con los poderes que les había otorgado el Dios del Tiempo.

Ensimismado con el futuro, el primer discípulo y sus seguidores pudieron olvidarse hasta de todos los momentos insulsos y, tras abandonar su pueblo natal, se asentaron en un reino más extenso, donde se ilusionaron con planes para un nuevo futuro.

El segundo, tan admirador del pasado, también se sintió muy feliz junto a sus discípulos. Estaban muy agradecidos por poder recordar indefinidamente acontecimientos entrañables, al igual que las hermosas caras de su juventud.

Sin embargo, pronto empezaron a surgir problemas.

Con el primer discípulo, de sólo pensar nada más que en el futuro, los recuerdos del pasado olvidados se acumularon en tal cantidad que empezaron a apilarse en capas, a modo de niebla, en aquella tierra donde ellos vivían. Debido a lo espesa que era, la gente no era capaz de encontrar a amigos y familiares Al desaparecer los recuerdos compartidos con sus seres queridos, acabaron olvidando hasta el objetivo mismo por el cual soñaban acerca del futuro. Terminaron convertidos en personas incapacitadas para ver no sólo el porvenir, sino también lo que tenían justo enfrente.

La situación del segundo discípulo no era mejor.

Su gente, que vivía atrapada en el pasado, no aceptaba el correr del tiempo, las separaciones inevitables, ni la muerte de uno mismo y los otros. Propensos a afligirse, sus lágrimas penetraban sin cesar tierra abajo, terminando por formar una cueva gigante en la que los emocionales aldeanos acabaron por ocultarse.

El Dios del Tiempo, testigo de lo que ocurría, esperó en silencio a que todos estuvieran dormidos y, dándole la espalda a la luna, se escondió en sus dormitorios. Sacó de su pecho el afilado pedazo del presente y, agarrándolo con firmeza, cortó en seco la sombra que se cernía sobre sus cabezas.

A continuación, con la sombra cortada en una mano y una botella vacía en la otra, salió a la oscura intemperie.

Primero, el Dios del Tiempo llenó la botella con los recuerdos blanquecinos como la niebla desechados por el primer discípulo y sus seguidores. Luego, recogió las lágrimas derramadas por el segundo discípulo y sus seguidores y se las guardó en el pecho.

Por último, sin que nadie se enterara, fue en busca de su tercer discípulo.

—¿Qué le trae a mí en medio de la noche, maestro?

Sin decir nada, el Dios del Tiempo posó una a una las cosas que traía sobre la mesa: la sombra dormida, la botella que contenía los recuerdos olvidados y las redondas lágrimas.

El tercer discípulo, ya con cierta idea de las intenciones que guardaba su maestro, le preguntó:

—¿Cómo podría usar eso para ayudarles?

En vez de responderle, el dios enganchó con su dedo la sombra que dormía plácidamente y la metió en la botella llena de recuerdos. Ésta, en plena confusión, intentó abrir los ojos, pero justo entonces él vertió las lágrimas dentro de la botella. Así, tuvo lugar un misterioso fenómeno: las lágrimas se convirtieron en ojos para la sombra y ésta los abrió y comenzó a vivir dentro de los recuerdos.

El Dios del Tiempo le pasó la botella al tercer discípulo diciéndole:

—Haz que cuando las personas duerman, sus sombras permanezcan despiertas en su lugar.

Aun siendo sabio, el discípulo no pudo comprender las palabras de su maestro.

—¿Se refiere a que mantenga a las personas pensando y sintiendo mientras duermen? ¿Cómo podría esto servirles de ayuda?

—La sombra experimentará en vez de ellos todo tipo de cosas durante la noche y las memorias resultantes de esas experiencias harán más resilientes los corazones de aquellos que se asemejan en su desánimo al segundo discípulo. Además, ayudará a los atrevidos como el primer discípulo a que puedan recordar lo que les conviene no olvidar cuando amanezca un nuevo día.

Una vez terminada la explicación, el Dios del Tiempo empezó a sentir que se iba agotando el tiempo que tenía concedido.

Viendo cómo iba perdiendo consistencia su querido maestro, el tercer discípulo de inmediato comenzó a gritar:

—¡Enséñeme más cosas, maestro! ¿Cómo debo guiar a las personas para que comprendan estos asuntos? ¡Ni siquiera sé qué nombre ponerle a esto!

—Ellos no necesitan saber nada. Más bien, será mejor que no tengan mucha idea de ello. Acabarán aceptándolo por sí solos —le contestó el dios con una sonrisa:

—Le ruego que al menos le dé un nombre. ¿Debería llamarlo "milagro"? ¿O quizás "alucinación"? —le rogaba el discípulo con desesperación.

—Llámalo "sueño". Contigo, tendrán sueños cada noche a partir de ahora.

Por último, el Dios del Tiempo desapareció sin dejar rastro.

A Penny le sobrecogió una extraña sensación tras cerrar el libro. Al igual que cuando lo leyó de pequeña, le pareció una historia distante y absurda, como un cuento de fantasía para niños. Sin embargo, era cierto que en el mundo había muchas cosas que no se podían comprender a no ser que fuera mediante la fe. De la misma manera que se acaba por aceptar la dinámica del ciclo vital, en el que se nace de la nada y se recibe la muerte aunque se haya estado viviendo hasta poco segundos antes, los habitantes de la ciudad habían asimilado la parábola con naturalidad. Ciertamente, el hecho de que todos nosotros soñemos cada noche, la Galería de los Sueños que el Tercer Discípulo creó hace tantísimo tiempo, y los que lo sucedieron hasta llegar a Dallergut eran la prueba de que todo ello seguía vivo.

Penny volvió a percibir a Dallergut como un personaje mitológico e inaccesible. Pensar que en pocos días estaría hablando con él a solas en la entrevista la emocionaba, a la vez que le producía mariposas en el estómago y temblores de nerviosismo. Por ese día, lo mejor sería irse a la cama.

Después de volver a su casa con la pila de libros, no soltó en ningún momento el ejemplar que Assam le había dado hasta que se quedó dormida. Es más, lo leyó una y otra vez antes del día de la entrevista hasta aprenderse de memoria la historia entera.

Por fin llegó el día en el que había acordado entrevistarse con Dallergut. Habiendo llegado a una hora temprana a la Galería de los Sueños, situada en una esquina de cruce de avenidas, Penny se puso a inspeccionar el vestíbulo de la primera planta en busca del despacho de Dallergut.

Allí deambulaban personas vestidas con una camiseta vieja y pantalones sueltos a modo de pijama y otras en batas que tomaron prestadas de los noctilucas observando los productos que había en los mostradores.

—Vaya, éste es el artículo más reciente de Kick Slumber: *Soñar con ser tortuga elefante de las Galápagos*. A ver, a ver... ¡Fue puntuado por los críticos más exigentes con 4.9 estrellas! Dice: "Espectacular desde dentro y fuera del caparazón". ¡Qué cosa! Como siempre, estas reseñas tan cortas no orientan mucho a la gente.

Un cliente en pantalón de pijama estampado con un millar de estrellas estaba debatiéndose frente al estante de "novedades más populares" con una caja de los sueños en las manos. Penny debía encontrar prontamente el despacho de Dallergut a donde tenía que acudir en diez minutos, pero no lograba avistar por ningún lado un sitio digno de ser el despacho del tan renombrado directivo. Hizo un intento de preguntarle a una empleada, pero la señora de mediana edad que estaba a cargo de la recepción hacía llamadas telefónicas sin cesar. Fue justo en el momento en que se cruzó con una chica que iba hablando por teléfono en un claro tono de enojo. Otras ataviadas con faldas de lino estaban tan atareadas que no repararon en Penny.

—¡Mamá! ¡Qué desastre! ¡Qué bobadas de preguntas me hizo! ¡Me pasé los últimos cinco años analizando al dedillo los sueños más de moda y el estado actual de la industria, para que al final no me preguntaran nada de eso!

No había duda de que era una candidata que acababa de pasar a la entrevista antes que ella. Vocalizando lo mejor posible, Penny le preguntó desesperada:

—¿Dónde está el despacho?

La chica le respondió con frialdad, apuntando con el dedo hacia arriba y le dio la espalda sin más, desapareciendo entre el gentío.

Allí donde había señalado había una escalera de madera que conducía a la primera planta. Al fijarse bien, vio un papel pegado sobre una puertecilla entreabierta a la derecha que decía "Sala de entrevistas". Aquella pequeña puerta, a la que le hacía falta una mano de pintura y de la cual colgaba ese cartel escrito con poco esmero, le pareció más propia de un aula de escuela antigua.

De pie frente a la puerta, Penny contuvo la respiración para camuflar su nerviosismo. Dudosa de que aquel lugar fuera el despacho de Dallergut, golpeó con los nudillos a la puerta por educación, aunque ya estuviera abierta.

—Entre.

Una voz contundente salió del interior de la habitación. Podía reconocerla, la había oído en ciertas ocasiones en charlas emitidas por la radio.

Indudablemente, el que se encontraba dentro era el mismísimo Dallergut.

—Con permiso.

Por dentro, el despacho era todavía más reducido de cómo se veía desde fuera. Dallergut se encontraba detrás de un escritorio alargado, lidiando con una vieja impresora.

—Entra, entra. Perdona, pero ¿te importa esperar un segundo? Siempre que tengo que imprimir algo, el papel se me queda atascado.

Llevaba una camiseta bien planchada y se le veía más alto y delgado que en la televisión o las revistas. Su cabellera, ligeramente ondulada y despeinada, estaba compuesta en su mitad por canas. Sacó a la fuerza unos papeles de la impresora que parecían ser los documentos de solicitud de Penny. Aunque estaban completamente arrugados y los bordes hechos trizas se habían quedado dentro de la máquina, se mostró satisfecho de tenerlos en las manos.

—Por fin lo conseguí.

Al acercarse Penny, le extendió una rugosa y huesuda mano para estrechar la de ella. Penny, de lo más nerviosa, se secó el sudor de la palma en su ropa antes de recibir la mano de Dallergut.

—Mucho gusto, señor Dallergut. Me llamo Penny.

—Encantado, Penny. Estaba deseando conocerte.

A pesar de que estaba en aquel descuidado despacho que más bien se asemejaba a un almacén, Dallergut irradiaba refinamiento. De cerca, aquellos ojos negros, a pesar de sus años, brillaban como los de un jovenzuelo. Al darse cuenta de que se había quedado mirándolos fijamente por demasiado tiempo, Penny desvió la vista de inmediato.

Su oficina estaba llena de cajas que seguramente contenían sueños. Entre ellas había algunas que parecían llevar mucho tiempo allí, a juzgar por lo blandas que estaban de absorber la humedad. También había otras que serían bastante recientes, pues su envoltorio lucía lustroso.

Como queriendo atraer de nuevo la atención de Penny, Dallergut arrastró ruidosamente una silla de metal y tomó asiento.

—Siéntate tú también —dijo señalando a una silla que había al lado de ella—. Siéntete cómoda. Mira, éstas son mis galletas favoritas. Prueba una —añadió, ofreciéndole una con numerosos trocitos de frutos secos incrustados que tenía una pinta deliciosa.

—Gracias.

Al tomar un bocado, se le descargó la tensión que traía en los hombros y sintió mucho menos sofocante el aire a su alrededor. Por alguna extraña razón, aquella habitación tan poco familiar empezó a parecerle acogedora. Sentía algo parecido a cuando se tomó aquel café con jarabe relajante en su cafetería favorita, pero en un grado aún mayor. Creyó que la galleta que le había dado tenía algún poder especial.

—Recuerdo tu nombre perfectamente —comenzó Dallergut, rompiendo el silencio—. Tu solicitud me causó una profunda impresión. Sobre todo, encontré admirable la línea que escribiste: "No importa lo bueno que sea un sueño, al fin y al cabo, no es más que un sueño".

—¿Cómo...? Eh, pues, eso...

Su currículo no tenía nada de especial, así que incluyó esa oración con la idea de atraer la atención de Dallergut. La había olvidado por completo hasta entonces. ¿Habría llamado a esta novata que se atrevió a enviar tal cosa para conocerla? Debería haber sospechado que algo no iba bien en el momento en que esa solicitud tan patética fue aprobada. Escrutó el semblante de Dallergut, pero afortunadamente no le estaba transmitiendo ningún sentimiento de burla. La estaba mirando con real interés.

—Me alegra oír que le haya causado buena impresión —dijo ella, con timidez.

—Bueno, ¿qué te parece si vamos a la cuestión central?

Tras pensar unos momentos en qué preguntarle, Dallergut levantó la cabeza y miró hacia la esquina izquierda del techo. Penny tragó saliva.

—Me gustaría que me dieras libremente tu opinión acerca de los sueños.

Le había preguntado algo extremadamente difícil de contestar.

Penny inspiró profundamente e intentó recordar la respuesta modelo que daba el manual de preparación para entrevistas.

—Pues... Un sueño es una experiencia de lo que no podemos vivir en la realidad... Y, como una forma alternativa a lo imposible de realizar, los sueños...

En lo que estaba elaborando su respuesta, no le pasó desapercibida la desilusión que se dibujó en el rostro de Dallergut. Imaginó que quizá los candidatos que asistieron a la entrevista antes que ella le habrían contestado con lo mismo.

—Pareces ser una persona completamente diferente a la que rellenó esta solicitud —dijo él, toqueteando los documentos sin dirigirle la vista.

El instinto le decía a Penny que esa respuesta había llamado a una descalificación que ahora sobrevolaba su cabeza. Tenía que cambiar la trayectoria de la situación como fuera.

—No obstante, aunque se puedan experimentar vivencias que son imposibles en la realidad, ¡no hay modo de que los sueños se conviertan en algo real!

Ni Penny misma sabía qué era lo que estaba diciendo, simplemente estaba bajo la creencia de que debía responder con algo diferente que los demás. El presentimiento le decía que eso era lo que Dallergut buscaba. Además, si la razón por la que había pasado con éxito la evaluación de documentos fue la osada frase "un sueño, al fin y al cabo, no es más que un sueño" que Dallergut mencionó, mantener coherencia con ella era crucial.

—Yo pienso que por muy bueno que sea lo que soñamos, al despertar sólo se queda en un sueño.

—¿Y qué te hace pensar eso? —volvió a preguntar en un tono más serio.

Penny estaba desconcertada. Evidentemente no tenía razones que exponer para una respuesta que había inventado de manera espontánea. Aunque sabía que no era lo más apropiado en el momento, decidió echarse a la boca rápidamente otra de esas galletas para ver si al menos eso la ayudaba en algo.

—No tiene un significado más allá de lo mismo. Oí que los clientes olvidan la mayoría de los sueños que tuvieron, así que, tal y como dije, los sueños se quedan sólo en sueños y cuando uno despierta, no son más que eso; pero es justo así como no interfieren con la realidad. A mí me parece bien eso de que no sobrepasen unos límites.

Penny, aun con la garganta seca, tragó saliva. Considerando que no le sería favorable que el silencio se alargara, contestó con lo primero que se le ocurrió, pero podía darse cuenta fácilmente de que con esa respuesta la trayectoria de la entrevista había cambiado de sentido.

—Ya veo. ¿Eso es todo lo que opinas acerca de los sueños?

Habiendo llegado a ese punto, Penny optó por decir todo lo que tenía preparado. Una vez que saliera de aquel despacho, no habría más oportunidad de volver.

—La verdad es que antes de venir a la entrevista leí varias veces *La Historia del Dios del Tiempo y el Tercer Discípulo*. En ella, el Tercer Discípulo se ofreció a gobernar "las horas de sueño", un tiempo en el que los otros discípulos no tenían interés alguno.

Al ver la expresión que tomó Dallergut, no le quedó ninguna duda de que seguir la recomendación de Assam de leer el libro había sido una excelente decisión. Ahora volvía a mirarla con los mismos ojos llenos de entusiasmo que al principio.

—Yo no lograba comprender la elección del Tercer Discípulo. Con el futuro que había elegido el Primero, existía una infinidad de posibilidades para todas las cosas; y con el pasado que escogió el Segundo, se tenían todas las valiosas experiencias vividas hasta la fecha. La ilusión acerca del futuro y la sabiduría que da el pasado: estas dos cosas son algo muy importante conforme vamos viviendo el presente.

Dallergut asentía con la cabeza de un modo casi imperceptible y Penny prosiguió diciendo:

—Pero ¿qué pasa con el tiempo en el que dormimos? Es obvio que durante las horas de sueño no ocurre nada. Pasamos ese tiempo simplemente acostados. Visto desde un punto positivo, se trata de un descanso, pero, ciertamente, habrá algunos que lo considerarán una pérdida de tiempo, pues ¡nos pasamos un total de varias décadas de la vida acostados! No obstante, el Dios del Tiempo le confió a su discípulo más predilecto el "tiempo del sueño" y a la vez le pidió que hiciera soñar a las personas durante las horas que dormían. ¿Por qué sería?

Con esa pregunta lanzada, Penny aprovechó para hacer una pausa y ganar algo de tiempo para pensar.

—Cada vez que me detengo a reflexionar sobre los sueños, me surge esta duda: ¿por qué la gente duerme y sueña? Porque todas las personas somos imperfectas y al mismo tiempo ignorantes, cada una a su manera. Ya sea gente que sólo ve lo que tiene delante como el Primer Discípulo, o gente que se aferra al pasado como el Segundo, es fácil que a uno se le escape lo que es realmente importante. Por eso mismo, el Dios del Tiempo le encargó al Tercer Discípulo las horas de sueño e hizo que ayudara a los otros dos. ¿Por qué con sólo dormir desaparecen, como nieve que se derrite, las preocupaciones de ayer y encontramos fuerza para vivir un nuevo día? Es justo por esto: ya sea si dormimos profundamente sin soñar o si tenemos los sueños agradables que se venden en esta Galería, todos aprovechamos el tiempo en que dormimos para dejar zanjados los asuntos del día anterior y prepararnos para el siguiente. Visto así, las horas de sueño dejan de ser un tiempo inservible.

Penny respondió con lo que había leído en el libro contándolo a su manera. Hasta ella misma estaba asombrada de lo elocuente que se mostraba hoy. Los mayores no estaban equivocados al insistir tanto en que había que leer libros. Llena de confianza, quería quedar como una candidata que deja una fuerte impresión diciendo más cosas del estilo.

—En mi opinión... El dormir y los sueños... en una vida que se extiende vastamente ante nosotros, son como un punto y seguido que el Dios del Tiempo nos ha concedido con benevolencia para que hagamos una pausa.

Así terminó Penny su respuesta con gran satisfacción. Dallergut adquirió una expresión difícil de dilucidar. De repente, a ella le pareció que la retahíla que acababa de decir había sonado quizá demasiado rebuscada. Debería haberse moderado cuando la conversación tomó un giro favorable.

La quietud se hizo en el despacho. Detrás de aquella puerta el lugar seguía abarrotado de clientes, pero en la oficina de Dallergut reinaba una tranquilidad y un silencio absolutos. Penny sintió súbitamente una gran sed.

—Gracias, Penny. Se nota que has reflexionado en profundidad acerca de los sueños —dijo Dallergut escribiendo algo sobre los documentos. Apartó las manos de los papeles y entrelazó sus dedos delante de su cara para luego quedarse mirando a Penny con fijeza.

—Ahora te haré una última pregunta. Como bien sabes, en esta avenida hay muchas otras tiendas de sueños aparte de nuestra Galería. ¿Hay alguna razón en particular por la que deseas trabajar aquí en vez de en otros sitios?

Estuvo tentada a responder que se sentía atraída por los altos salarios que ofrecían, pero desechó la idea de decir algo así, pues no quería ser franca en exceso en la primera entrevista. Eligiendo bien sus palabras, contestó con calma:

—Cada vez hay más establecimientos que venden sueños sensacionalistas. Recuerdo lo que mencionó en su entrevista para la revista *Cuestión de Interpretación*; lo de que algunos comercios pretenden hacer dormir más a personas que ya han dormido lo suficiente y los incitan a comprar más sueños en busca de placer. Escuché que en la Galería de Sueños Dallergut no se fomenta tal cosa. Sé que es partidario de que los clientes sueñen sólo lo necesario y que recalca siempre que lo importante es la realidad. Eso está más en consonancia con lo que el Dios del Tiempo esperaba de su Tercer Discípulo: un control moderado que no interfiriera con la realidad. Ése es el motivo por el que solicité un puesto aquí.

Fue entonces cuando a Dallergut se le dibujó una sonrisa de oreja a oreja. A ella le pareció diez años más joven cuando lo vio sonreír. Sus oscuras pupilas estaban enfocadas plácidamente en la nueva empleada.

—Penny, ¿podrías empezar a trabajar desde mañana?

—¡Por supuesto!

En ese instante notó cómo el bullicio de los clientes en el exterior penetraba en aquella habitación que hasta entonces había percibido como en el silencio más absoluto. Penny acababa de conseguir su primer trabajo.

1. Un gran día de ventas

Penny iba de camino a su primer día de trabajo con la nariz perlada de sudor. Para celebrar que había conseguido el puesto, se había reunido con sus familiares y luego había estado charlando con sus amigos por teléfono hasta la madrugada; con lo cual, esa mañana habían terminado por pegársele las sábanas.

En especial, Assam insistió en que le contara los detalles de cuánto y cómo le había servido de ayuda el libro que le había dado.

—¿Cómo dices que fue la cara que puso Dallergut cuando le contestaste eso? ¡Cielos! ¡Veo que, al final, el libro que te di fue decisivo! ¡Ni más ni menos que el libro que yo te di!

La conversación telefónica no terminó hasta que ella le dejó prometido que lo invitaría a una buena comida en señal de agradecimiento.

Aquel día en especial, una multitud de personas, tanto residentes de la ciudad como clientes sonámbulos, estaban creando un caos en las aceras.

Penny consiguió liberarse de aquella ola humana disculpándose todo el tiempo con la gente contra la que chocaba. No fue hasta que llegó al callejón trasero de la Galería cuando por fin pudo recuperar el aliento. Parecía que por suerte se salvaría de llegar con retraso.

Un dulce aroma a frutas asadas y leche hirviendo llenaba aquel callejón. Como no había desayunado nada, consideró si tendría o no tiempo suficiente como para comer al menos un poco de fruta, pero la fila para comprar era muy larga.

—¿Cómo es que hay tanta gente en la calle hoy? —pensó el cocinero del puesto ambulante, conformado por un camión de frutas, frotándose las manos al ver toda la clientela que tenía. Con una mano le daba la vuelta a las brochetas de frutas que se estaban asando sobre la parrilla y con la otra removía el cucharón que tenía metido en una olla gigantesca. Lo que estaba hirviendo en la olla era leche de cebolla frita. Era una bebida de lo más popular, ya que, cuando se bebía calientita, cualquiera se quedaba dormido como un lirón.

Muchos de los clientes ya estaban sorbiendo de la taza de leche de cebolla que acababan de comprar. Los de edad más avanzada bebían con una expresión de relajamiento total en sus rostros, mientras que los niños, luego de unos sorbos, ponían cara de estar bebiendo una medicina intragable. Uno de ellos hasta estaba derramando leche sobre el suelo a propósito.

—¡Oye, no ensucies el suelo! —dijo un noctiluca que salió de la nada, abriéndose paso con sus peludas patas delanteras e interponiéndose entre Penny y el niño. El noctiluca, de una complexión mucho más menuda que Assam, empezó a limpiar el suelo refunfuñando. Penny se retiró del sitio temiendo que se le fueran a empapar los calcetines, pues había salido sin zapatos para correr cómodamente.

Andar sin calzado no suponía algo extraordinario allí. Como la mayoría de los clientes sonámbulos iban descalzos, mantenían limpias las calles como si se estuviera dentro de las casas, por lo que los residentes también comenzaron a tomar la costumbre de ir en calcetines cuando salían a hacer encargos rápidos.

Sin embargo, esto suponía una crisis muy poco oportuna para los leprechauns, que venían dedicándose a la venta de zapatos desde incontables generaciones. Al hacerse más frecuentes las compras de calcetines en vez de zapatos, los negocios de estos duendecillos pasaron a experimentar inevitablemente un descenso en sus beneficios.

Entonces fue cuando los leprechauns expandieron sus actividades comerciales aventurándose en el sector de la fabricación de sueños. Según lo que Penny había oído por Assam, después de esta ampliación comercial, sus ventas se habían multiplicado más de diez veces. Eran seres muy confiables. Solían poner sus zapaterías en los suburbios, donde los alquileres estaban baratos, pero recientemente habían trasladado sus comercios a aquel lugar, que era el centro económico de la urbe.

Al tiempo que pasaba por delante de la tienda de leprechauns que había justo al lado de la Galería, Penny echó un vistazo al escaparate. En él había un cartel de aviso de grandes dimensiones y otros anuncios de productos, de modo que casi no dejaban ver el interior.

¿Buscan zapatos con alas, patines con los que se puede
ir a la velocidad del viento o aletas especiales para nadar
de una manera más sofisticada?
¡Pasen al interior!
A los clientes que desean volar por el cielo, correr a velocidades
increíbles o nadar con estilo en compañía de las inigualables

técnicas artesanales de los leprechauns, los esperamos en nuestra
sección de la tercera planta de la Galería de los Sueños.

—Papá, cómprame unos zapatos con alas.

—Esas cosas se estropean enseguida, los mejores zapatos son los que tienen suelas resistentes y no más.

—¡Pues si no me los compras, me tiro al suelo!

Dejando atrás a la niña y al padre que lidiaba con su rabieta, Penny llegó a la Galería de los Sueños, donde iba a empezar a trabajar desde ese día.

Se calzó los zapatos que traía en el bolso y después sacó un espejo donde comprobó a conciencia que no tuviera suciedad pegada en ningún lado de la cara. Hoy se veía bastante bien: tenía su corta melena domada y su pequeña nariz y ojos afables transmitían una buena impresión. Le inquietaba haber olvidado planchar la blusa al salir con prisas, pero ya no había remedio.

En cuanto puso un pie en la tienda, quedó inmersa en la enorme ola de clientes que había dentro. Desde la recepción que se hallaba en el centro del *lobby*, una empleada estaba anunciando un aviso por micrófono. Se trataba de la misma mujer que no paraba de hacer llamadas el día anterior.

—Les recordamos a los clientes forasteros que pueden realizar sus pagos *a posteriori*. Si nuestro personal ya les dio sus sueños, apresúrense a salir de la tienda. ¡A ver, los hermanos Dozycom! ¡Ustedes tienen que pagar! ¡Vengan para acá!

Una pareja de hermanos pequeños muy pecosos se dirigía hacia la recepción temblando tras haber intentado escaparse por la puerta trasera.

Penny no sabía si lo correcto era ir al despacho de Dallergut o primero ponerse el delantal para empleados. Estaba así, indecisa y sin poder moverse debido a la marabunta de clientes que la rodeaba, cuando de súbito alguien la agarró por la ropa, arrancándola del gentío como una zanahoria, y la empujó hasta meterla dentro de la recepción.

—Hola, eres la nueva, ¿verdad? No te tomes la molestia de llamarme por mi cargo, sino simplemente "señora Weather". Tengo una hija de tu edad y un hijo mucho más pequeño. Además, llevo trabajando más de treinta años aquí. Supongo que con esto ya me he presentado lo suficiente, ¿cierto?

Weather daba la impresión de ser alegre y desenfadada, pero en ese momento se veía exhausta. Sus cabellos rizados y pelirrojos estaban lánguidos y tenía la voz medio ronca.

—Encantada, señora Weather. Yo me llamo Penny y me acabo de incorporar hoy. Ejem... ¿Me puede decir con qué debería empezar?

—Dallergut me pidió que te orientara cuando llegaras. Como ya sabes, la Galería tiene cinco plantas donde se venden distintos tipos de sueños. De la primera planta no tienes que preocuparte. Aquí estamos Dallergut, empleados veteranos encargados de franjas horarias diferentes y yo para atender a los clientes. Dado que es la planta donde se manejan los sueños más valiosos, no solemos admitir a novatos. Por lo pronto, date una vuelta por las demás plantas y habla con los encargados principales de cada una. Infórmate de cómo se trabaja en todas y luego dime en cuál de ellas te gustaría laborar. Si no le cayeras bien a ninguno de los encargados, quizás hasta tendrías que volverte a casa.

Al ver a Penny ponerse tensa hasta el punto de quedarse parpadeando como una tortuga, Weather hizo un gesto con la mano para negar lo dicho y agregó: "Es broma".

Del calor, la señora se quitó la chaqueta que llevaba y la arrojó hacia un lado. A pesar de que el aire acondicionado estaba encendido, llevaba la camisa empapada de sudor.

—Bueno, ve ya. Yo tengo que atender a la clientela. Hoy estamos hasta el tope.

Penny salió de la recepción. Con los clientes agolpados en esa zona, perdió de vista inmediatamente a la señora Weather. Sin embargo, su voz ronca seguía resonando como el eco:

—Señor, ¿qué le parece el sueño *Reencontrarse con un viejo amigo*? ¡Sólo nos queda uno en la sección Recuerdos del segundo piso! ¿Cómo? ¿Que qué amigo sale? Eso no puedo saberlo yo. Lo más seguro es que salga un amigo de su infancia del que todavía se acuerde.

—Lo siento, el sueño *Cuatro días en las Islas Maldivas* se agotó tan pronto como llegó a los estantes.

—Oiga, ese sueño ya lo ha reservado otro cliente. No abra el envoltorio.

—La serie de *Sueños estrafalarios que electrifican los cinco sentidos* de Chuck Dale se la acaba de llevar entera un grupo de adolescentes.

—Les anunciamos que las existencias de cada planta están a punto de agotarse. ¡Apresúrense!

Penny se dirigió hacia los ascensores dejando atrás la espantosa voz de Weather. Sin embargo, la fila de clientes que esperaba a subir era considerable. Estimó que le llevaría bastante tiempo poder entrar en uno, así que decidió usar las escaleras que había junto al despacho de Dallergut. Pensó en pasar por allí a saludarlo, pero en la puerta había un cartel escrito a mano con una grafía descuidada "Ausente por el momento", lo que le hizo dejarlo para más tarde. Su impresora parecía seguir averiada.

Como la ristra de escalones se extendía, le acabaron doliendo los muslos aunque sólo había subido a la segunda planta. Se le ocurrió que si usara a menudo las escaleras cuando trabajara, no le haría falta hacer más ejercicio.

A primera vista se veía que todo estaba limpio y sin una mota de polvo en la segunda planta. El suelo y las paredes estaban revestidos de madera de un solo tono, unos focos instalados a distancias regulares iluminaban el lugar y los exhibidores también estaban ubicados a distancias uniformes.

Se notaba que los productos estaban ya prácticamente agotados porque las vitrinas estaban casi vacías. Las existencias estaban bien ordenadas, alineadas en un mismo ángulo y envueltas en cajas atadas con lazos de una simetría matemática. Los empleados, ataviados con delantales, circulaban inquietos entre los exhibidores cada vez que algún cliente era descuidado al colocar de vuelta en su estante la mercancía que había estado mirando.

Al contrario que en la primera planta, donde se trabajaba con una mínima cantidad de productos de alto precio, ediciones limitadas o artículos por reserva, en la segunda se vendían sueños más universales. Era por definición la sección dedicada a "una rutina mundana" y en ella se vendían sueños acerca de escapadas de viaje, encuentros con amigos y comidas deliciosas.

El exhibidor que había justo al terminar de subir la escalera tenía pegado un cartelito donde se leía "Sección de Recuerdos". Delante de los productos contenidos en sofisticadas cajas de cuero colocadas en los estantes estaba escrito "No reembolsable tras su apertura". Sólo quedaban unos pocos sueños.

Un cliente que observaba la mercancía llamó a uno de los empleados para consultarle:

—¿De qué se trata este sueño?

—De recuerdos de la infancia. Le saldrá uno de sus recuerdos más preciados. Será diferente para cada persona dependiendo de quién sea el que sueñe. En mi caso, soñé con que mi madre me limpiaba las orejas mientras yo me recostaba en su regazo. Fue un sueño impresionante donde olí el perfume de mi madre y me sentí muy reconfortado —dijo el empleado mirando al vacío con una expresión ensoñadora.

—Entonces, deme éste. ¿Puedo comprar varios?

—Por supuesto, hay muchos clientes que se llevan dos o tres para una noche.

Penny se puso de puntitas para darle un vistazo general a toda la planta. El señor de mediana edad que parecía ser el encargado principal estaba hablando con un cliente en una sección decorada a modo de dormitorio moderno. Ella se acercó con sigilo para no interrumpir la conversación.

No le fue difícil dar con el encargado. A diferencia de los demás empleados que llevaban un delantal a la cintura con un broche plateado en el que estaba grabado el número "2", ese hombre sólo llevaba el broche en la pechera de un saco de alta calidad. Daba la impresión de ser alguien resuelto y listo.

—¿Y por qué no me dejan comprarlo?

El chico con el que hablaba, bastante desconcertado, le estaba pidiendo explicaciones.

—Me parece que ahora mismo tiene muchas distracciones en la mente, ¿qué tal si viene a hacer su compra en otra ocasión? Si no, sus sueños perderán nitidez. En situaciones así, le recomiendo que duerma sin más. Quizá mi consejo le parezca muy atrevido, pero, por experiencia propia, le puedo asegurar que su sueño se verá perturbado por distracciones, es decir, se convertirán en sueños totalmente diferentes a los que espera. La leche a la cebolla que venden en el callejón contiguo, además de estar sabrosísima, ayuda mucho a dormir. Le vendrá bien tomar una taza y descansar.

El cliente se fue hacia donde estaban los ascensores mientras mascullaba algo entre dientes. El encargado devolvió la caja con el sueño que el cliente había dejado a su estante y volvió a colocarla en un ángulo determinado después de frotarla ligeramente con un paño.

—Disculpe... ¿Es usted el encargado de la segunda planta? —le preguntó Penny con la máxima cautela. Con unos pantalones de vestir planchados con raya, unos zapatos impecables, un bigote cuidado con esmero y un pelo que, aunque corto, llevaba engominado y peinado hacia atrás, no tenía exactamente un aire que invitara a uno a acercarse espontáneamente.

—Así es. Soy el encargado Vigo Mayers. ¿Eres la nueva?

—Sí, me llamo Penny. ¿Cómo lo sabe? —preguntó, cubriéndose las mejillas con las manos, como si levara escrito en la cara "novata y torpe".

—Por regla general, los clientes no suelen dirigirme la palabra en primer lugar. Siempre consultan a los otros empleados. Dicen que es porque no doy la impresión de ser accesible, aunque a mí me da igual. Como sea, dado que no viniste a comprar ni eres parte del personal que conozco, pensé que serías una empleada recién contratada.

Mayers se cruzó de brazos y volvió a mirar a Penny esta vez con un semblante de lo más escrutador.

—Ajá. Bien, conque has venido a ver cómo se trabaja en cada planta. Ahora que lo pienso, creo que el jefe mencionó antes que vendrías.

—Sí.

—Bueno. ¿Hay algo que quieras saber sobre esta planta? Aunque lo que más curiosidad le daba era saber cómo ataban los lazos de aquella forma tan simétrica y siempre del mismo tamaño, se calló la pregunta e hizo la que le causaba más inquietud en segundo lugar:

—¿Por qué no le ha vendido el sueño a ese cliente?

—Buena pregunta.

Mayers descruzó los brazos y acarició el mostrador de productos.

—Todos los sueños que hay en esta planta son obras exquisitas que yo mismo traje aquí, tras darle el visto bueno personalmente. Lo que más detesto es que los clientes compren sin pensar esos artículos tan exquisitos y que se quejen diciendo que "fue una porquería de sueño". Recuerda esto sin falta: si vendemos los sueños a cualquier cliente, no sabrá valorarlo y al final, no podremos cobrarles lo que valen de verdad.

Penny estaba al tanto de que los clientes forasteros pagaban por los sueños después de consumirlos, pero como aún desconocía los detalles del sistema de pagos, se limitó a asentir con la cabeza como si lo entendiera.

—Escuché que hoy en día los nuevos empleados entran aquí con una simple carta de presentación y tras una entrevista muy sencilla con Dallergut. ¿Es eso verdad? —espetó Mayers en tono sarcástico.

—Bueno, sí... Así fue para mí.

—Pues qué ridículo. Yo pienso poner a prueba por mi cuenta a los que quieran trabajar en la segunda planta. Con nociones que no van más allá de lo básico, no se pueden manejar los productos que se caracterizan por ser imprecisos y discontinuos, a la vez que riesgosos en su versatilidad. Bueno, me gradué de dos carreras: Cinematografía Onírica y Neurociencia de los Sueños y he publicado varios trabajos en revistas académicas. Esos conocimientos ayudan mucho a la hora de trabajar. Con la excusa de que llevan más tiempo que nadie trabajando aquí, Weather y Dallergut han asumido la dirección de la primera planta, pero yo me he ganado por mis propios méritos el ascenso al puesto de gestor de la segunda planta. ¿Piensas que estoy aquí porque simplemente me sonrió la suerte?

—Para nada. Creo que es admirable.

A Penny no le atraía la idea de tener que pasar por la prueba de la que hablaba Mayers para formar parte del personal de la segunda planta. Parecía que él ya se había dado cuenta de eso y procedió a apartarse de ella para dar órdenes a gritos a sus subordinados.

—¡Señores, muevan los artículos que quedaron en el exhibidor número tres al número uno! ¡Vamos, con rapidez!

Al oír la orden, todos los empleados se movieron al unísono. Los delantales de lino que llevaban lucían como recién planchados. Penny intentó alisar las arrugas de la blusa que llevaba, estirándola, al mismo tiempo que dirigía sus pasos hacia la escalera.

En la tercera planta se palpaba un ambiente más alegre. Los colores de los carteles publicitarios que había repartidos por las paredes se mezclaban de una manera armoniosa, creando una especie de empapelado vanguardista, mientras que en los altavoces sonaba una música de moda.

Tanto los empleados que explicaban las características de los productos como los clientes a los que atendían parecían desbordar entusiasmo. Uno de los trabajadores sostenía en la mano un sueño cuyo envoltorio estaba plagado de dibujos de corazones color rosa pálido y lo estaba recomendando con fervor a su cliente.

—La serie de Chuck Dale *Sueños estrafalarios que electrifican los cinco sentidos* siempre está agotada. ¿Qué le parece un sueño de Kiss Grower como alternativa? Si tiene suerte, quizá sueñe con una cita romántica en un lugar maravilloso con la persona que le gusta.

Al mostrarse interesado el cliente, añadió unas palabras en un volumen de voz más bien inaudible:

—Aunque tiene la pequeña desventaja de que, según su estado de ánimo de ese día, también puede salirle una persona completamente desconocida en el sueño.

El personal de la tercera planta era muy desenfadado. Cada uno había personalizado su delantal a gusto propio. Había una empleada que había hecho de él una especie de falda con encajes, muy coqueta, y otro compañero lo había decorado con placas que tenían impresa la imagen de sus creadores de sueños favoritos. El empleado que estaba cambiando las bombillas a un exhibidor le había cosido al suyo un bolsillo enorme donde llevaba un montón de tabletas de chocolate.

Penny paseó la vista por el lugar en busca del encargado principal, pero no le llamó la atención nadie que vistiera de forma diferente o pareciera tener una larga experiencia allí. Decidió acercarse a una mujer que llevaba el delantal sin adornar y estaba en ese momento limpiando el polvo de un exhibidor.

—Disculpe, ¿me puede indicar quién es el encargado principal aquí? Soy una empleada recién contratada y estoy conociendo cada planta.

—Vaya, ¡aquí está la nueva! Yo soy la encargada. Me llamo Mog Berry.

A pesar de haberse presentado como la jefa de la tercera planta, Mog Berry no llevaba un atuendo muy diferente al de los demás empleados. Tenía el pelo corto y rizado y se lo había recogido en un moño apretado, pero se le escapaban los cabellos más delgados por todas partes.

Penny la saludó con una pequeña reverencia. Para ser la encargada principal, se veía considerablemente joven. Sus mejillas sonrosadas acentuaban aún más el aspecto juvenil que daba.

—Me llamo Penny. Dallergut me envió a que echara un vistazo por aquí.

—Sí, ya sabía que vendrías. ¡Bienvenida a la tercera planta! —exclamó Mog Berry con una dulce sonrisa—. En este lugar se encuentran los sueños más dinámicos e innovadores. Oh, me vas a excusar un segundito. Perdone, ¿necesita ayuda con algo?

Mog Berry hizo una pausa en la conservación para atender a un cliente que estaba merodeando cerca de ellas.

—Si me indica sus preferencias, le encontraré un sueño que se ajuste bien a sus deseos.

El cliente aparentaba tener la edad de un chico de secundaria. Vestido con unas bermudas deportivas y una camiseta de tirantes con el cuello alargado que dejaba su pecho al descubierto, no paraba de frotarse los brazos del frío que sentía.

—Me gustaría soñar con que soy el centro de atención y si el mundo entero girara en torno a mí, mejor todavía. El otro día soñé con que rapeaba de muerte en el festival del colegio y todos los alumnos sin excepción querían mi autógrafo. Me sentí como el chico del momento.

—Pues, no nos quedan muchas existencias hoy... Ah, ¿qué le parece esta serie de películas de ciencia ficción? Últimamente suelen aparecer héroes con frecuencia. A lo mejor se convierte en uno de hierro rojo o en un monstruo verde de fuerza descomunal. Celine Clock es una creadora muy minuciosa con los detalles, así que podrá experimentar una inmersión total.

—¡Qué coincidencia! ¡Hoy vengo precisamente de ver una película de héroes! ¡Estupendo! ¡Me llevo ése!

Mog Berry sonrió contenta de haber logrado una venta más. El jovenzuelo se marchó con el sueño bajo el brazo a mirar otros productos en la zona opuesta.

Siguiéndolo con la vista, Penny recordó súbitamente el aviso que había leído al pasar junto a la zapatería de los leprechauns.

—Oí que el *Sueño para volar por el cielo* también se encuentra en la tercera planta. ¿Está ya agotado?

La expresión alegre que caracterizaba a Mog Berry desapareció para dar paso a un ceño fruncido. Tras un gesto de desaprobación que hizo torciendo la boca, prosiguió a contestarle:

—Por supuesto que ese sueño está siempre agotado. ¿Sabes lo malévolos que son los leprechauns? Te lo cuento yo. Desde el momento en que esos enanitos dedicados a la manufactura de calzado decidieron saltar a la industria de los sueños no me gustó la idea. Y no estaba equivocada. ¿Te puedes creer que a veces mezclan entre sus productos sueños en los que uno no se puede mover porque las piernas se ponen pesadas como el plomo? Dicen que eso forma parte de sus técnicas comerciales y así justifican cobrar más por los sueños. ¿Dónde se ha visto eso? Cuando me encaré con ellos, me replicaron que, siendo ellos los únicos que podían fabricar sueños en los que se vuela, lo mejor sería que no me entrometiera, a no ser que quisiera que cortaran la producción. ¡Vaya cosa más absurda!

Penny se arrepentía de no haber investigado acerca de los precios. ¿Por qué se podía cobrar más caro un sueño en el que las piernas se volvían pesadas? No tenía la más mínima idea de a qué se refería con eso. Había visto libros de economía en la librería con títulos como *Principios económicos de pagar los sueños a posteriori* o *Compre su propia casa vendiendo sueños*, pero no se le ocurrió en absoluto leerlos. Ella ya era de por sí mala con las cuentas y también a la hora de manejarse con el dinero. Quería hacerle preguntas sobre ello a Mog Berry, pero decidió ahorrárselas temiendo que, si daba la impresión de ser tonta en su primer día, quizá no la admitirían para trabajar en ninguna planta.

—Creo que el señor Dallergut está siendo demasiado indulgente con ellos. ¡Estaríamos mejor si les anuláramos el contrato y despidiéramos a los leprechauns!

Su enojo fue creciendo a medida que hablaba. Empezó a salpicar con saliva y se le escaparon los rizos del peinado como resortes, hasta el punto de que le quedaron más mechones suelos que recogidos.

Al alargarse la queja, Penny, ya aburrida, se puso a tantear el momento más oportuno para escaparse a la cuarta planta. Por suerte, Mog Berry pronto arremetió con otro empleado que pasaba y empezó a descargar sobre él todas las cosas malas que tenía que decir sobre los leprechauns, lo cual permitió que ella abandonara la tercera planta de manera desapercibida.

Penny albergaba grandes esperanzas acerca de la cuarta planta. Ahí se vendían sueños para la hora de la siesta y la clientela estaba mayormente formada por animales de sueño ligero o bebés que se pasaban el día durmiendo. El simple hecho de que allí podría trabajar rodeada de clientes adorables la hacía sentirse bastante ilusionada.

Con el corazón palpitándole, por fin puso el pie en la cuarta planta. Aunque avistó algunos clientes que inspiraban dulzura, del tipo que esperaba encontrar ahí, había muchos adultos y animales de apariencia fiera, lo que creaba una atmósfera muy diferente de la que venía imaginando. El techo de esa planta era más bajo; los exhibidores eran en su mayoría también de menor altura y muchos de ellos no pasaban más allá del tobillo, lo cual le provocaba la sensación de ser un gigante en un mercadillo donde vendían la mercancía sobre una multitud de alfombrillas.

Penny tuvo que esquivar a un espécimen de oso perezoso que bloqueaba el pasillo tumbado junto a un bebé que se reía a carcajadas a la vez que le apretaba la barriga al animal. Ya en el lado de la pared, vio un mostrador a sus pies con un cartel en el cual se leía: *Soñar que juegas con tu dueño*. Un perro viejo bastante despeluchado se había posicionado plano sobre el suelo y estaba haciendo una meticulosa selección de sueños, usando su olfato. Para no molestarle, ella se apartó hacia un lado. Justo en ese momento alguien la hizo sobresaltar, dándole un par de palmadas en la espalda. Al volverse, vio que detrás tenía a un hombre de larga melena y vestido con overol que la estaba mirando fijamente.

—Hola, eres la nueva, ¿no? ¿No crees que lo primero que debiste hacer al llegar aquí es buscarme? —le dijo en tono presuntuoso.

—Ah, hola. Me llamo Penny. Es que empecé a echar un vistazo y... ¿Es usted el encargado principal de la cuarta planta?

—Pues claro. ¿Quién más aparte de mí, Speedo, podría hacerse responsable de este lugar? —el hombre hablaba extremadamente rápido—. Aquí estamos de lo más ocupados. Se vende un gran volumen de mercancías, ¿sabes? —al ver que Penny permanecía callada con una expresión de desconcierto, continuó diciendo—: ¿Estás al tanto de qué es lo más importante en esta planta?

La chica puso, por pura cortesía, una expresión de estar intrigadísima por la respuesta. Con un aire arrogante, Speedo alzó la barbilla a la vez que se peinó la melena hacia un lado con los dedos. Su barba la formaban unos escasos diez pelillos bastante dispersos. Para no mirarle directamente a la cara, ella fijó la vista en el broche que llevaba en el pecho. El plateado elemento con el número cuatro grabado brillaba de una manera llamativa.

—Como suponía, no lo sabes. Pues presta atención: si los clientes de sueños para las siestas acaban quedándose dormidos profundamente, mal asunto. Cuando los niños duermen en exceso, se ponen llorones y si los animales se quedan dormidos como troncos, son vulnerables a que los ataquen sus enemigos naturales. Así que, si no estás segura de vender el producto, no lo intentes. Al fin y al cabo, las otras plantas se hará cargo de subir las ventas.

Speedo no paró ni un momento de sonar arrogante. Se notaba que no había tenido a nadie ante quien alardear durante algún tiempo y eso le incitaba a quitarse el gusanillo así.

—¿No hay nada acerca de mí por lo que sientas curiosidad?

—Ejem, pues...

Antes de que Penny formulara su pregunta, Speedo no esperó ni cinco segundos para interrumpirla:

—¡La gente suele decirme que les intriga por qué voy vestido con un overol! ¿Verdad que tú también me ibas a preguntar eso?

Sin quererlo, ella acabó poniendo una cara que denotaba que no había acertado en absoluto, pero, por suerte, Speedo no pareció molestarse por eso.

—Considero una pérdida de tiempo en la mañana el tener que ponerme un atuendo de dos prendas. En vez de ello, prefiero dormir aunque sea un minuto más. Ah, seguro que piensas que me resultará incómodo a la hora de ir al baño, ¿verdad? Últimamente los fabricantes de ropa están pendientes de todo y, como verás, aquí...

—No hace falta que me lo explique, ya me puedo hacer una idea.

—Ah, ¿sí? Bueno, entonces, ¿qué tal si te vas ya? A esta hora llega la avalancha de españoles que duermen la siesta.

Speedo desapareció del lugar tan rápido como llegó. Unos segundos después ya había empezado a hablarle a un cliente al que prácticamente se había pegado a su costado.

—¡Pero qué buen ojo tiene usted! De este *Sueño reparador para el cansancio* sólo nos quedan dos existencias. No hay nada mejor que esto para una siesta ¿Le pongo uno? ¿O se lleva los dos?

El cliente, tras dar un respingo del susto, dejó el sueño en su sitio y se dirigió a paso rápido hacia otro lugar. A pesar de que los clientes huían de él abrumados debido a la brusquedad con la que se acercaba, Speedo no parecía percatarse de ello y seguía moviéndose como un tornado por toda la cuarta planta.

—Oye, Penny, ¿todavía andas por aquí?

En un abrir y cerrar de ojos lo tenía otra vez al lado murmurándole tan cerca del oído que le incomodaba.

Penny deseó que no la asignaran a esa planta.

La chica se sentía cada vez más desalentada. Aunque todavía le quedaba por ver la quinta planta, allí se vendían a precio rebajado los saldos que no habían sido comprados en las demás. Decidió no ilusionarse con que aquel lugar tuviera un mejor ambiente de trabajo que otras plantas. En cuanto llegó a la quinta, lo primero que vio fue una vieja pancarta mal colgada en la que se leía "¡Descuentos drásticos en productos con fecha de vencimiento próxima!". Tras apartar con la mano la tela, se dirigió al interior.

Comparado con el resto de plantas, en la quinta había mucho más movimiento de empleados y clientes. Justo en el centro había un exhibidor de saldos con cajas de sueños confusamente mezcladas. Sobre él había varios carteles colocados de forma desordenada.

¡80% de descuento!

Sólo sueños en blanco y negro.

Para sueños en color, consultar al personal de otras plantas.

Las cajas tenían etiquetas que decían: "Cena de langosta en un destino paradisiaco" o "Atardecer en la playa de una isla del sur". Penny se imaginó una pantalla en blanco y negro que transmitía imágenes de una langosta negra y un mar gris oscuro; al figurarse esos sueños, movió la cabeza de un lado a otro con desaprobación. Seguramente el refrán "lo barato sale caro" sería aplicable para aquellos productos.

—¡Señores clientes, esto se trata de una búsqueda de tesoros! Hay desde sueños con precio de salida de a partir de 50 gordons hasta creaciones de los creadores legendarios! ¡También hay artículos que sólo se pueden adquirir mediante reservas hechas con meses de antelación! ¡Miren bien los envoltorios cuando busquen!

Penny observaba desde detrás al vendedor que hacía gestos exagerados subido al exhibidor del lado contrario. Se movía con bastante agilidad para lo redondo y regordete que era su cuerpo... A pesar de estar viendo sólo su espalda, a ella le resultó alguien familiar.

—¡Motail!

—¡Penny! ¡No me digas que eres tú la nueva empleada que entraba hoy! —dijo contento, al reconocer a Penny en cuanto la oyó llamarle.

Él había sido compañero suyo en la preparatoria. Era el más alborotador de la escuela y destacaba por su desparpajo a la hora de ofrecerse a hacer cualquier cosa. Además, era conocido por saber imitar asombrosamente bien las voces de todos los profesores.

—¿Eres por casualidad el encargado principal de la quinta planta?

—¡Claro que no! Aunque me gustaría. Aquí no hay un encargado designado. Los trabajadores de esta planta vendemos sueños a nuestra propia manera según la maña de cada uno. Es un trabajo que me viene como anillo al dedo.

Mientras hablaba con ella, movía el cuerpo con dramatismo y hasta recomendaba productos a los clientes haciendo gestos con los pies.

—¡Hoy me siento generoso! ¡Les haré un dos por uno! ¡Les regalo el segundo de mi bolsillo!

—Oye, ¿y te puedes permitir eso? —preguntó Penny, preocupada.

—Es mentira. Estoy vendiendo cada sueño a precio doble. Motail se quitó el saco de pana, se lo echó por encima de los hombros a modo de capa y fue haciendo cabriolas de un sitio a otro. Ciertamente, el ambiente de aquella planta parecía ser idóneo para él, como bien había dicho. Penny se imaginó a sí misma vendiendo sueños a la vez que bailaba sobre el exhibidor y al momento le invadió una sensación de desesperación.

—Mira, Penny, hoy nos ha llegado un sueño de los buenos. Antes de que se diera cuenta, él se había bajado del exhibidor y ahora lo tenía a su lado. Le estaba mostrando un producto con un envoltorio traslúcido de color azulado.

—¿Es eso...?

—¡Exacto! ¡Una creación de Wawa Sleepland, *Viaje de siete días por el Tíbet*! Seguro que salen unas vistas increíbles. Aunque, claro, como está pasado de fecha, tendrá intervalos en blanco y negro. Dicen que las panorámicas que diseña Sleepland superan en esplendor a los paisajes reales. Lo sabías, ¿no?

—¿Y cómo es que un sueño tan buscado ha llegado a parar a esta planta? —preguntó Penny, con suspicacia.

Wawa Sleepland era una de los cinco creadores legendarios de sueños. Era difícil conseguir sus creaciones aunque se permaneciera en lista de espera por varios meses.

—Hubo un cliente que hizo un pedido a medida y no vino a dormir a la hora que debía. Creo que dijo que se pasó noches en vela por ser época de exámenes o algo así. Aquí nos llegan también sueños que no se han recogido a la hora para la que estaban reservados. Esto lo dejo escondido para llevármelo en secreto a la hora de salida.

Motail puso la expresión socarrona que tanto lo caracterizaba, mientras ocultaba la caja debajo del exhibidor.

—Claro que de esto no se puede enterar Dallergut, pues me gustaría durar un tiempo en este trabajo, ¿sabes? —dijo, dejando ver con su sonrisa sus dientes torcidos—. Penny, deberías considerar seriamente trabajar en esta planta. ¡Aquí puedes recibir en incentivos una cantidad equivalente a las ventas que has hecho!

Al ver que ella puso los ojos como platos ante aquella golosa sugerencia, su amigo añadió:

—Pero, por el contrario, el sueldo básico es muy bajo.

Era hora de que la chica volviera a la primera planta para encontrarse con Dallergut. En vez de usar el ascensor, decidió que bajaría por las escaleras sin prisas. Empezó a plantearse en cuál de las plantas debería trabajar. Si pretendía laborar en la quinta, tendría que atreverse a practicar canto en medio de la calle o esforzarse por todos los medios para cambiar de personalidad. En cuanto a la cuarta, debería acostumbrarse a tratar con Speedo antes que cualquier otra cosa. La tercera parecía ser la más amena, pero tendría que escoger con cuidado los temas de conversación con Mog Berry. Para trabajar en la segunda planta, antes siquiera de aprobar el examen de Vigo Mayers, debería ir con la blusa bien planchada. Justo pasaba por allí y oyó la voz de él vociferando: "¡Todos los productos de la segunda planta están agotados! ¡Agotados!".

Finalmente, llegó hasta la puerta del despacho de Dallergut sin haber decidido dónde quería trabajar. El cartel que antes anunciaba su ausencia ya había sido despegado.

Al tocar con los nudillos, se dio cuenta de que la puerta estaba ligeramente abierta. Observó el interior a través de la ranura y al instante se percató de que Dallergut no estaba solo: le acompañaba Weather, la señora a cargo de la recepción.

—Dallergut, estamos ya muy viejos y cansados. Hace treinta años desbordábamos energía aunque tomáramos cualquier cosa para almorzar, pero esa época ya ha pasado. Hay que contratar a más empleados para la recepción. Los dos solos no nos damos abasto con todo el trabajo que conlleva atenderla. Fíjate: hoy también estuviste todo el tiempo ausente porque tenías que ocuparte de las reservas en la oficina y comprobar en el almacén cómo íbamos de existencias; justo por eso mismo, me he quedado exhausta —se quejaba la señora.

—Lo siento, Weather, pero sabes también como yo lo importante que es el trabajo que se hace en la recepción. No se lo podemos confiar a cualquiera. Te prometo que mandaré una notificación a los empleados para ver si alguno quisiera solicitar un puesto aquí, así que aguanta un poco más. Aunque no sé si habrá alguien que se muestre dispuesto, considerando que aquí las obligaciones pesadas no son pocas... ¡Lo tengo! ¿Qué te parecería trabajar con Vigo Mayers de la segunda planta?

—¿Vigo Mayers? —respondió ella.

—En cuanto a experiencia y conocimientos, te sería de gran ayuda —dijo en tono amable Dallergut.

—Él no va a estar dispuesto a trabajar haciendo las veces de mi asistente. Si se le cediera el puesto de encargado de la primera planta, sería otra historia... ¿Eh? ¿Quién anda ahí fuera?

Weather había notado la presencia de alguien a sus espaldas y ahora tenía la cabeza girada hacia la puerta. Penny se esforzó por entrar en el despacho con la mayor calma.

—No pretendía interrumpir su conversación. Vine sólo a comunicarles que ya terminé de dar una vuelta por todas las plantas.

—Ah, cierto. Descuida, puedes pasar y sentarte junto a nosotros —dijo Dallergut, recibiendo a Penny con gusto. Llevaba una chaqueta de textura suave por encima de los hombros y estaba apoyado contra el respaldo de una silla.

—Dime, ¿para qué planta te gustaría solicitar tu puesto?

Weather también se mostró interesada en oír qué respondería Penny.

—Si yo fuera tú, me quedaría con la segunda. Aunque Vigo Mayers es bastante estricto, aprenderías muchas cosas bajo su dirección —dijo Weather.

Penny se acababa de enterar hacía tan sólo unos momentos y antes que nadie que había salido un puesto de trabajo que le resultaba atractivo. No podía dejar pasar aquella oportunidad.

Tras unos segundos de suspenso, contestó a la pregunta mostrándose de lo más resuelta.

—Quiero trabajar en la recepción de la primera planta.

Para su sorpresa, aceptaron de buen grado su propuesta. Weather estaba contenta de tener para el día siguiente a una subordinada que le aliviaría la carga de sus labores; por su parte, Dallergut, que estaba temiendo que Weather rematara sus quejas con un "voy a renunciar" o "he decidido trabajar para otra tienda", se alegraba de que la charla hubiera tenido un final redondo gracias a Penny.

Los tres fueron juntos a la recepción para que la chica supiera cuáles serían las tareas que realizaría. Había instalados varios monitores que informaban acerca de las circunstancias de cada planta y un micrófono para hacer anuncios por megafonía. A un lado también se encontraba una pila de panfletos publicitarios para repartir a la clientela.

—Aquí puedes comprobar el número de existencias, cómo van las ventas y los pagos que van entrando —le explicaba Weather, a la vez que abría varias ventanas emergentes en un monitor—. ¡Es la versión 4.5 de *Dream Pay Systems*! Se trata de un programa que integra todas las funciones necesarias para la gestión de un comercio. En particular, el sistema de cobro de sueños es una delicia pura. La cuota de usuario es cara, pero merece la pena. Para usar la función automática de cobro ligada a la caja... Cuando las existencias bajan a trece por ciento, automáticamente una notificación...

La capacidad de atención de Penny cayó en picada. Sólo se estaba enterando de unas pocas cosas de entre todas las que mencionaba Weather. Para su sorpresa, Dallergut, que estaba de pie a su lado, tenía la misma expresión distraída que ella.

—Vaya, veo que eres del mismo patrón que Dallergut, que odia la tecnología. Bueno, entonces hoy te explicaré simplemente acerca del medidor de párpados.

—Por fin podré intervenir yo también —dijo él, regodeándose.

Weather se dio la vuelta hacia la pared curvada que abrazaba la parte posterior de la recepción. Penny se dio cuenta de que esa superficie increíblemente alta hacía las veces de una estantería gigante que contenía objetos en cada uno de sus compartimentos.

Los objetos eran balanzas diminutas marcadas con un número diferente y, en ellas, un péndulo con forma de párpado oscilaba de arriba abajo marcando una graduación que indicaba cierto estado. A la altura de los ojos de Penny, el péndulo del medidor 902 se movía rápida e intermitentemente entre las graduaciones de "despierto" y "soñoliento".

—Éstos son los medidores de párpados de nuestros clientes fijos. Los mandamos a fabricar con base en los conocimientos adquiridos durante los largos años de gestión de esta Galería con el fin de saber de antemano a qué hora vendrán —explicó Dallergut, orgulloso.

Weather comenzó a hablar con una voz nostálgica tras observar el medidor 999:

—A este cliente empezaban a pesarle los párpados siempre que llegaba esta hora, pero al entrar en años, duerme mucho menos. Estos días no se ha aparecido ni una vez para comprar sueños. Este lugar está lleno de recuerdos. A veces les bajamos los párpados sólo una diminuta milésima a clientes que han hecho reserva, pero no se aparecen a pesar de haber pasado su hora; sin embargo, no debes tocarlos por tu cuenta porque podrían quedarse amodorrados cuando están haciendo algo importante.

Penny no tenía ocasión de contestar, pues estaba demasiado atareada anotando las indicaciones.

—¿Le importa repetirlo? ¿Cuándo dice que hay que mover los párpados?

—Olvídalo. No te preocupes, pues, de todos modos, siempre estaré yo a tu lado.

En plena conversación acerca de los medidores, se oyó el sonido de una notificación. Provenía del sistema de cobros de sueños que tanto había alabado Weather.

¡Ding-dong!

No quedan artículos en ninguna planta.

Agotadas todas las existencias.

—Como está todo agotado, ya no hay trabajo que hacer —dijo Dallergut, haciendo uso del micrófono. Anunció a los empleados de la Galería que podían dar por finalizada su jornada de trabajo. Al momento, vítores de alegría resonaron por todo el establecimiento.

—Hacía mucho que no cerrábamos a una hora tan temprana. Yo también debería marcharme ya. Hoy tengo una reunión familiar; ¡mi hijo pequeño por fin ha aprendido a pararse de manos! Y hoy vamos a dar una fiesta para celebrarlo.

Weather y los demás empleados fueron saliendo uno tras otro hasta que en la tienda sólo quedaron Dallergut y Penny. Ella también quería irse a casa, pero estaba pendiente de su jefe, quien aún no había abandonado el lugar.

Mientras tanto, algunos clientes seguían todavía asomándose por la puerta principal.

—Disculpen, pero está todo vendido por hoy. Abriremos mañana en cuanto repongamos nuestros productos —se excusó Penny, con su mejor cara de pedir disculpas y el grupo de cuatro o cinco personas en ropa de dormir se dio la vuelta sin más remedio.

Dallergut estaba en la recepción garabateando algo sobre un papel.

—¿Qué es lo que escribe?

—Es para hacerles saber que todo está agotado al menos con un cartel pegado fuera en la puerta.

La chica se había quedado de pie en actitud discreta mientras lo observaba. A él parecía no gustarle su letra, pues había descartado ya tres veces el papel y estaba escribiendo la cuarta versión. A Penny le parecía increíble estar viendo al mismo Dallergut tan de cerca y poder trabajar junto a él.

—¿Es verdad que el Tercer Discípulo que aparece en aquella historia es antepasado suyo? —le preguntó de improviso.

—Eso dicen. Por eso, mis padres y abuelos se aseguraron de que siempre fuera consciente de ello —le respondió, al mismo tiempo que quitaba pelusitas de su chaqueta con indiferencia.

—¡Es admirable! —exclamó la chica, mirándolo con ojos que denotaban lo impresionada que estaba.

Dallergut acababa de terminar el cartel que pegaría en la entrada.

—Bueno, ¡ya está listo!

—Démelo, yo me encargo de colocarlo.

Penny pegó el papel con dos trozos gruesos de cinta adhesiva en cada lado con el fin de que el aviso no se desprendiera. Además, no volvió a entrar a la tienda hasta que comprobó que no se viera torcido a una distancia de varios pasos.

¡Se agotaron todos los sueños!
Debido a que la totalidad de existencias preparadas
para hoy están agotadas, les rogamos a los clientes que se acercaron
hoy a la Galería antes de dormirse
que por favor vuelvan a visitarnos mañana.
Estamos abiertos todo el año sin descanso. Les esperamos cada día
con una multitud de productos a su disposición.
—La dirección.

—Bueno, ¿qué te parece si tomamos una galleta o algo?

Dallergut se puso a tararear mientras abría una bolsa de dulces que decía "Galletas reconfortantes para el cuerpo y el alma". Eran las mismas que le había ofrecido el día de la entrevista.

—Por cierto, ¿cómo es que no te has ido a casa? —le preguntó entonces, cayendo en la cuenta de ello.

—Pues... La verdad es que no lo hice porque usted tampoco se ha ido aún...

—Ah, claro que no. Yo, por así decirlo, ya estoy fuera —replicó él, de una forma ambigua.

—¿Cómo dice?

—Es que vivo en el ático de este edificio, el cual reformé para usarlo como vivienda.

—Ah...

Cling-cling.

El sonido de la campanita adosada a la puerta de entrada dio paso a una clienta que aparentaba ser muy mayor.

—Disculpe, tenemos todos los productos agotados por hoy... —empezó a decir Penny, pero Dallergut se interpuso, como diciéndole que esperara un momento.

—No vine para hacer una compra. Me preguntaba si es posible consultar para una reserva.

—Por supuesto. Pase, por favor —le respondió Dallergut, recibiendo con hospitalidad a la abuelita, después de ocultar tras de sí la bolsa de galletas. Enseguida, entraron varios clientes más. Eran hombres y mujeres de diferentes edades, pero tenían algo en común: haber llegado allí con los ojos hinchados. No cabía duda de que habían sollozado antes de dormir.

—Parece que les ha ocurrido algo —murmuró Penny a Dallergut en voz baja, imperceptible al oído de los demás.

—Desde luego. Son todos clientes que conozco. Hoy han llegado a una hora mucho más tardía de la habitual.

—Da la impresión de que han estado dando vueltas en sus camas sin poder conciliar el sueño durante un buen rato.

—Eso parece.

El dueño los condujo hacia la sala de descanso para empleados, situada a la derecha de la entrada principal. Penny los siguió; algo a lo que no se opuso su jefe.

Dallergut abrió la puerta arqueada y chirriante que daba paso a una habitación significativamente amplia e iluminada por una especie de candelabro sencillo, el cual bañaba el lugar con una luz acogedora. Había sillones y un sofá mullidos con cojines viejos y remendados con retazos. Completaban el sitio una larga mesa hecha con un tronco entero, un refrigerador y una cafetera viejos y una cesta con cosas para comer.

Una vez que se sentaron los clientes, Dallergut tomó un puñado de caramelitos de la cesta y empezó a repartirlos entre ellos.

—Son caramelos para dormir. Están ricos y hacen buen efecto. Lo que más les conviene en una noche como hoy es dormir de un tirón.

Tras recibir los caramelos, todos, como de manera sincronizada, se pusieron a derramar lágrimas.

—Vaya. Debí darles primero unas galletas reconfortantes. Descuiden, pueden llorar; nadie se enterará de lo que pase aquí. Bien, ¿qué tipo de sueños quieren que les prepare?

Una chica joven que se había sentado cerca de la entrada fue la primera en responder.

—Yo me separé de mi novio hace poco. Estuve aguantando bien durante un tiempo, pero hoy de repente me dieron jaquecas y me ha invadido el desasosiego. No es que me sienta sola, sino desamparada. Desde que terminamos, no puedo salir adelante. Quiero saber si lo que siento es rencor o arrepentimiento. ¿Sería capaz de darme cuenta de si me reencontrara con él en sueños?

Los demás también fueron turnándose a continuación para hablar:

—Yo perdí a mi hermana mayor cuando era pequeño. Ayer cumplí veinticinco años, la misma edad que tenía ella cuando dejó este mundo. Pensar que murió tan joven me hace sufrir. Desearía verla aunque sea en sueños y poder conversar con ella. Me pregunto si le va todo bien allí donde esté.

—Me presento a un concurso dentro de poco, pero no se me ocurre ninguna idea buena. Me siento tonto mientras veo que otros tienen un ingenio asombroso. Ya no soy tan joven y, aunque no hay muchas cosas que se me den bien, no consigo resignarme a desistir de hacer lo que quiero.

—El mes pasado cumplí los setenta. Ya he vivido muchos años. Hoy, empacando mis cosas para mudarme, encontré fotos de mi época de estudiante y de cuando me casé. Después de verlas, no puedo parar de pensar en esas épocas de mi vida y, al irme a la cama, me he sentido muy triste. La rapidez con la que ha corrido el tiempo me resulta cruel.

Cada uno de los clientes estuvo un buen rato contando sus pesares; mientras Dallergut iba anotando sus historias hasta dejar repleto el cuaderno que había traído preparado.

—Bien, ya confeccioné sus pedidos de reserva. Me encargaré de prepararles los sueños que necesitan.

Ellos se levantaron de sus asientos a la vez que se metían en la boca el caramelo-somnífero. La última en hacerlo fue la señora de edad avanzada, que preguntó:

—¿Para cuándo podremos soñar con lo que le hemos encargado?

—Déjeme ver... Algunos tendrán su sueño listo enseguida, pero otros tendrán que esperar un poco.

—¿De cuánto tiempo sería la espera?

—Es difícil de decir con certeza, pero hay una condición que todos deberán cumplir para recibir el sueño apropiado.

—¿Cuál es?

—Duerman cada noche sin falta de la manera más profunda posible. Ésa es la única condición.

Aquellos clientes de última hora se marcharon de la tienda al poco rato. Penny se disponía a irse a su casa cuando vio a Dallergut revisando las notas de su cuaderno.

—¿Suele tomar muchos pedidos de reserva como éstos?

—No son frecuentes, pero se dan en algunas ocasiones. Supone un trabajo más gratificante que la venta de sueños prefabricados. Si algún día llegaras a llevar una tienda durante tanto tiempo como yo, sabrías a qué me refiero. Bueno, puedes irte ya a casa.

—De acuerdo.

—Ah, por cierto —le dijo cuando ella estaba ya por salir.

—Dígame.

—Se me ha olvidado darte la bienvenida. Te felicito por entrar a trabajar con nosotros. Espero que le tomes cariño a este lugar.

2. Manual para un amor de medianoche

Tras un mes de trabajo, Penny hizo bastantes progresos. El avance más notable que hizo fue el de embeberse en las peculiaridades acerca de los medidores de párpados para clientes fijos. Al medidor número 898 le pesaban los párpados a toda hora y eso le hizo pensar que tal vez el aparato estaba averiado.

—Señora Weather, estoy segura de que este medidor tiene un desperfecto. Llevo pendiente de él varios días y me he dado cuenta de que, aunque ahora mismo no es de noche en la región donde se encuentra el cliente, indica que lleva desde las ocho de la mañana hasta las cinco de la tarde con los párpados cerrados. ¡Incluso ahora, fíjese!

Con un repiqueteo, los párpados del medidor se cerraban y abrían lentamente una y otra vez.

—A ese medidor no le pasa nada. Se trata de un estudiante de bachillerato y parece que suele dormirse en las clases. Descuida. Ya sabes, es imposible no dormirse cuando las lecciones son infumables.

Aparte de eso, Penny aprendió a orientar a la clientela sobre cosas básicas como en qué planta se encontraban los sueños que buscaba o las fechas de entrada de las nuevas creaciones.

Sin embargo, todavía se sentía torpe en cuanto a la labor más importante dentro de la recepción: la relacionado con el dinero, es decir, el valor de los sueños. Lo que más arduo se le hacía era manejarse con el programa Dream Pay Systems. Dado que a Dallergut le pasaba lo mismo, la gestión de los pagos *a posteriori* había sido hasta entonces una tarea de la que exclusivamente se encargaba Weather.

—Luego de que los clientes han consumido sus productos, pagan el equivalente a la mitad de las emociones que sintieron durante el sueño. Por lo tanto, vender a clientes con abundancia emocional se traduce en un aumento de probabilidades de ganar más beneficios; con lo cual, es esencial cuidar bien de los clientes fijos, pues la mayoría de ellos tienen mucha riqueza de sentimientos.

—¿Cómo es posible pagar con emociones a modo de dinero?

—¡Ésa es la razón misma por la que este sistema de pagos es una maravilla! Pertenece al género de redes colectivas de dispositivos interconectados; a eso que se llama el internet de las cosas. Nuestra caja, clientes y el sistema están ligados entre sí; por tanto, cuando ellos pagan, las cuotas entran en caja y podemos visualizar esos datos por computadora... ¿Penny, te estás durmiendo? Al menos finge que lo estás comprendiendo, ¿no? —dijo Weather, en tono suplicante.

—Discúlpeme, es que no termino de imaginar cómo funciona...

—Qué remedio. Por un tiempo me tocará a mí ayudarte.

La señora recogía los pagos de la caja todos los días en cuanto llegaba al trabajo por la mañana y se acercaba al banco situado enfrente para depositarlos en un lugar seguro. En esos momentos en que se ausentaba, a Penny le tocaba vigilar la recepción y se cercioraba de estar bien atenta para no cometer ningún error.

Ese día, la chica también estaba ojo avizor a lo que ocurría en la tienda mientras esperaba a que Weather regresara. No obstante, su supervisora, que había ido hace pocos minutos al almacén, pronto estuvo de vuelta.

—¿Ya terminó el encargo?

—Creo que la *omelette* que desayuné estaba poco hecha... Voy... voy un momento al baño —le respondió la señora, agarrándose el vientre, a la vez que un sudor frío le empapaba la cara—. Tal vez me demore. ¿Podrías ir tú al banco en mi lugar? Abre la caja fuerte del almacén con esta llave y verás que dentro hay dos botellas de cristal llenas. Llévalas al banco y, una vez en la ventanilla, ya sabrán ellos qué hacer. Sólo basta con que digas que vas de parte de la Galería de Sueños. Da... date prisa. Si vas tarde, te encontrarás el banco abarrotado de gente.

Tras darle una diminuta llave a Penny, se fue corriendo hacia los baños.

A pesar de que aquel imprevisto la había tomado desprevenida, Penny se apresuró a garabatear en un papel la nota "Fui un momento al banco" y la pegó en un lugar visible. Para que no se le olvidara, fue repitiendo para sí misma: "Caja, dos botellas llenas, ventanilla del banco, decir que vengo de la Galería", conforme caminaba a paso rápido hacia el almacén.

Ya dentro de aquel organizado espacio, le llevó un buen rato encontrar la cerradura de la caja fuerte, que era mucho más grande de lo que esperaba. La cerradura estaba muy abajo, cerca de sus pies, y cuando por fin metió la llave y la hizo girar, un sonido anunció que el cerrojo se había abierto.

Al tirar con todas sus fuerzas de la puerta, cuyas dimensiones no tenían nada que envidiar a la de la entrada al vestíbulo pudo ver el interior, profundo como una cueva.

La caja fuerte se asemejaba a la despensa que tendría una familia adinerada en el sótano de su casa. Allá se encontraba una multitud de botellas de cristal colocadas en estuches hechos a medida y el contenido de todas y cada una difería en cuanto al color. Unas dejaban ver misteriosos tonos turquesa, otras deslumbraban con un color marfil y también las había de un rojo tinto como la sangre. A Penny le espeluznó una que tenía una delgada capa de un líquido color rojo oscuro. Resonaba un goteo de agua en el interior de la caja fuerte. La chica estaba al tanto de que esos líquidos de colores eran lo que habían pagado los clientes por sus sueños, pero era la primera vez que los veía de verdad. No le fue difícil encontrar las dos botellas llenas que Weather le mencionó. Aparentemente, alguien ya las había sacado de sus estuches la noche anterior y puesto en la parte inferior. Llevaban unas etiquetas en las que se leía la palabra *ilusión* y el líquido que contenían eran de un rosa claro, similar al del algodón de azúcar. A la chica le hubiera gustado pararse a mirar con más detenimiento las demás botellas, pero no se olvidaba de que la señora la apremió para que fuera cuanto antes al banco. Tras sacar rápidamente las dos botellas, cerró la caja fuerte.

Con una botella en cada brazo, fue corriendo al banco. Como las botellas pesaban considerablemente y se le resbalaban, durante todo el trayecto pasó grandes apuros por miedo a que se le cayeran. Pensó que seguramente a su compañera se le había olvidado mencionarle una forma más cómoda de transportarlas.

Al abrirse las puertas del banco, le llegó la brisa agradable proveniente de los aparatos de aire acondicionado. Vio que todavía no había demasiada gente y, tras tomar con tranquilidad la papeleta para guardar turno, se sintió orgullosa de sí misma por lo bien que estaba llevando a cabo el encargo hasta el momento. "Ya no existe aquella Penny despistada. Vaya, veo que si me lo propongo, soy capaz de hacer las cosas", se dijo. Sentada a la espera de su turno, no dejó un momento de estrechar contra sí esas botellas de ondulante líquido rosa. Había siete personas por delante de ella. Estimó que no transcurriría demasiado tiempo hasta que le tocara pasar, pero los clientes en las ventanillas debían estar solucionando asuntos complicados, pues no daban señas de retirarse de allí.

Del aburrimiento, dejó las botellas de cristal con cuidado en el suelo para extraer un ejemplar del revistero que había al lado de los asientos. Era el número 5 de la revista *Neurociencia de los sueños*. No era un título que precisamente despertara su interés. Abrió la revista por cualquier página y empezó a leer.

ESTUDIO DEL MES: OBSERVACIONES ACERCA DEL PRECIO DE LOS SUEÑOS Y LAS EMOCIONES DE LOS CLIENTES

La investigación seleccionada este mes ha sido la del doctor Reeno, titulada *Observaciones acerca del precio de los sueños y las emociones de los clientes*. A pesar de que se han publicado numerosos estudios acerca del tema hasta la fecha, son escasos los que tienen como trasfondo una investigación tan exhaustiva como la presente tesis del doctor Reeno.

"La cuestión central es que los clientes saben que el olvido es inherente al ser humano y se reconocen objetivamente de ese modo. Además, incluso saben que toda la información que recuerdan no ha ocurrido de la manera que lo piensan, sino que es algo que ha reprocesado su mente. En consecuencia, estar al tanto de que todas sus experiencias quedarán en el olvido hace que sientan de forma mucho más intensa el hecho de que el momento actual sólo tendrá lugar una vez. Precisamente esto es lo que les da ímpetu a sus emociones y al precio que pagan por sus sueños".

Así es como el doctor Reeno resume el mensaje principal de un trabajo que contiene más de doscientas páginas. Algunos lo han criticado diciendo que se trata de una mera réplica de investigaciones ya existentes. Sin embargo, dado que el doctor Reeno ha venido dedicando estos últimos diez años al análisis de más de tres mil casos, todos reconocen el trabajo que ha realizado. (La hipótesis puede ser consultada en su totalidad en la página web oficial de *Neurociencia de los sueños*.)

A Penny le provocó dolor de cabeza el simple hecho de pensar en una investigación de doscientas páginas. Cerró la revista convencida de que no querría volver a leerla. Todavía quedaban cinco personas esperando por delante de ella.

Justo en ese momento, un hombre impecablemente ataviado con traje, se sentó a su lado y comenzó a hablarle.

—Vaya, con sólo ver ese color, uno siente mariposas en el estómago. ¡Qué buena calidad! Diría que fácilmente podría costar sus buenos doscientos gordens. ¿De dónde eres? Es la primera vez que te veo por aquí.

—Trabajo en la Galería de los Sueños. Es normal que no me conozca, soy nueva.

La chica supuso que aquel señor formaba parte del personal del banco.

—¿Qué número tienes? Me parece que todavía te queda un rato por esperar. ¿Te gustaría que te mostrara algo con lo que entretenerte mientras?

Penny le hizo un gesto indicando que le era imposible desplazarse llevando aquellas pesadas botellas, pero, sin perder ni un segundo, él tomó una de ellas sin reparo alguno, diciendo: "Yo te ayudo".

A continuación, la guio hacia la parte opuesta a las ventanillas del banco. La chica, bastante desconcertada, lo siguió llevando la otra botella. Llegaron a un lugar donde había un enorme panel electrónico y unas cien sillas alineadas. El espacio parecía reproducir el interior de la sala de espera de una estación de trenes.

Con una expresión de gran inquietud en sus rostros, las personas allí reunidas no despegaban los ojos de aquel panel gigantesco. En él se mostraban los precios en tiempo real de diferentes tipos de emociones como si se trataran de acciones de la bolsa.

La "sensación de logro" y la "autoconfianza" estaban batiendo un récord con una subida de precios de quince por ciento y esto se mostraba con letras de un rojo intenso en la parte más visible, mientras que en la inferior se podía observar que los valores de la "sensación de vacío" y la "impotencia" iban cayendo en picada. En los asientos desde donde mejor se veía el panel, estaban sentadas personas anhelantes que tenían las manos entrelazadas y asimismo otras que no dejaban de suspirar decepcionadas.

—¡No puedo creer que una botella de autoconfianza haya subido a doscientos gordens cuando un menú de hamburguesa de res vale sólo uno! ¿A quién se le ocurre pagar una fortuna por la autoconfianza de otro para obtener satisfacción sustitutiva? ¡Si me hubiera aprovisionado bien el año pasado ahora podría darme el gusto de dejar de trabajar! —se lamentó alguien.

Penny pudo comprobar que en la parte superior del panel también aparecía el valor de la "ilusión"; había ascendido un poco con respecto al día anterior y se vendía a ciento ochenta gordens por botella. Tras haberse olvidado de ellas por unos momentos, agarró con fuerza la que sostenía, pensando que estaría en un gran apuro si la perdía. Acto seguido, se giró hacia el hombre que la había traído allí...

¡Cáspita! Había desaparecido y lo peor era que se había llevado consigo la botella de "ilusión" que se ofreció a sostenerle. Ahora estaba en apuros, un escalofrío le recorrió toda la espalda.

¿Acaso se trataría de un timador? Era evidente que estaba ante alguien que salía cada mañana a la caza de algún despistado del cual poder sacar dinero y aquel día se había topado con Penny. "Encima tuve la poca sensatez de contarle que soy nueva", pensó. Estaba segura de que se frotó las manos cuando vio que ella era una presa fácil. El tipo se había esfumado sin dejar rastro por ninguna parte. Tan fatigada como estaba, ya no era capaz de dar un paso más cargando con aquel peso.

Pensó que al menos debía depositar la botella que le quedaba, pero se dio cuenta de que su turno había pasado hacía un buen rato. Para colmo, también había perdido la papeleta con el número de su turno. Como no podía ausentarse por más tiempo de la recepción, sin más remedio decidió regresar a la Galería.

Weather ya estaba de vuelta allí. Al contrario que Penny, tenía ahora un semblante sosegado, señal de que había resuelto con éxito el asunto que la había llevado antes a los baños.

—Señora Weather...

—Penny, ¿por qué vienes con esa cara? ¿Y esto? ¿Cómo es que la traes de vuelta?

La chica le contó todo lo ocurrido. Al ponerlo en palabras, se sintió como la persona más tonta e inútil del planeta.

—Lo que ha pasado es un desastre; sobre todo con lo preciada que es la "ilusión" en estos días. Fue un error garrafal de mi parte. No debí confiarte sin más un encargo como éste. Se lo explicaré yo a Dallergut, así que no te preocupes. Quizá si lo reportamos a la policía, puedan arrestarlo. El individuo ese también intentó engatusarme a mí varias veces.

—Pues le tenías que haber dado entonces un buen patadón en la espinilla, Weather —dijo Dallergut, que apareció abruptamente—. O sea que, encima de que nos han robado una botella llena de pagos de los clientes, ¿dices que tampoco pudiste depositar la otra? Hoy el valor de la ilusión ha alcanzado su máximo en los últimos tres meses...

—De verdad que lo siento, señor Dallergut —se disculpó Penny, sin atreverse a mirarlo a los ojos.

—¡Pero al fin y al cabo no ha salido tan mal! Justo me hacía falta una botella de "ilusión". Iba a pasarme por la recepción antes de que Weather saliera para el banco, pero se me olvidó. ¡Menos mal que la trajiste de nuevo! Hoy van las cosas sobre ruedas. Con respecto a lo de la botella robada, tómatelo como una lección acerca de lo peligroso que puede ser el mundo.

Al ser Dallergut tan benévolo con ella, Penny se sintió aún peor.

—Le pido perdón de verdad. ¿En qué necesita usar esa "ilusión"?

—Ah, pues estoy seguro de que pronto va a visitarnos una clienta a la que le hace falta.

La joven era una cliente asidua de la Galería de los Sueños desde pequeña. Se consideraba una persona que soñaba mucho y con frecuencia, pero no sabía ni remotamente que todas las noches visitaba una tienda en concreto, pues, cosa extraña, se olvidaba por completo de todo lo relacionado con la Galería cuando se despertaba por la mañana.

Nació en una provincia y terminó allí sus estudios universitarios. Después se mudó a la capital al conseguir un empleo y así fue como empezó a vivir sola, como muchos otros oficinistas. Se incorporó al mundo laboral tan pronto como se graduó y, aunque trabajar en una compañía no dejaba de resultarle agotador, ya era algo a lo que estaba bien acostumbrada. Había cumplido veintiocho años, llevaba viviendo sola cuatro y se podía decir que en general su vida iba por buen camino.

—No tengo a nadie.

—¿En serio? Pero si trabajas en una empresa donde hay muchos hombres.

—Todos, o bien ya tienen novia, o bien están casados. Los demás no son de mi tipo o no les gusto yo a ellos.

—¿Qué cosas dices? Ni que les hubieras preguntado a uno por uno. ¿No será que no tienes ganas de una relación?

—Más bien es que no sé por dónde empezar. ¿Cómo comienzan a conocerse dos personas?

—Lo sabía. Sí hay alguien que te gusta, ¿verdad?

—Pues...

Tras acabar la llamada de teléfono con su amiga, se desplomó sobre su cama matrimonial, cuya amplitud se le hacía más insoportable aquel día.

—Me siento de lo más sola...

Había llegado al punto de decirse eso en voz alta todo el tiempo. Su voz resonó brevemente haciéndola consciente del tono quejumbroso en el que lo había dicho. El reloj indicaba que era ya medianoche. Después de terminar sus horas extra en la oficina, había vuelto directamente a casa, se había duchado, había tirado la basura, cenado y por último había charlado un poco con su amiga. No se podía decir que hubiera hecho muchas cosas antes de dormir, pero apenas le quedaban seis horas completas de sueño. Si hacía lo mismo que la noche anterior, en la que estuvo viendo YouTube e incluso leyó una serie entera de webtoons, se pasaría dos noches seguidas en vela. Al día siguiente tenía que trabajar, por lo que lo primordial era reponerse del cansancio; su soledad tendría que esperar.

"¿Hasta cuándo voy a estar viviendo así?", se dijo, pero de inmediato se esforzó por quitarse la pregunta de la cabeza. No debía pensar en cosas serias cuando intentaba dormir, pues sabía por experiencia que no le ayudaría nada a la hora de conciliar el sueño.

Una vez tapada con la cobija hasta el cuello, programó la alarma en su teléfono y comprobó qué tiempo haría el día siguiente. Los iconos todos grises que salían en la pantalla pronosticaban un día nublado y con gran densidad de partículas de polvo en el aire.

"Quién me habría dicho que mi juventud sería tan sombría. No hay ningún día en que brille el sol".

Aunque eso no era del todo cierto. Pensó en el chico que le había mencionado a su amiga en la conversación que tuvieron unos momentos antes. Él era empleado de una firma que era cliente de su empresa y visitaba su oficina cada miércoles. Cuando terminaba sus obligaciones de la mañana, solía almorzar solo en el mismo restaurante que ella frecuentaba.

"—Hola, le llama Hyeon Jongseok de Tech Industry. ¿Puede hablar por teléfono en este momento?

"—Buenos días, Jeong Ayoung al teléfono. Sin ningún problema. ¿Qué desea?

"—Me preguntaba si esta semana les viene bien que los visite el miércoles a las diez de la mañana.

Aparte de ese tipo de conversaciones telefónicas y un hola y adiós cuando se cruzaban, realmente nunca habían charlado entre ellos. Sin embargo, a ella no dejaba de llamarle la atención el chico por la constancia con la que llamaba cada lunes a la misma hora para avisar de su visita, la postura tan garbosa que tomaba al saludar y —aunque quizá fuera una apreciación subjetiva— la calma y madurez con la llevaba a cabo tareas repetitivas y exasperantes.

Por si fuera poco, en esa época él había empezado a aparecer en sus sueños; y en ellos se veía más alto y apuesto que en la vida real.

Intentó recordar cuándo fue la última vez en la que tomó acción a partir de una simple atracción para hacer que una relación sentimental floreciera. "Tal vez fue en la preparatoria. ¿O quizás en mi primer año de universidad? Un momento. ¿Acaso no es miércoles mañana?". De repente sintió mariposas en el estómago: mañana era el día en el que vería al chico.

Se enrolló en la cobija y se giró, mirando hacia la pared. Deseó que el chico no supiera ni en sueños que no podía parar de dar vueltas en la cama por la expectativa que sentía al pensar en él. Posiblemente le desagradaría saber que había alguien que, además de observarlo secretamente cuando trabajaba, se recreaba pensando en verlo. A lo mejor ella estaba pasando por alto que estuviera casado o tuviera novia.

A la muchacha le palpitaba el pecho de la misma manera que cuando era una colegiala, pero ahora tenía una edad en la que debía tener en cuenta muchas cosas antes de empezar una relación.

"Vaya, me he pasado demasiado rato pensando. Necesito dormir ya seriamente. Por favor, no me importa que no sea correspondida, pero deseo que esta emoción se haga duradera", rezó para sus adentros, antes de caer dormida como un tronco.

* * *

—Señora Weather, parece que la clienta 201 está por llegar.

—Ah, ya veo —dijo ella, tras mirar de soslayo el medidor de párpados.

—Es una buena noticia. Estaba algo preocupada porque solía venir todos los días y de repente dejó de hacerlo.

Penny se quedó mirando el medidor con una sonrisa de satisfacción. Los párpados estaban completamente cerrados y marcaban la línea de "fase REM". Tan pronto como terminó de decir eso, la clienta 201 entró en la tienda. Ella y Weather la saludaron alegremente.

—Bienvenida a la Galería.

—¡Hola! Hoy vengo por el mismo producto. Me gusta con lo que estoy soñando estos días.

—Bien. Como le será difícil encontrarlo porque en la tercera planta hay ahora mismo mucho ajetreo, se lo traeremos, si espera un momento.

Penny subió al tercer piso a toda velocidad. Allí Mog Berry y los otros empleados estaban desempaquetando cajas de mercancía recién llegada. Como siempre, a la encargada se le escapaban de su peinado los cabellos más finos. La chica esquivó las montañas de cajas hasta llegar a la sección de "Más buscados".

Los sueños que tenían una popularidad constante estaban apilados en forma de torre sobre un mostrador. Por la mañana los habían dejado colocados de manera ordenada, pero debido a que muchos clientes los movían de su lugar en la pila, ahora la torre era un caos.

Penny se puso a buscar con ahínco entre las muchas cajas para encontrar el sueño de la clienta. Después de sacar por quinta vez del montón *Soñar con volar por el cielo* de los leprechauns, por fin apareció una caja que tenía dibujado un corazón profusamente decorado. En el lazo del envoltorio estaba escrito con letra diminuta "Kiss Grower", el nombre de su creador. Se trataba de un veterano que elaboraba productos románticos de una calidad asombrosa. Según Assam, que siempre estaba al corriente de todo, el propio creador, al no ser bueno para los asuntos del corazón, sufrió más de cien desengaños amorosos y, como por cada uno de ellos se rapaba la cabeza, nadie le había visto nunca dejarse crecer el cabello. No obstante, se decía en el mundillo de la industria de los sueños que la calidad de sus creaciones se elevaba conforme él se llevaba esas decepciones sentimentales.

Penny volvió corriendo a la primera planta y le tendió la caja a la clienta.

—Se refiere a éste, ¿verdad?

—Sí, así es.

—Aquí tiene. Muchas gracias.

—¿Hoy también puedo hacer el pago más tarde? —preguntó la clienta, mirando a Weather, con la caja en sus manos.

—Sí. Como siempre, basta con que comparta una parte de sus emociones sobre el sueño una vez que despierte.

—Lo que quiere decir que si el sueño no le proporciona ningún tipo de emoción, ¡no se lo cobraremos! —añadió Penny, aplicando bien lo que Weather le había enseñado.

La clienta abandonó con calma la Galería llevando la caja en la mano. Aunque caminaba con pasos enérgicos, verla alejarse provocó en Penny una extraña sensación de incomodidad que no supo reconocer a qué se debía.

Más tarde, cuando la tienda estaba algo más tranquila, Penny se puso a recapacitar mientras barría el piso del vestíbulo. Después de la visita de la clienta 201, notaba una especie de agobio que no la abandonaba, pero no terminaba de comprender de qué se trataba. No fue hasta que llegó al despacho de Dallergut, tras llevar un buen rato barriendo sin descanso, que empezó a tener una idea del porqué de esa sensación.

—Uy, perdona. He dejado todo lleno de migajas de galleta, ¿verdad? —dijo su jefe, abriendo de golpe la puerta de su oficina.

—Descuide, señor Dallergut. Como no estoy ocupada, me he puesto a limpiar un poco. Por cierto...

—Dime, ¿es que ocurre algo?

—Hay algo que me intriga acerca de la clienta 201.

—Ah, ella es nuestra clienta desde hace mucho tiempo.

—¿Es apropiado que le sigamos vendiendo el sueño *Encuentro con la persona que me gusta*?

—¿Qué crees que tiene de malo? —le preguntó Dallergut, interesado.

—Pues… creo que soñar con la persona que a uno le gusta está bien las primeras veces. Pero si sigue soñando con ella, sus ilusiones irán a más y al final eso no le traerá más que frustraciones. Que sólo pretenda seguir soñando… —Penny hizo una pausa para pensar por unos segundos—. ¡Ya lo tengo! Que sólo se dedique a soñar quiere decir que en la realidad no está viendo ningún avance, ¿no?

Fue entonces cuando la chica se dio cuenta de por qué se había sentido incómoda al ver a la clienta alejarse.

—Penny, ¿sabes lo que normalmente piensan los clientes como ella que no son de esta ciudad acerca de los sueños?

—Por supuesto; lo estudié. Piensan que las cosas con las que sueñan son fruto de su propio inconsciente.

—Efectivamente.

—¿Y qué tiene que ver eso?

A Penny le costaba captar a dónde quería llegar su jefe. No quería dar la impresión de ser una empleada con pocas luces, pero su curiosidad iba mucho más allá de esa preocupación.

—Seguro que ya sabes que, cuando los clientes se despiertan, no recuerdan nada acerca de esta tienda. Por tanto, que piensen que lo que soñaron la noche anterior es producto del inconsciente es la mejor explicación que pueden encontrar. ¿Qué optarías tú por creer si fueras cliente?

—Si en mi sueño apareciera siempre una persona de la que estoy muy pendiente, creería que mi mente también está inconscientemente volcada hacia ella —respondió Penny, con falta de confianza.

—Exacto, y cuando ya ha pasado cierto tiempo, eso se convierte en algo de lo que se está seguro. En este caso, el hecho de que nos guste una persona.

—Por eso mismo lo digo. Una relación amorosa no puede comenzar con sólo soñar. Un sueño no es más que un sueño... —repuso Penny, cada vez más enardecida al acordarse de la clienta.

—El amor empieza desde el instante en que uno se da cuenta de sus sentimientos por el otro. Ya sea correspondido más tarde o no, nuestro papel acaba ahí —le respondió Dallergut, con la misma expresión alegre de siempre.

—No me gustaría que no fuera correspondida. Eso sería muy triste.

—Pues, ¿no dijiste que los sueños sólo se quedan en sueños? Démosle un voto de confianza a cómo ella actuará en la realidad.

✳ ✳ ✳

La joven se despertó cinco minutos antes de lo que pretendía. Abrió los ojos sintiéndose renovada, aunque todavía no hubiera sonado la alarma. Creía recordar vagamente que en sus sueños había estado en una tienda, pero cuanto más intentaba concentrarse en los recuerdos, más rápido se escapaban de su mente, como un puñado de granitos de arena entre los dedos, tanto que al final le fue imposible acordarse de nada. No obstante, de lo que sí estaba segura era del hecho de que había vuelto a soñar con aquel chico. En el sueño habían ido juntos al mismo restaurante donde se solían encontrar. Sentada muy cerca de él en actitud cariñosa, conversaron durante un largo tiempo. Tenía la impresión de que habían quedado en verse todos los días en ese sitio y se sentía cómoda hablando con él como si se conocieran desde hacía mucho.

Abrazando la sensación agradable que le dejó aquel sueño, se levantó de la cama y se dirigió hacia el baño. Estaba claramente ilusionada, pero al instante que el agua fría de la ducha tocó su piel, volvió a poner los pies en la tierra.

"¿Pero qué historias me estoy inventando yo sola?"

✳ ✳ ✳

Justo antes de que la ilusión que sentía la clienta desapareciera, se oyó el sonido de una notificación en la recepción de la Galería de los Sueños.

¡Ding dong!
El cliente 201 ha efectuado una transacción.
Una pequeña cantidad de "ilusión" ha sido transferida a modo de pago por el sueño "Encuentro con la persona que me gusta".

—Este sistema está conectado a las botellas que hay en la caja fuerte, ¿no?

—Así es. Veo que ya lo has entendido. ¿No te decía que la tecnología ha mejorado mucho? Antes, cuando teníamos que verter los pagos a mano, derramábamos más de la cuenta. Cada vez que teníamos un ingreso, se nos iba el día entero en ir de un lado a otro con los medidores.

—Me pregunto dónde tiene planeado usar el señor Dallergut esa botella de "ilusión".

A Penny le seguía rondando por la cabeza la botella que trajo de vuelta aquella vez que fue a hacer el encargo al banco, pues seguía tal cual en la recepción.

—Si él dice que la va a emplear en algo, definitivamente será para un asunto de gran utilidad —le aseguró Weather.

Ya en el trabajo, la joven se esforzó todo lo posible por no poner la mente en otras cosas y concentrarse en sus tareas, pues, de tanto pensar en aquel chico, había llegado a una conclusión difícil de encajar en cuanto a la razón por la que soñaba con él cada noche: "¿Será que en el fondo sé que él no me corresponde?". En ese momento se oyó la voz de su jefe al otro lado del biombo.

—Señorita Ayeong, ¿no es hoy el día que viene Hyeon Jongseok?

Eran las nueve y cincuenta y cinco minutos de la mañana. "Entra todos los miércoles religiosamente a la sala de reuniones diez minutos antes. Si se fuera a demorar, habría llamado para avisar", pensó ella. En lo que dudaba, el teléfono de su escritorio sonó oportunamente.

—Buenos días. Jeong Ayoung del departamento de asistencia técnica. ¿Dígame?

—¡Hola! Soy Hyeon Jongseok de Tech Industry —su voz jadeante daba a entender que estaba corriendo a toda prisa—. Es que olvidé los documentos en el coche, pero estaré allí antes de las diez.

—Ah, entendido —pensó que quizá la respuesta que le acababa de dar sonó demasiado fría, por lo que añadió—: Avisaré a mi jefe, así que tómese su tiempo y, antes que nada, venga con cuidado.

—¡Oh, muchas gracias!

Aun después de colgar el teléfono, ella se quedó un tiempo toqueteando el aparato. Al escucharlo hablar con una voz algo más excitada que de costumbre, no pudo evitar sentir más expectación.

"Basta. Aquí vengo a trabajar", se dijo, poniendo freno a sus emociones.

A las diez en punto, la puerta de la oficina se abrió y él entró. Ella lo miró de reojo, esforzándose por no cruzar la mirada con él. A pesar de que le había dicho que no se apresurara, sus mejillas enrojecidas delataban que no había parado de correr.

El chico miró a todos lados como buscando a alguien hasta que sus ojos se toparon con los de ella. Antes de que la chica mirara hacia otro lado, él la saludó mostrando una amplia sonrisa que dejaba ver unos hoyuelos a cada lado de su boca.

"Esos hoyuelos son irresistibles", pensó. Ya no podía negar que estaba enamorada de él.

* * *

El chico se sentía confuso desde que se levantó por la mañana. La noche anterior había estado soñando con su exnovia y se despertó con una sensación desagradable. Llevaban separados hacía tanto tiempo que no se acordaba del cómo o del porqué de la ruptura; y a pesar de que ella se le hubiera aparecido en sueños, no la extrañaba ni tampoco se sentía arrepentido. No obstante, el hecho de todavía soñar con ella le incomodaba un tanto, pues últimamente le había estado pasando con frecuencia.

"Vaya bromas pesadas que juega el inconsciente", se dijo.

Pensando en las musarañas mientras manejaba, cometió el descuido de bajarse del coche dejando dentro los documentos para la reunión de trabajo.

No se permitía a sí mismo llegar tarde a los compromisos laborales. Pronto cumpliría los treinta y odiaba en absoluto la idea de convertirse en un treintañero sin éxito en el amor que además no se toma en serio la puntualidad.

Llamó por teléfono a la firma corriendo de vuelta al estacionamiento. Después de oírse la señal de llamada un par de veces, la chica de la oficina descolgó el aparato.

—Buenos días. Jeong Ayoung del departamento de asistencia técnica. ¿Dígame?

—¡Hola! Soy Hyeon Jongseok de Tech Industry.

Al otro lado ella estaba escuchando lo ridícula que sonaba su voz jadeante.

"Vaya impresión que le estaré dando", se dijo. Para camuflar el ruido de su respiración, decidió hablarle en un tono de voz más alto que de costumbre.

—Es que olvidé los documentos en el coche, pero estaré allí antes de las diez.

—Ah, entendido —respondió ella brevemente. Cuando pensó que iba a colgarle, oyó cómo volvía a dirigirse a él—: Avisaré a mi jefe, así que tómese su tiempo y, antes que nada, venga con cuidado.

—¡Oh, muchas gracias!

Escuchar las amables palabras de la chica le hizo sentir que alguien le apoyaba.

Aquella noche se desplomó de cansancio en su cama y se quedó dormido en cuanto recostó la cabeza sobre la almohada.

* * *

—Bienvenido a la Galería de los Sueños —saludó Penny, reconociendo inmediatamente al joven. Recientemente había estado comprando una y otra vez el sueño *Encuentro con un amor del pasado* de la Sección de Recuerdos de la planta dos—. ¿Desea llevarse lo de siempre hoy también?

—Sí, gracias —respondió él, abstraído.

En el instante en que Penny le iba a dar indicaciones para ir a la segunda planta, Dallergut, que andaba cerca, se interpuso delante del cliente.

—Señor, me parece que debería dejar de soñar con eso.

—¿Cómo dice?

—Probablemente no lo recuerde, pero hace dos años acudió a mí suplicando que le hiciera soñar con la novia de la que se había separado.

—¿Eso le dije? Hace dos años... probablemente se refiere a justo después de la ruptura.

—Como lo oye. Además, durante un tiempo se despertaba llorando, ¿verdad?

—Sí, tuve una época así, y al poco tiempo me recuperé. Después de eso estuve un largo tiempo sin soñar con ella —iba a proseguir con su respuesta, pero de pronto se mostró extrañado—: Pero entonces, ¿por qué he vuelto a tener ese sueño últimamente?

—Se trata de un favor que me pidió usted mismo. Me dijo que quería comprobar si realmente estaba preparado para comenzar un nuevo amor. Por lo tanto, le recomendé *Encuentro con un amor del pasado*.

—Ahora lo entiendo.

—Además, no ha realizado ningún pago por todos esos sueños, lo que quiere decir que no siente nada cuando ve a su exnovia en ellos.

—Entienda que para nosotros eso significa una pérdida muy grande —intervino Weather.

—¿Escuchó lo que dije? Ésa es la razón por la que ya no

le podemos vender más ese producto, porque, al fin y al cabo, no va a sentir ninguna emoción.

—Siendo así, hoy me marcharé sin más —dijo él, sintiéndose algo avergonzado al oír aquellas palabras de Dallergut.

—Espere. ¿Qué le parece tomarse una taza de té antes de irse? No hace falta que se vaya tan deprisa con todo lo que queda de noche por delante —lo disuadió Dallergut con un tono jovial.

Acto seguido, tomó la botella de "ilusión" que había en la recepción y la destapó. De la boca del recipiente salió un humo rosado. Tras colmar una taza de té con el líquido, se la ofreció al cliente.

—Bébala de un trago.

Después de haberse tomado el té, el joven abandonó la tienda con tranquilidad a un paso que denotaba que estaba de mucho mejor talante que cuando se había presentado allí.

—Señor Dallergut, ¿cómo es que le ha dado a ese cliente la botella entera de "ilusión" con lo cara que está? —preguntó Penny, con una expresión que daba a entender que le parecía un total desperdicio.

—¿No decías que un amor no correspondido es algo muy triste?

La chica se quedó con la boca abierta por la sorpresa.

—¿Eso quiere decir que él es de quien está enamorada la clienta 201?

Dallergut asintió con un breve pero marcado movimiento de la cabeza, como queriendo decir que le había preguntado algo muy evidente.

—¿Y cómo es que usted se entera de esas cosas?

—Si tú también llevaras una tienda durante treinta años como yo, te darías cuenta naturalmente.

Al día siguiente, él se levantó de lo más descansado y energético. Que estuviera de tan buen ánimo significaba que aquel sería un día ideal para empezar cualquier cosa. Dejó su teléfono enchufado al cargador y fue a ducharse tarareando.

Cuando el ruido del agua y sus tarareos llenaron todo el interior de su casa, el celular sonó avisando de la llegada de un mensaje. En la pantalla bloqueada sólo se mostraba la primera parte de un texto más largo.

Tiene un mensaje nuevo.
Hola. Soy Jeong Ayoung. ¿Se acuerda de mí?

✳ ✳ ✳

—¿Cómo conociste a tu novio?

—Me atreví a mandarle un mensaje porque me gustaba. Le propuse ir a comer un día juntos.

—¿En serio? ¡Pero si tu carácter nunca te permitiría hacer algo así!

—Pues, fíjate: cuando a una le urge, cambia hasta de carácter.

—¿No temías que fuera a rechazarte?

—Me preocupaba más bien que fuera a pensar mal de mí, porque él trabajaba como empleado de una firma que es cliente de la nuestra.

—¡Caray! ¿Tanto te gustaba?

—Aquel día apagué el teléfono después de mandarle el mensaje de lo nerviosa que estaba, por miedo a que no me fuera a responder. Creo que lo volví a encender unas dos horas más tarde. Bueno, al final me acabó regañando por no haber dado señales durante ese tiempo cuando yo lo había contactado primero.

—¿Y qué tal ahora? ¿Piensas que hiciste bien en tomar la iniciativa?

—Ni que lo digas. Es una de las mejores cosas que he hecho en mi vida. ¿O quizá debería decir que es la mejor?

3. Los sueños premonitorios

E ra una mañana de julio cuando Penny llevaba ya tres meses trabajando en la Galería. En la calle se palpaba el ajetreo de los comerciantes, abriendo sus negocios y de los noctilucas yendo de un lado a otro, recogiendo las batas que la gente se quitaba en cualquier sitio. Penny iba de camino al trabajo dando sorbos al café con leche de soya que había comprado en la cafetería. Cuando ya estaba a pocos pasos de la tienda, se dio cuenta de que ese día había llegado tempranísimo.

Al ser un establecimiento que abría las veinticuatro horas, todos los empleados hacían sus turnos conforme a un horario estipulado; por lo cual, aunque entrara pronto, no tendría todavía tareas de las que ocuparse, así que decidió quedarse fuera a disfrutar del sol por un rato más. El edificio de madera de cinco plantas de la Galería de los Sueños se alzaba majestuoso en el centro de la avenida. Pararse a mirar con tiempo el establecimiento desde fuera era un goce para sus ojos.

Sin embargo, esos minutos de relajación acabaron pronto.

—¡Oye, Penny! Menos mal que llegas con tiempo. ¡Entra rápido y ven a ayudarme! —la llamó a voces Vigo Mayers, el encargado de la segunda planta. Él llevaba en una mano un durazno reventado y, con la que le quedaba libre, se abanicaba sin cesar como si estuviera asándose de calor.

—Ah... ¡Sí, ya voy! —respondió Penny desconcertada, entrando de inmediato en la Galería.

Ya dentro de la tienda, se percató del olor a fruta fresca que invadía el interior. Cajas con duraznos, albaricoques, racimos de uvas pequeñitas y otras clases de frutas decoraban el vestíbulo de la primera planta. Si no fuera porque conocía las caras de los que trabajaban allí, se podría decir que acababa de entrar por error en el huerto de un agricultor desconocido.

Aparte de Vigo Mayers, algunos trabajadores de otras plantas también estaban allí colgando frutas, decorando sus hojas o limpiando la suciedad que dejaban las que se habían caído al piso. Entre ellos también se encontraban algunos ayudantes inesperados.

—Motail, haz el favor de decirle a los leprechauns que vuelvan a su tienda. ¿Por qué tuviste que llamarlos? —espetó Mog Berry.

—Los llamé porque creo que no hace falta que yo me suba a una escalera, mientras en la tienda de al lado tenemos colegas que pueden levitar. Además, ellos accedieron de buen grado a colaborar. Mírelos, ¡le están poniendo verdadera pasión! —replicó Motail, señalando hacia el techo.

Varios leprechauns del tamaño de la palma de una mano volaban por el techo del vestíbulo en parejas haciendo grandes esfuerzos para colgar racimos de uvas que eran de dimensiones semejantes a las de ellos mismos. Sin embargo, según lo que Penny alcanzaba a ver, ya habían dejado caer al suelo unos cinco racimos. Para colmo, uno de ellos le acababa de caer en la cabeza a un cliente.

—¡Ay!

—¡Cielos! Mil disculpas, señor. ¿Se ha lastimado? Como ve, hay mucho desorden ahora mismo en el vestíbulo. Le recomiendo que vaya a las plantas superiores —se excusó Weather con el cliente, que estaba a su lado.

—¿A qué se debe esto hoy? —preguntó Penny, recogiendo un racimo caído.

—Está por venir un invitado muy preciado, ¿no estabas al tanto? —le respondió Mog Berry, a la vez que plegaba una caja de frutas vacía. Aquel día en especial sus cabellos se veían más alborotados que otras veces.

—¿De qué persona se trata como para…?

—¡Vamos a tener que botar todo esto! ¿Qué va a pensar la señora Coco si lo llega a ver? ¡Hace un siglo que caducaron!

Esa riña a gritos de Mog Berry interrumpió la pregunta de Penny. Su compañera se puso entonces a organizar las cajas de sueños que estaban apiladas en la entrada en vez de las que contenían frutas.

Penny se remangó la blusa y comenzó a ayudarla sin chistar. Su café con leche de soya estaba enfriándose encima del mostrador de la recepción. Se prometió a sí misma que en adelante jamás se pasearía frente a la Galería antes de que empezara su turno.

—Mog Berry, no los bote y démelos a mí. ¡Se venderán como rosquillas en la quinta planta si los ponemos a precio de ganga! —dijo Motail, entrometiéndose, mientras masticaba unas uvas que quedaron, sin importarle lo que pensaran los demás. Varios leprechauns, vestidos con camisetas sin mangas y chalecos de cuero con un diseño adorable, revoloteaban alrededor de él, a la vez que iban comiendo del racimo de uvas que llevaba abrazado.

—Vamos, Motail, por favor. Ya sé que en la quinta planta venden sueños a precios de ganga, pero hacer algo así es aberrante. En este estado, los clientes no captarán ni las imágenes, los olores o los colores, pues están prácticamente echados a perder. Hay que tener criterio propio y no vender productos así. Si se enterara Dallergut, pondría el grito en el cielo. Para peor suerte, si Coco Siestadebebé llegara a saber que en la Galería vendemos porquerías... ¡Ni lo quiero imaginar! Seguro que ya no querría colaborar más con nosotros.

—Total, al fin y al cabo, la mayoría de clientes no recuerdan nada una vez se despiertan...

—Eso es verdad —lo apoyaron los leprechauns.

Cuando los duendecillos se disponían a aducir razones, Mog Berry les dirigió una mirada asesina que los dejó callados *ipso facto*.

Penny reconoció claramente el nombre que se acababa de mencionar en aquella conversación.

—¿Coco Siestadebebé? ¿Es quien va a venir hoy?

—Sí. Hacía mucho que no nos visitaba. Es por eso por lo que estamos decorando la tienda con motivos que responden a sus gustos. Le encantan las frutas de sabor dulce. ¿Sabes que dijo que esta vez traerá una buena cantidad de sueños como favor especial para Dallergut? Los días como éste son emocionantes; hacen que me sienta realizada por trabajar aquí. ¿En qué otras circunstancias tendríamos el privilegio de ver en persona a Coco Siestadebebé?

Se trataba de una de los cinco creadores legendarios de sueños, y había sido galardonada más de diez veces con el Grand Prix en la Gala de los Sueños que se celebraba a finales de cada año. Era la única entre los cinco que creaba "sueños anticipadores de embarazos" y desde hacía mucho se había consolidado como un personaje famoso, muy admirado por el público. Tal y como decía Mog Berry, Penny sólo había tenido ocasión de verla en revistas o por televisión, pero nunca en persona. Tampoco se había imaginado que algún día podría llegar a tenerla cerca.

—¡Bueno, bueno! ¡Den por terminado lo que estaban haciendo y regresen a casa los que acabaron la jornada! ¡Cielos, cómo se ha complicado esto! —exclamó Dallergut, a quien todos creían en su despacho, asomando la cabeza de repente entre las montañas de cajas. En vez de la camisa y el saco que solía llevar puestos, ese día portaba una chamarra de trabajo. Al ir vestido con una prenda holgada, se veía más delgado que de costumbre.

—¿Estuvo ahí todo este tiempo? —le preguntó Penny, apartando las cajas que se interponían.

—La idea de ornamentar el vestíbulo para la visita de Coco Siestadebebé fue mía. En principio pensé sencillamente en colgar algunas frutas de plástico en la puerta de entrada, pero al final el asunto se me ha ido de las manos. ¡Oigan, váyanse ya a casa! ¡A casa! —Dallergut se frotó la parte inferior de la espalda con el dorso de la mano como si le doliera.

A pesar de que ordenó a los empleados que se marcharan, ninguno se movió del sitio. Más acertado sería decir que se quedaron petrificados mirando algo, completamente boquiabiertos.

Penny vio hacia donde miraban todos y se topó con una anciana menuda que justo estaba por entrar en la tienda con sus acompañantes.

Ahora entendía por qué los demás se habían quedado inmóviles. De Coco Siestadebebé, pequeña y flaca como era, emanaba una energía que dejaba sin palabras a los demás con su sola presencia. Era como si esa extraña y misteriosa aura ejerciera control sobre el tiempo, haciéndolo ir hacia atrás o acelerándolo. Todos los movimientos parecían tener lugar en cámara lenta, tanto que una vez de vuelta a la realidad, ella ya había hecho su entrada al interior de la Galería.

—¡Coco, ¿cómo has estado?! —le dio la bienvenida Dallergut.

—Mi viejo amigo, no nos vimos desde la reunión anual pasada, ¿eh? Vaya, ¡huelo frutas! ¡La tienda luce encantadora! —exclamó Coco, al observar la ornamentación.

Dallergut le dio un apretón de manos, aunque tenía las suyas manchadas de tierra.

Los empleados se llevaban las manos a la boca impresionados al ver a Coco Siestadebebé. Hasta los leprechauns que habían estado revoloteando desenfrenados, ahora se encontraban suspendidos en el aire.

Penny estaba oportunamente cerca y pudo percatarse de que de la anciana brotaba un fragante olor a frutas. Era un aroma más rico e intenso que el que provenía de las que estaban allí decorando el lugar. En contraste con su imagen maternal y las numerosas y marcadas arrugas de su cara, las mejillas de Coco, carnosas y sonrosadas, recordaban a las de un bebé.

Detrás de ella entraron sus acompañantes cargando en ambas manos unos fardos pesados envueltos en lujosas telas de seda.

—Dallergut, aquí está lo que te prometí. Aunque no son gran cosa, espero que los vendas bien. Bueno, conociéndote, seguro que ya sabrás qué hacer con ellos.

—¡Cómo que no son gran cosa! Son unas piezas de lo más valiosas. Gracias por encargarnos su venta —respondió Dallergut, alzando uno de los fardos.

Penny sentía tanta curiosidad acerca de lo que se trataba, que no pudo evitar preguntar.

—Mog Berry, ¿todo eso son sueños augurantes de embarazos? Pensaba que los sueños que apuntan a un embarazo sólo se vendían por reserva. ¿Es posible tenerlos prefabricados antes de ponerlos en venta?

Su compañera estaba tan absorta mirando los paquetes de seda que no oyó la pregunta.

—¿Me escuchó? Lo que quiero decir es que esos sueños anticipadores sólo pueden tenerse si alguien se queda embarazada, ¿no? Por eso me preguntaba cómo se pueden preparar de antemano sin saber quién va a tener un bebé.

Conforme se iba planteando esas cosas, ella misma caía nuevamente en el asombro. Se había dado cuenta de que esos sueños eran en sí toda una rareza, pues normalmente se tenían antes de enterarse una misma de estar embarazada. ¿Cómo era posible aquello?

—No son sueños anticipadores de embarazos, sino lo que sobra de ellos —respondió Mog Berry, todavía hipnotizada mirando los paquetes.

—¿Lo que sobra de ellos? ¿Y para qué se usa?

—¿Pues no acabas de preguntar cómo se sabe quién va a concebir?

Mog Berry puso una mirada de suspenso digna de un narrador de cuentos a punto de llegar al momento más álgido de la historia.

—Sí, porque me parece algo muy extraño. Incluir en un sueño un evento futuro como la llegada de un bebé...

—De eso se trata justamente, de eventos futuros.

—¿Cómo?

—Los sueños acerca de la concepción de un bebé son un

tipo de sueños premonitorios. Se crean sabiendo de antemano que un bebé va a ser concebido.

—¿Sueños premonitorios? —repitió Penny, incrédula.

—Aunque no se sabe si es cierto, dicen que Coco Siestadebebé es una descendiente lejana del Primer Discípulo. Ya sabes, el discípulo al que se le concedió gobernar el futuro en *La Historia del Dios del Tiempo y los Tres Discípulos*. Tú también lo leíste, ¿no? Como sea, no es tanto como que vengan escenas nítidas del futuro a la cabeza, pero afirman que en esos sueños sí se ven ciertas imágenes o se percibe la energía de sucesos de importancia. Sobre todo, cuando se trata de la energía de una nueva vida, dicen que la sensación es más intensa. Es por eso por lo que Coco Siestadebebé es capaz de crear sueños que presagian embarazos. ¿Verdad que es alucinante?

—Entonces, ¿aquello ...? —comenzó Penny a preguntar, señalando hacia los paquetes.

—Exactamente. Dicho de cualquier manera, son sobras de producción, pero estoy segura de que serán sueños premonitorios.

—¡No me lo puedo creer!

Penny no sólo estaba siendo testigo de un momento histórico en el que dos descendientes de los legendarios discípulos estaban conversando amistosamente, sino que también tenía a pocos pasos de sí una cantidad considerable de ejemplares de tan asombrosa creación. Se sentía como en medio de un fragmento de un cuento fantástico.

"¿Serán realmente sueños premonitorios? ¿Significa que con uno de ellos podría ver mi futuro?", pensó medio boquiabierta y empezó a figurarse cómo sería su supuesto futuro marido.

—¿Ya te marchas? Qué mal, vaya visita más corta.

La voz algo desanimada de Dallergut fue lo que hizo salir a Penny de su ensimismamiento.

—Ya sabes que hay muchas parejas a la espera de mis creaciones. Tengo que trabajar. Nos encontraremos de nuevo en la asamblea general que se convocará dentro de unos meses. Bueno, me alegro de verte, Dallergut, y les estoy muy agradecida a tus empleados. ¡Parece que se tomaron muchas molestias por esta viejita!

Coco miraba alternadamente la decoración de la tienda y las caras sudorosas del personal a la vez que les dedicaba una sonrisa. Los empleados negaron con la cabeza para darle a entender a la anciana que no les había supuesto ninguna molestia.

—Llévate al menos un poco de fruta. Te la embalaremos para que la disfrutes en casa.

Al decir esto Dallergut, los acompañantes de Coco se pusieron a descolgar las frutas para meterlas en cajas.

—Para esto podríamos haberlas dejado en sus cajas y así no se habría manchado el piso —refunfuñó Vigo Mayers, a la vez que limpiaba con un pañuelo el jugo ya seco de un melocotón.

Luego de que Coco Siestadebebé y sus asistentes se hubieran marchado, los empleados de la segunda planta limpiaron con brío el vestíbulo, dejándolo tan impecable como antes y a continuación regresaron a su planta con una expresión de satisfacción en sus caras.

Una vez que Dallergut consiguió que el resto de trabajadores dejaran de estar pasmados mirando los fardos y volvieran a sus tareas, Weather y Penny se pusieron a ordenarlos.

—Todavía no puedo creerme que sean...

—Vaya, se ve que a ti también te interesan estos sueños.

—¡Claro que sí! ¡Como a todo el mundo! —replicó Penny, elevando la voz de lo exaltada que estaba.

Trasladaron las cajas de sueños que guardaban los fardos a un mostrador vacío y Penny se encargó de escribir en un papel "Existencias limitadas de sueños premonitorios" y lo pegó como último preparativo para iniciar la venta.

Varias horas después, Penny se vio en la incómoda situación de estar entre clientes que babeaban ante los atractivos artículos y Dallergut que no accedía a vendérselos a nadie. Contrario a su costumbre, deambulaba fuera de su despacho frente a la mercancía evitando que la compraran.

—Póngame un sueño premonitorio. No, que sean dos.

—Disculpe, pero ¿qué tipo de futuro desea ver en sueños?

—¿Es necesario que se lo diga?

—Es que éstos son sueños muy especiales destinados a personas que realmente los necesitan. Como ve, no hay muchos ejemplares.

—Quiero saber el número ganador de la lotería de esta semana.

—Mis disculpas, señor, pero me temo que no podemos vendérselo entonces.

—¿Qué es esto? ¿Le contesto para que luego me diga que hace distinciones entre la clientela?

Al escuchar cómo bufaba el cliente, Penny se apresuró a recomendarle otro artículo:

—¿Qué le parece este sueño? En él la Tierra llega al apocalipsis y eso lo convierte en el último humano superviviente en el planeta. ¿No cree que sería una magnífica experiencia?

—No me interesa —declinó el cliente la sugerencia de forma cortante.

A continuación, se marcharon notablemente enfadados, una señora que quería saber cuándo pasaría el examen para ocupar un puesto como funcionaria y otro señor que deseaba ver cómo sería su futura esposa.

—Así no venderemos ni uno —dijo Penny con cierta hosquedad, una vez de vuelta en la recepción.

—Tenemos que esperar —respondió Weather, sin darle mucha importancia.

—¿Por qué le entregó Coco Siestadebebé esta mercancía a Dallergut? Parece que no tiene intención de venderla —añadió la chica en tono cauteloso, temiendo que sonara como si estuviera hablando mal de su jefe.

—Ella no cree que sus sueños sean tan buenos como para lograr números de venta excepcionales. Para nada considera que nos está concediendo piezas selectas; sino que más bien se avergüenza de vender esos productos a la gente y prefiere cederlos a un amigo de confianza como Dallergut.

—¿Cómo va a ser eso? ¡Se trata de sueños premonitorios! La suya es una manera de pensar muy humilde.

—Quizá tendrías razón si con ellos se pudiera ver el futuro que uno quiere. Sin embargo, ella no tiene habilidad para fabricar tal cosa. Como mucho, sólo se llega a presenciar una escena breve del futuro, una muy fugaz.

—Aun así, que se pueda ver el futuro es algo asombroso.

—¿Eso crees? ¿Y si no obtuvieras la información que buscas? Piensa que se trata sólo de una escena. Por ejemplo, pasar por delante de un niño que ha fallado en atrapar una pelota de beisbol, o tal vez, quedarse contemplando una taza de té recién servida. Si fueran instantes así de banales, ¿te seguirían pareciendo tan extraordinarios?

—Uhm, no me refería a cosas tan aburridas.

—Pues esos sueños son así de sosos. No obstante, dependiendo de a quién se les venda, hay veces que pueden resultar especiales.

Weather esbozó una sonrisa traviesa. Su expresión se asemejaba a la que Penny estaba acostumbrada a ver con frecuencia en la cara de Dallergut. Creyó haber entendido por fin cómo continuaban manteniendo esa complicidad en el trabajo durante más de treinta años.

Dallergut seguía delante del mostrador de sueños premonitorios, negándose a venderlos a los clientes que se acercaban; parecía no tener prisa en absoluto por hacerlo.

✳ ✳ ✳

Narim deseaba convertirse en guionista para películas. Llevaba trabajando mucho tiempo en un cine donde era gratuita la entrada para los empleados. Esta ventaja conllevaba también poder pararse a pensar en los diálogos de obras de calidad y escuchar de primera mano la opinión de los espectadores, por lo cual consideraba que su puesto era de una valía inigualable.

—Gracias. Esperamos que hayan disfrutado.

Después de que terminaba cada proyección, se ponía de pie a un lado de la salida para despedir a los espectadores. Un día escuchó la conversación de la última pareja que abandonaba la sala.

—¿Qué tal? A mí me ha parecido bastante buena.

—¿No crees que era muy predecible? Me suena haber visto una trama similar en otra obra. Sólo varían los actores, pero se trata el mismo tema.

Narim asintió para sus adentros al coincidir su opinión con la de aquella persona. Luego pensó en cómo desarrollaría la trama si ella fuera la guionista. Siguió rumiando sobre ello mientras barría las palomitas de maíz desperdigadas debajo de las butacas.

Estaba segura de que quería debutar escribiendo el guion de una película romántica. Le atraían los carteles del género romántico por su jovialidad y le entusiasmaba la posibilidad de adjudicarles títulos exultantes.

Además, a su alrededor abundaban interesantes historias de amor que le generaban ideas. La chica A, que trabajaba en el quiosco, y el chico B, quien se ocupaba de la taquilla, llevaban una relación en secreto en la que se comunicaban mediante gestos. A su vez, el romance entre el chico C, un experto en asar calamar con mantequilla, y la chica D, encargada del tráfico en el estacionamiento, era de lo más sugerente. Sin embargo, eran realidades demasiado ordinarias para escribir un guion acerca de ellas. Narim todavía no había dado con el método para convertir una historia común en una pieza con encanto especial.

—Narim, ¿qué vas a hacer hoy al terminar? —le preguntó un compañero que estaba al lado retirando trocitos de nachos.

—Hoy quedé con una amiga de la preparatoria para cenar. ¿Por qué?

—Oí que en esta zona hay un adivino muy bueno, así que he reservado cita. Como me pone un poco nervioso ir solo, pensé en proponerte ir juntos. Me contaste que tu sueño es ser guionista de cine, ¿verdad? ¿No te da curiosidad saber si tendrás éxito? ¿Qué te parece si vienes conmigo la próxima vez?

—Creo que mejor no.

Al negarse Narim, su compañero puso cara de resignación.

—Ay, pero enterarse por adelantado de esas cosas les quita toda la gracia, ¿no crees? —lo consoló ella en tono amigable.

100

Tras salir del trabajo, Narim iba llena de entusiasmo a encontrarse con su antigua compañera, pues en pocos momentos le aguardaba una historia que haría las delicias de ella. Se trataba, nada más y nada menos, que del nuevo amor de Ayoung, amiga suya desde hacía diez años.

—O sea, que ese chico sigue apareciéndose en tus sueños, ¿no?

—Así es, durante varias noches seguidas ya. Me estoy planteando que sea verdad que me guste.

—¿Y por eso probaste a contactar con él tú primero? ¿Siendo tan orgullosa como eres cómo hiciste algo así?

—Antes de quedarme quieta esperando, pensé que tomar la iniciativa aumentaría las posibilidades. En mi situación, el orgullo no me va a servir de nada.

—No sabes cuánto te admiro. Entonces, ¿han decidido verse oficialmente?

—Sí, empezamos a salir hace unas semanas. Todavía estoy como en las nubes.

—Pues, con unos ajustes, creo que me saldría una buena obra romántica, ¿sabes?

—¿No te parece una historia demasiado floja como para servirte de guion? Suena entretenido cuando charlamos sobre ello, pero me da la impresión de que no es nada del otro mundo como para hacer una película.

—Se ve que todos los amoríos ajenos me parecen idílicos, tal vez porque hace mucho tiempo que no tengo una relación.

Narim soltó un profundo suspiro mientras removía el curry de su plato, que se había enfriado completamente.

Tras salir del restaurante, cada una se dirigió hacia su casa.

"Me pregunto si habrá por ahí alguna historia decente", pensó Narim, dándole vueltas al asunto en su cabeza antes de quedarse dormida.

⋆

—¡Adelante, bienvenidos!

—Pasen...

Al contrario que Dallergut, Penny recibía a los clientes con una voz decaída.

Contando el último que se fue sin comprar nada porque Dallergut le negó la venta de uno de los sueños premonitorios, ya pasaban de ser más de trescientos y la chica estaba emocionalmente agotada.

—¿En qué tipo de producto está interesada?

—Busco un sueño divertido y, si puede ser uno que inspire la trama para una historia, mejor.

Aquella clienta echó un vistazo al mostrador donde estaban colocados los productos de venta limitada. Aunque tenía claramente al alcance de sus ojos la pila de sueños premonitorios, éstos no parecían llamar su atención. Por el contrario, se paró a mirar el montón desordenado de mercancía que correspondía a los saldos de ejemplares menos populares. Penny se dio cuenta de que Dallergut estaba observando atentamente a la visitante y, tal como esperaba, se acercó a ella para entablar conversación.

—Dijo que se prepara para un concurso de guionistas, ¿cierto?

—¿Me conoce? —le devolvió ella la pregunta.

—Por supuesto. Me acuerdo de todos los clientes que pasan por acá.

—Discúlpeme, pues yo no recuerdo haber charlado antes con usted.

—No se preocupe, es normal. Si me permite asesorarla, casi todos los productos que ve aquí ya los probó durante estos dos últimos años.

Narim frunció el ceño intentando buscar entre sus recuerdos, pero pronto su semblante cambió a uno que denotaba desilusión.

—Ahora que lo dice, creo que tiene razón. Se ve que no encontré en ellos ningún tema adecuado para confeccionar un guion. Todavía no he podido escribir una historia que tenga originalidad, ¿sabe?

—La verdad es que sí hay un sueño bastante interesante que aún no ha tenido...

—¿Cuál?

—Pues... —Dallergut hizo una pausa para darle dramatismo a su respuesta—. Un sueño premonitorio.

—No estoy interesada en esas cosas —rechazó ella desganada.

A Penny le sorprendió que reaccionara de esa manera.

—¿No le gustaría tener un sueño premonitorio?

—No me atrae conocer con antelación lo que va a ocurrir. Me pasa lo mismo con las películas que con mi vida: odio los *spoilers*.

—¿No le inquieta saber si llegará a ser una guionista famosa?

—Para nada. Si me enterara de antemano, eso me haría más bien infeliz. Ni siquiera está garantizado que, en caso de que vea un futuro favorable, se haría realidad. Hasta podría hacer que me volviera perezosa en trabajar por lo que quiero. Y si no se cumpliera, la frustración que me llevaría sería peor.

—Todos solemos preocuparnos por el rumbo que tomarán nuestras vidas. ¿Está diciendo que a usted de verdad no le interesa? —se unió Weather a interrogarla.

Penny pudo ver que su compañera y Dallergut estaban extremadamente exaltados.

—Las personas no somos como un coche de conducción automática que sigue un rumbo determinado. La esencia de vivir está en aprender uno mismo cómo poner en marcha el motor, cuándo pisar el acelerador y elegir cuándo hacer uso del freno durante nuestra existencia. Convertirme en guionista famosa no es mi única meta. Disfruto de la vida escribiendo historias y me quedaré satisfecha, ya llegue con ello a la costa o al desierto.

Dallergut no apartaba sus ojos de ella.

—Supongo que lo que les digo no les parece más que mera verborrea —añadió Narim, algo avergonzada.

—En absoluto. Nos ha impresionado. Con eso nos da a entender que piensa que, si se concentra en el presente, experimentará como consecuencia natural un porvenir que corresponda a sus esfuerzos.

—¡Definitivamente! Es justo lo que pretendía decir.

Dallergut sonrió de oreja a oreja al oír responder a Narim rebosante de confianza.

—En ese caso, le recomiendo aún más estos sueños premonitorios. Descuide, no soñará con un futuro que no desea. Verá una brevísima parte de él que además acabará olvidando.

—Si me dice que voy a olvidarlo, ¿por qué lo recomienda?

—Bueno, porque quizás algún día acabe recordándolo de repente. Llévese uno, no tiene nada que perder. Y del pago no se preocupe, pues, como siempre, podrá hacerlo una vez consumido.

—Parece un sueño caro... ¿Cómo es que me lo da tan a la ligera sin saber si acabaré pagando por él o no?

—Siempre nos ha pagado por los sueños. Siendo usted una persona con tanta sensibilidad, nos sentimos endeudados por tenerla como clienta. Penny, ponle un ejemplar de sueño premonitorio a la señorita.

Al poco rato Narim salió de la Galería con cierto aire dubitativo, llevando la caja con el sueño que Penny le había entregado.

—Observo que usted también tiene una faceta impredecible —le dijo Penny a Dallergut cuando éste estaba limpiando el polvo que había sobre el mostrador.

—¿Te parece rara mi forma de vender?

—Sí, pues les niega productos a clientes ansiosos por comprarlos y se empeña en hacer que se los lleve gente que no está interesada en ellos.

—Los sueños premonitorios creados por Coco resultan ser decepcionantes para las personas que desean ver el futuro, pero para los clientes que no se lo esperan, acaban convirtiéndose en un pequeño regalo sorpresa.

—Yo no termino de comprenderlo.

—Cuando lleves mucho tiempo como yo trabajando en esta tienda, lo entenderás.

—Me preguntaba cuándo diría eso hoy —respondió ella, refunfuñando.

⋆

Narim tuvo un sueño premonitorio de cortísima duración, pero no pudo recordar nada de él a la mañana siguiente. En esa semana se concentró en idear un guion y al final decidió que tomaría como tema la historia de amor de su amiga Ayoung, pues, por alguna razón, no dejaba de rondarle por la cabeza.

—¿De verdad que te va a servir?

—Se trata de un chico que aparece en sueños. Es romántico.

—Me sigue pareciendo un motivo bastante soso, por mucho que digas que pondrás énfasis en los diálogos o en la caracterización de los personajes.

Ambas compartieron sus opiniones sobre el nuevo guion reunidas en el mismo restaurante que servía curry como especialidad, donde habían cenado la vez anterior. Estaban enfrascadas en sus pensamientos escudriñando elementos que pudieran darle originalidad a la trama.

Narim machacaba con el tenedor los trozos de zanahoria que habían quedado en su plato y su amiga no paraba de toquetear el mantel. Justo en ese momento Ayoung recibió una llamada en su celular. En la pantalla aparecía el nombre de "Jeongseok" acaparando gran parte de ella. Como si tuviera todo el tiempo del mundo, Narim contemplaba con calma lo que estaba ocurriendo ante sus ojos.

Fue entonces cuando súbitamente una multitud de ideas para esa historia se agolparon en su cabeza. Un evidente caso de *déjà vu* se apoderó de ella por sorpresa: aquellos trozos de zanahoria, el doblez que Ayoung le había hecho al mantel al estar tocándolo inquieta y el nombre de su novio que oportunamente había aparecido en la pantalla del celular. En particular esta última imagen le provocó la extraña sensación de saber que el chico se llamaba Jeongseok, a pesar de que su amiga no lo hubiera mencionado en ningún momento.

—¿Es tu novio? —le preguntó en voz baja.

Ayoung asintió con un movimiento ligero de la cabeza y enseguida contestó a la llamada.

Narim sintió cómo de repente en su mente iban encajando a la perfección todas las escenas del guion que antes estaban desconectadas. Una vez que Ayoung terminó de hablar por teléfono, dejó escapar un grito de emoción:

—¡Un *déjà vu*!

—¿Cómo dices?

—¡Acabo de tener un *déjà vu*! Recuerdo haber soñado con este momento en que te ha llamado tu novio.

—¿En serio? ¡Qué curioso!

Narim percibió cómo en unos pocos segundos habían cobrado vida numerosas ideas. Como si el guion estuviera listo en su cabeza hacía ya tiempo, los pensamientos se ensamblaron automáticamente y fluyeron en orden por su boca:

—A ver, dime qué te parecería si escribiera esta trama: una persona que sabe quiénes se van a enamorar porque lo ha visto en sueños, se convierte en consejera de asuntos amorosos de la misma manera en que yo he visualizado previamente escenas en las que tú y Jeongseok comparten una relación en mi sueño. ¡Se trataría de una profesional que, aunque soltera, tiene sueños premonitorios acerca de las parejas que se van a formar!

Narim había empezado a ilusionarse con escribir tan novedoso guion.

* * *

Ding-dong.
El cliente 1011 ha efectuado un pago.

Una pequeña cantidad de "ilusión" ha sido transferida
por el producto "Sueño premonitorio".

—¡Señora Weather! La clienta que se llevó el sueño premonitorio la semana pasada... ¡ha comenzado a enviarnos sus emociones!

—¿Sí? ¡Me alegro! Seguro que Coco Siestadebebé nos visitará pronto para cobrar el valor de los sueños. Mañana lo dejaré canjeado en efectivo.

Ding-dong.
Una pequeña cantidad de "fascinación" ha sido transferida
por el producto "Sueño premonitorio".
Una pequeña cantidad de "curiosidad" ha sido transferida
por el producto "Sueño premonitorio".

—Me asombra la variedad de emociones que hay para pagar por los sueños. Mire, nos acaban de llegar también pagos en forma de fascinación y de curiosidad.

—Veamos —dijo Dallergut, quien estaba limpiando los párpados de los medidores justo detrás de Penny, mostrándose interesado—: Estupendo. Ya te decía que decidir si un sueño merece o no la pena queda en manos de los clientes.

Dando clic en el ratón, su jefe comprobó las notificaciones una a una.

—Dallergut, ésa era la ventana de notificaciones más recientes. No la habrás cerrado, ¿verdad? Te repito que siempre hay que pasar el antivirus y hacer las actualizaciones —le recordó Weather, mirándolo con sospechas.

—Es que no paran de aparecer.

—¿A qué te refieres?

—Nada, Weather... —respondió él en un tono ambiguo.

—Por cierto, ¿qué es un *déjà vu*? —preguntó Penny, al encontrar ese vocablo que no conocía en la reseña que acababa de llegar—. Todos los clientes dicen en sus reseñas que el *déjà vu* los dejó completamente alucinados.

—*Déjà vu* significa "ya visto". Se refiere al fenómeno de tener la sensación de haber visto algo antes, aunque sea la primera vez que lo tengamos delante. ¿Verdad que es interesante? Los clientes le han dado un bonito nombre a los retazos de sueños premonitorios que vendemos. ¡Qué ingenio! —exclamó Dallergut, admirado.

—¿Sabes, Penny? La mayoría de los compradores consideran que los *déjà vu* son fascinantes, pero los subestiman pensando que se tratan de meros desatinos que se producen en el cerebro —le contó Weather.

—¿De verdad? ¡Vaya sosos! Ya que les vendieron un sueño premonitorio, podrían tener mejores reacciones.

Dallergut soltó unas carcajadas al ver la cara de decepción que puso Penny.

—¡Y justo ése es el aspecto más importante! Pues a pesar de que visualizan el futuro, ninguno se siente apabullado por ello, ¿verdad?

—Bueno, eso es de esperarse. Al fin y al cabo piensan que no vieron nada —respondió Penny, pensando que lo que acababa de decir sonaba a un acertijo.

—Precisamente nos basta con eso —concluyó Dallergut, levantándose del asiento—. ¡Qué sed tengo! Voy a ver si preparo una limonada fresca. Bueno, ¿qué tal si la hago especial poniéndole unas gotas de la curiosidad que nos acaba de llegar? —propuso, dirigiéndose al almacén con un vaso en la mano.

—Ése es el motivo por el que Coco nos trae a nosotros en exclusiva las sobras de sus sueños. En otras tiendas no los aceptan porque no saben cómo deben venderlos —murmuró Weather.

Penny recordó cómo su jefe no le había vendido los sueños premonitorios a cualquier cliente y esperó con perseverancia al más adecuado. Por unos momentos, la chica dudó si en realidad no sería él mismo quien tenía la capacidad de ver el futuro.

—Me gustaría poder echarle un vistazo al cerebro del señor Dallergut para ver qué se cuece allí dentro.

Él regresó enseguida del almacén.

—Le puse dos gotitas de curiosidad fresca. Pruébala.

La limonada que le ofrecía era de un azul cristalino que evocaba el color del mar. Penny se la bebió de varios sorbos seguidos y, al hacerlo, un sabor dulce pero a la vez refrescante se esparció dentro de su boca. La curiosidad resultó ser mucho más agradable de lo que imaginaba.

La chica sintió cómo repentinamente rebosaba de voluntad.

—Señor Dallergut, a mí me gustaría investigar acerca de los sueños de Coco Siestadebebé. ¡Me interesa saber muchas cosas! —exclamó Penny, a quien le había picado la curiosidad académica—. Si me aplico a la tarea, quién sabe, puede que hasta acabe creando auténticos sueños premonitorios. Me refiero a unos que proporcionen el poder de la clarividencia, ¡como los que salen en los cuentos antiguos!

—Está en tus manos decidir si quieres dedicarte a la investigación, pero… creo que no hace falta que te mencione que muchísimas personas han desperdiciado sus vidas en ello, ¿verdad? —le recordó Dallergut con énfasis—. Ese futuro tan increíble que concibes en tu mente no existe aquí. Sólo existen el presente a disfrutar y los sueños a tener esta misma noche.

Tras decir aquello, Dallergut desapareció lentamente entre la clientela con su vaso de limonada en la mano.

4. Reembolsos de traumas

Después de haber almorzado con Weather a una hora tardía, Penny se encontraba reposando en la sala de descanso para empleados.

"Descuida, me ocuparé yo de la recepción, así que descansa un poco". Gracias a que Dallergut se había ofrecido de buen grado a turnarse con ella, pudo disfrutar de unos momentos inusuales de relajación. Apoyada en el respaldo de un viejo sofá, estiró su cuerpo.

Aparte de ellas, en la sala también estaban varios trabajadores de la cuarta planta sentados alrededor de una larga mesa. Comían con pocas ganas y charlaban de algo con un notable decaimiento. Penny pensó que quizás estarían hablando acerca de aquel rumor que corría últimamente entre los empleados, pero cuando aguzó el oído, se dio cuenta de que estaba equivocada.

—Cuando terminemos de comernos esto, nos toca volver a la cuarta planta, así que es mejor que nos demoremos todo lo posible —dijo un compañero con gafas en tono quejumbroso.

—Ojalá que Speedo hubiera seguido indefinidamente en ese viaje de negocios.

—No hace ni medio día que ha regresado y siento que se me hizo la mañana tan larga como un año entero...

El empleado que estaba sentado de cara a Penny, comía con desgana, grano por grano, de un plato de arroz frito. De repente, se abrió la puerta de la sala abruptamente y uno de los palillos que sostenía se le cayó de las manos.

—Vaya, ¡conque todos estaban acá!

Quien entró allí de golpe era el supervisor de la cuarta planta, Speedo. Ese día llevaba un overol de un color fluorescente. Definitivamente debía tener varias prendas iguales, pero en diferentes colores.

—¡Poco más y me quedo comiendo solo! Y aquí estaban ustedes... ¿Es arroz frito con huevo? Estaría mucho mejor si llevara carne y un poco de apio. Pero parece que le encontraron sabor, a pesar de que casi no tiene tropezones, ¿no? Vaya, esas loncheras no son de las que mantienen el calor. Yo tengo una que compré por el módico precio de 1 gorden y 99 seals con función térmica. Claro, claro; les enviaré el enlace de la página donde la encargué. No necesitan darme las gracias.

Tan pronto como oyeron a Speedo soltar toda esa retahíla, sus subordinados empezaron a tapar lentamente las loncheras.

—¿Qué? ¿Ya terminaron de almorzar?

—Es que no tenemos hambre.

—¡Pero si han dejado la mitad de la comida!

—Si nos lo permite, nos gustaría subir para seguir trabajando.

—Caramba, ¡qué diligentes! De acuerdo, yo también iré para allá tan pronto como termine de comer.

Los empleados miraron a Weather y a Penny como rogándoles desesperados que retuvieran allí a Speedo al menos por diez minutos.

—Speedo, ¿qué tal fue el viaje? Escuché que estuviste estas dos últimas semanas colaborando en el Centro de Investigación de Siestas. Seguro que para ti fue una gran oportunidad para aprender.

—Ah, señora Weather. ¡Y Penny! Veo que esta chica va siempre siguiendo a su maestra a todas partes como un perrito faldero —Speedo tomó asiento mientras le quitaba el envoltorio a una bolita de arroz—. Se llamará "Centro de Investigación", pero en realidad lo que dicen estar investigando allí son todo cosas que yo ya sé, así que para mí no hubo mucho que aprender; más bien, fui yo quien les enseñé.

Speedo continuó hablando incluso mientras comía, lo que hizo que granos de arroz salieran despedidos de su boca en todas direcciones. Penny se alejó un poco de él.

—Come despacio, Speedo. Por cierto, tú eras más de comer solo, ¿no? Mencionaste que te agobia ver cuando los demás se rezagan en tomar la comida. ¿Cómo es que viniste a la sala?

—Pues, fíjate. Durante mi visita al Centro de Investigación almorzaba con los empleados de allá y todos los días hablaban largo y tendido sobre finanzas personales. ¡No sabes qué interesante era! Por eso es que le tomé el gusto a comer acompañado. Señora Weather, ¿qué tal si probara usted también a obtener beneficios con la compraventa de emociones de precio bajo?

—¿Y cómo se hace eso? —se mostró interesada ella.

Penny también concentró todos sus sentidos en lo que Speedo decía, a pesar de fingir que no le despertaba ninguna curiosidad. Debido a la mala experiencia que tuvo cuando aquel ladrón le robó la botella de "ilusión", ir al banco le daba miedo, pero dado que llevaba un tiempo con un puesto de trabajo estable, la idea de hacer crecer sus ahorros había empezado a atraerle recientemente.

—Supongo que ya sabrá que el valor de mercado de "furia" crece treinta gordens por botella cuando llega el invierno, ¿no?

—Claro, de eso estoy al tanto. Con unas pocas gotas de "furia" sobre la leña se aviva el fuego de la chimenea cuando se va apagando y lo hace durar una semana entera. No hay mejor manera de ahorrar en calefacción —dijo Weather, con un gesto de pulgares apuntando hacia arriba—. A mi esposo y a mí nos gusta tomarnos un helado frente a una chimenea muy caliente.

—Bueno, bueno, pues escuche bien lo que le digo: ya no hace falta pagar tanto comprando "furia". Los investigadores me contaron que la clave está en ir al banco cuanto antes y aprovisionarse de "confusión" en grandes cantidades. ¡Dicen que el valor se va a disparar antes de este invierno!

—A ver, pero ¿qué se puede hacer con "confusión"? —preguntó curiosa Weather.

—Permite usar la calefacción cuanto uno quiera, porque ya no es necesario recurrir a las viejas chimeneas. Se trata de derramar unas gotas de "confusión" sobre la tubería de gas; así el aire calienta toda la casa en cuestión de segundos. ¡Es como si el gas se confundiera y se expandiera por todos lados! Me avisaron de que me apresurara a adquirirla antes de que se encarezcan los precios una vez que ellos publiquen su estudio.

—A mí eso me parece un poco raro. El aire ya de por sí va propagándose de un sitio a otro. ¿No será algo que se han inventado? Además, ¿no se dijo siempre que es peligroso jugar con el gas? —dijo Penny preocupada—. No habrá hecho eso de comprar un cúmulo de provisiones, ¿verdad?

—¿Y qué si lo hice? ¡Dejé compradas una buena cantidad de botellas a un gorden cada una! Veo que hablas como si pensaras que aquellos empleados se inventaron eso para engañarme. ¿Por qué iban ellos a querer burlarse de mí? ¡Ni que yo les hubiera caído mal!

A Penny le entraron ganas de responderle con varias cosas, pero lógicamente no lo hizo. En cambio, Weather optó por mostrar compasión por él:

—Speedo, me gustaría que fueras al banco conmigo mañana para cambiar otra vez esas botellas por dinero. No te sientas desalentado. Piensa que fue un intento simbólico, pues hasta se les puede encontrar utilidad a las emociones que parecen negativas.

El encargado se sacudió los granos de arroz que se le habían caído sobre el overol al comer y se levantó alicaído del asiento.

—Pero es probable que quizás el precio suba, ¿no sería mejor esperar? Con que sólo alcance los dos gordens por botella, supondría unos beneficios inmensos...

Weather negó rotundamente con la cabeza y Speedo volvió a desanimarse, saliendo finalmente de la sala cabizbajo.

Penny y Weather también se levantaron para ir a reanudar sus obligaciones en la recepción. Al tiempo que colocaba un cojín de vuelta en su sitio, la chica aprovechó para preguntarle a Weather acerca del rumor que rondaba por la Galería. De hecho, había estado esperando la ocasión para hacerlo discretamente.

—Ahora que estuvimos hablando acerca de las emociones negativas, me surgió una duda: ¿puede ser que los sueños malos también tengan utilidad para algo?

—¿A qué te refieres con sueños malos?

—Ésos a los que llamamos pesadillas... Los sueños en los que aparecen cosas que aterran a las personas.

—Veo que me lo preguntas por el asunto de los nuevos contratos.

Weather había encajado las piezas al instante.

—¡Resulta que usted ya lo sabía! Entre los trabajadores de la Galería se ha corrido la voz de que el creador de pesadillas del callejón trasero y el señor Dallergut han firmado un acuerdo como socios. ¿Son ciertos los rumores?

—Así es. Maxim y él decidieron que colaborarán. Pronto van a llegar nuevas mercancías a la tercera planta.

—Escuché que Maxim se pasa los días encerrado en un taller sombrío donde crea unos sueños terroríficos... ¿Qué va a pasar si los clientes dejan de venir acá y bajan nuestras ventas?

—Pues no sé. Por ahora no llego a comprender qué es lo que tiene en mente Dallergut, pero tengo el presentimiento de que no va a tardar mucho en generarse un buen revuelo.

* * *

Sobre la azotea del gigantesco edificio había un panel electrónico donde aparecían las noticias. La calle estaba abarrotada de gente, pero gobernaba una quietud absoluta como si no hubiera nadie. Salvo por la voz del presentador, el lugar se percibía desolado, tanto que parecía que a aquella escena le habían apagado el volumen. Un muchacho que caminaba por allí sin rumbo específico alzó la cabeza para quedarse mirando el panel. De inmediato, las palabras del informador se abrieron paso nítidamente hacia el interior de su mente.

El número de defunciones ha sobrepasado el triple de los nacimientos. En una era en la que la población registra una disminución acelerada, este año el número de soldados alistados también ha marcado cifras mínimas históricas. Como consecuencia, el Ministerio de Defensa se dispone a implementar nuevos reclutamientos para el servicio militar tras realizar exámenes físicos a varones menores de treinta años que ya pasaron por la milicia...

El chico se estremeció y cerró los ojos con fuerza al sentir una oleada de vértigo. Había cumplido veintinueve años y hacía siete que había completado su deber como recluta en las fuerzas terrestres.

"¿Van a hacer que nos alistemos otra vez?"

Para que la noticia terminara de cuajar con él, abrió los ojos e intentó concentrarse en lo que decía el presentador; sin embargo, la escena televisada ya era otra.

Llegó a la Delegación de Defensa vestido con una camiseta holgada. En su sueño no era capaz de percatarse de la inexistencia de un intervalo entre las situaciones que estaba experimentando. En cambio, sí lo abrumaba una sensación de inexorabilidad ante el hecho de que verdaderamente debía volver a la armada. Se encontraba en medio de una multitud de hombres esperando a ser llamados para que les realizaran unos exámenes físicos. Empujado por los que estaban a su alrededor, iba avanzando poco a poco. Extrañamente, los jóvenes que tenía cerca lucían unos semblantes alegres.

—Ojalá me manden a la brigada especial número uno.

—Y a mí. Ya que voy a entrar, quiero asegurarme de que me quedaré por bastante tiempo allí. Yo he nacido para ser soldado.

"A ver, pero ¿qué tonterías están diciendo?". El muchacho no pudo vocalizar los confusos pensamientos que sacudían su cabeza y que acabaron disipándose.

Echándole valor, se dispuso a caminar sobre sus pasos con la idea de salir de aquel edificio, pero sus pies no se despegaron del suelo. Una repentina sensación de sofoco se apoderó de él. Apretó la mandíbula y se concentró en mover las piernas, pero le fue igualmente inútil.

En pocos instantes había llegado su turno y, sin ocasión de siquiera pronunciar palabra, se encontró inmediatamente de cara frente a los resultados de su examen.

"Brigada especial número uno".

La palabra *especial* le dio muy mala espina. Era bueno saber que gozaba de buena salud, pero no le gustó nada confirmarlo de esa manera.

Cambiando nuevamente de escena, de repente pasó a estar sentado en la silla de una barbería que apestaba a un rancio olor a moho.

Esta vez volvía a estar imposibilitado para moverse, como si le hubieran amarrado firmemente al asiento. Logrando a duras penas mover los dedos, desgarró unos trozos del cuero de aquella agrietada silla. Hasta era vívido el tacto del relleno de algodón que se desprendió. Miró con ojos de angustia al barbero que se reflejaba en el espejo.

—¿Dices que te asignaron a la brigada especial número uno? Creo que entonces servirás unos tres años. ¡Eso es ser un buen patriota! Contigo voy a hacer una excepción y no te voy a cobrar por el rapado.

El chico se sentía con el pecho a punto de explotar ante aquella realidad de la que no podía escapar. Las personas de alrededor parecían estar demasiado tranquilas en medio de aquella situación tan absurda. Por otra parte, sentía su cuerpo totalmente inerte a pesar de las violentas emociones que lo sacudían.

"Es imposible que me estén obligando a ir a la armada otra vez. ¡Y es inconcebible que todos los que terminaron el servicio militar se dejen reclutar de nuevo sin chistar!"

Sus pensamientos deambulaban de un sitio a otro buscando la salida hasta que al fin creyó dar en el blanco acerca de lo que más probablemente estuviera pasando:

—¡Exacto, esto debe ser un sueño! ¿Verdad que tengo razón? ¿Verdad que estoy soñando? —preguntó al barbero, mirándolo con cara de haber descubierto una pista.

—¿Soñando? Jaja, debes estar falto de azúcar o algo así, amigo.

Después de contestarle eso con una sonrisa burlona, el barbero le acercó la rasuradora al cuero cabelludo. El cabezal del aparato le transmitió nuevamente una vívida sensación a través del frío metal y unos chorros de sudor le comenzaron a caer por la espalda al mismo tiempo que se desprendían los mechones de su cabello.

"Estoy acabado. A fin de cuentas, parece que esto no es un sueño".

La camiseta que llevaba se pegaba al respaldo de la silla de lo mucho que estaba transpirando.

*_**

Fue justo en ese momento cuando él se despertó del sueño.

Las sábanas estaban empapadas de sudor. Se levantó de la cama maldiciendo a diestra y siniestra, y, pasados tres segundos, le sobrecogió una genuina sensación de contacto con la auténtica realidad.

"Vaya... Al final sí resultó ser un sueño".

Al tratar de recomponer de nuevo los sucesos experimentados, se dio cuenta de que, aunque aquellas escenas habían sido de lo más extrañas y antinaturales, lograron hacerle caer en el engaño con total facilidad. ¿Cómo era posible que tuviera semejante pesadilla cuando hacía ya años que había acabado el servicio militar? Se acercó lentamente a la ventana para sacudir la cobija con la que se había tapado; sin embargo, no consiguió quitarse esa desagradable sensación.

✳ ✳ ✳

En su sueño la chica era estudiante de bachillerato. Sin la ayuda de más detalles, se pudo dar cuenta inmediatamente de las circunstancias en las que se encontraba: le faltaban tres días para presentar sus exámenes.

La prueba del primer día probablemente cubriría las asignaturas de Matemáticas, Química y Física. Todas eran materias en las que no le iba a servir de nada intentar memorizar fórmulas en el último momento. "¿Cómo es que no estudié lo más mínimo?", se preguntó ella en sueños.

Así era. No había estudiado en absoluto. Por más que se esforzara por acordarse, no tenía recuerdos de haber preparado ni una página.

Empezó a sentir que le faltaba aire y que la visión de lo que había delante de ella se deformaba. Aunque tenía los ojos abiertos, notaba que su percepción del espacio estaba alterada. De un momento a otro, sus amigos se apelotonaron alrededor de ella y empezaron a bombardearla:

—Song Yi, esta vez sacarás otro diez, ¿eh?

—Sí, porque la anterior te echaste a llorar por fallar en una pregunta.

—¿Verdad que últimamente ya te harta estudiar?

Tras estar un buen rato evitando poner cara de extrañeza, por fin decidió contestarles:

—No pude estudiar nada, lo juro.

Desparramada sobre su pupitre, percibió el olor a madera barata del mueble, lo que acrecentó lo vívido de la situación. Se puso a recapacitar acerca de los posibles motivos por los que no se había preparado para el examen: "¿Cómo es que dejé que me pasara esto?". Algo así no era propio de ella. Su mente dio con todo tipo de razones absurdas, pero fue incapaz de explicarlas más allá de enumerarlas.

En aquel sueño no tenía forma de percatarse de que la situación que estaba viviendo no era real, ni de que, al despertarse, volvería a ser alguien con un trabajo que se había graduado de la preparatoria hacía ya años y no necesitaba presentar esa clase de pruebas.

Sin previo aviso, la escena pasó a ser otra. La transición fue tan natural que no pudo darse cuenta del cambio. Estaba dentro de un aula envuelta en calor bochornoso: había llegado el día del examen final que precedía a las vacaciones de verano.

Su pupitre se situaba justo en mitad de la clase y sobre él había una hoja llena de preguntas a las cuales no había respondido.

"Qué mal, no me sé ni una".

Llevaba puesto un grueso uniforme de un tejido poco transpirable, lo que hacía que no parara de sudar mientras sostenía aquel papel entre sus manos. Los compañeros que tenía al lado se susurraban entre sí, como si quisieran que lo que decían llegara a oídos de ella:

—Este examen es pan comido.

Mientras intentaba recomponerse de aquel desconcierto, el número de hojas del examen se iba multiplicando poco a poco. No importaba cuánto hojeara aquellos papeles, no podía encontrar una sola pregunta cuya respuesta supiera.

La sala se llenó con el ruido sincronizado que hacían sus compañeros al pasar a la siguiente hoja. No obstante, ella no había sido capaz de resolver ninguno de los problemas.

Las cifras que aparecían en la prueba de Matemáticas se veían enredadas, y las agujas del reloj que estaba colocado sobre la mesa del profesor corrían imparables hacia la hora límite para terminar el examen. El segundero producía un sonido fuerte y agudo, como si estuviera resonando dentro de su cabeza.

La estudiante, ansiosa, empezó a morderse las uñas al tiempo que sacudía las piernas por la inquietud.

"Si me sale mal este examen, mis padres se llevarán un disgusto. Cuando el profesor de Matemáticas vea que he entregado la hoja en blanco, me llamará a la sala de profesores y mis compañeros vendrán a preguntarme qué respondí durante el recreo. ¿Qué me dirán cuando sepan que no acerté ni una sola pregunta?"

Llegó hasta a pensar que en su vida no existía nada más importante que aquel examen. Cuando estaban a punto de escapársele las lágrimas debido a esa cantidad anormal de estrés y presión que hacía retumbar su cabeza, aquella aula iluminada por unos resplandecientes rayos de sol se oscureció repentinamente. Acto seguido, unas olas gigantes provenientes de la pista de deportes entraron por las ventanas inundando la sala por completo.

En el sueño no le daba importancia al hecho de que tuviera el agua al cuello y, soltando un suspiro de alivio, pensaba: "Menos mal, así darán el examen por nulo".

* _* *

Con ese pensamiento irrazonable, se despertó de su pesadilla. Ella no terminaba de volver en sí y permaneció acostada mirando absorta al vacío. Cuando tenía sueños vívidos, solía pasarse un buen rato desconectada de la realidad a causa de la confusión que le provocaban. Sin moverse de la cama, empezó a recapacitar en una serie de cosas acerca de ella misma.

"Tengo veintinueve años y terminé el bachillerato hace más de diez. Nunca más en mi vida tendré que pasar por ese tipo de pruebas".

Bastó con que pensara en su verdadera realidad para que se tranquilizara y pusiera los pies en la tierra.

No era la primera vez que soñaba con presentar un examen. En sus días de estudiante era una alumna excelente, pero siempre se sentía muy presionada cuando se acercaba la época de evaluaciones. "Estoy más que harta de estos sueños", dijo en voz alta como soltando un profundo suspiro.

* _* *

Desde la mañana, docenas de clientes furiosos habían venido a quejarse de cómo podían estar vendiendo aquella clase de sueños. Dallergut, al no estar seguro de cuántas personas acabarían pasándose por allí para exigir reembolsos, dejó dada la orden de que fueran remitidos a su despacho, de donde él no había salido en todo el día.

Penny hizo una estimación mental aproximada del número de visitantes a los que les había indicado dirigirse hacia allá hasta el momento. Cada vez que lo hacía, Dallergut asomaba la cabeza por la puerta invitándoles a pasar y luego la cerraba una vez que entraban a su despacho. Probablemente ya no cabrían más personas en aquella oficina tan pequeña, y Penny temía que esa situación los animara a presentar más quejas todavía.

—Señora Weather, voy un momento al despacho del señor Dallergut.

Sin replicarle, su compañera se limitó a dar un bostezo. La chica entendió que le daba permiso para proceder como quisiera.

Portando una bandeja llena de *Galletas reconfortantes para el cuerpo y el alma* que tanto le gustaban a su jefe, tocó a la puerta de su oficina.

—¿Puedo pasar?

Al no escuchar ninguna respuesta, probó acercando la oreja, pero sólo logró percibir una extraña calma. "No me creo que todas esas personas que llegaron enojadas estén haciendo meditación ahí dentro". Tras vacilar unos instantes, abrió la puerta y entró.

En aquel despacho no había absolutamente nadie.

No obstante, pudo darse cuenta al momento de que las cajas que formaban una torre al lado del armario de Dallergut yacían ahora sobre el piso. El espacio que ellas ocultaban había quedado al descubierto y dejaban a la vista una puertecilla medio abierta por la que a duras penas podría pasar una persona. Ella no tenía la menor idea de que había una abertura en el interior de aquella habitación.

Al asomarse por el resquicio, vio que había unas escaleras pétreas de un color azulino. Si bien el hueco de entrada era estrecho, las escaleras estaban perfectamente pulidas para que cualquier persona pudiera usarlas sin tropezarse. Al final de ellas se podía escuchar a gente hablando.

—¡Señor Dallergut! ¿Se encuentra ahí abajo?

La voz de la chica reverberó en el área de los escalones.

—¿Penny? ¡Viniste justo cuando te necesitaba!

Aunque todavía no conseguía avistar a Dallergut, sí alcanzó a oírlo.

—Si te fijas, encima de mi escritorio están los acuerdos de compraventa. Tráemelos acá abajo.

—¡Sí, enseguida!

Penny dejó a un lado la bandeja con las galletas y se puso a buscar entre el montón de papeles. Encima de aquella mesa tan larga había desparramados en desorden acreditaciones de calidad y agradecimientos por extensiones de contratos por otros cincuenta años que habían olvidado los creadores de sueños y otros documentos. Dallergut era un caballero que siempre iba elegantemente vestido, pero estaba claro que mantener organizado su escritorio no era su fuerte. A ella se le escapó una risita al pensar en que, si les mostrara aquel desorden a los empleados de la segunda planta, se alegrarían como depredadores que acaban de dar con una presa suculenta.

Mientras rondaba aquí y allá alrededor de la mesa, rebuscando entre los documentos, iba topándose una y otra vez con las cajas en el suelo. Se propuso deshacerse de ellas con el permiso de su jefe una vez que tuviera tiempo para hacerlo entre sus otras tareas. En la parte superior llevaban escrito lo que parecían ser fechas de fabricación y algunas databan de más de diez años atrás.

—¡Señor Dallergut, ya los encontré! ¡Bajaré ahora mismo!

Penny descendió cuidadosamente los escalones con la bandeja en una mano y el montón de papeles en la otra.

Al llegar casi al final, le pareció por unos momentos que a su alrededor estaba bastante oscuro, pero una vez que bajó el último escalón salió a un espacio incluso más luminoso que el vestíbulo de la Galería. En el centro se hallaba una gran mesa redonda de mármol y los clientes estaban sentados en torno a ella bebiendo té.

A pesar de que algunos aún seguían notablemente enojados, casi todos estaban algo más aplacados tras haber tomado la bebida que les había servido Dallergut. Penny imaginó que, con toda seguridad, él había tenido la astucia de añadir previamente a la infusión unas gotitas de "compostura" o "serenidad".

Las lámparas que colgaban de la pared iluminaban hasta el último rincón, y los elementos decorativos que emulaban falsas ventanas llevaban unos focos instalados encima que hacían parecer que afuera el sol relucía en su máximo esplendor.

—¿Éstos son los documentos que necesita? —preguntó Penny, pasándole el montón de papeles.

—Así es. Gracias.

—No sabía que existía un lugar como éste.

—Se construyó previendo que podría haber días como el de hoy. Si nos ponemos a reñir con clientes afuera, supondría una molestia para otros visitantes que vinieron a comprar —susurró Dallergut.

Entre los clientes se hizo el silencio al ver aparecer a Penny, pero en breve empezaron de nuevo a hablar acaloradamente.

—Bueno, ¿qué es lo que tiene que mostrarnos? No se crea que nos va a convencer con pobres excusas —dijo en tono agresivo una mujer con los brazos cruzados.

—¿Sabe cuántos de aquí hemos soñado con volver a entrar a la milicia? No me cabe en la cabeza cómo se les ocurre vender esos sueños —añadió un joven sentado en el lado opuesto de Dallergut, dejando la taza sobre la mesa con sonoridad.

—¿Y cómo piensa explicarnos las pesadillas acerca de exámenes? ¿Es que tiene por pasatiempo hacer sufrir a la gente que duerme?

—¡Eso mismo! Antes me gustaba comprar en esta Galería, pero me parece que no lo haré más. ¿Acaso no saben que en las tiendas que abrieron recientemente sólo venden sueños agradables? ¿Cómo piensan retener a la clientela? —preguntó en tono sarcástico una mujer vestida con una pijama a cuadros.

Penny permanecía de pie sin saber qué hacer ante aquel ambiente poco alentador.

Desde su incorporación, no recordaba ninguna ocasión en la que los clientes se hubieran puesto a arremeter hasta contra el mismo dueño de la Galería. No obstante, Dallergut seguía tan sereno como cualquier otro día.

—Estimados clientes, vendemos nuestros productos después de darles las indicaciones oportunas. Aunque, claro, si se acordaran de ello, no habrían venido aquí de esta manera. A mí también me deja un mal sabor de boca que haya surgido esta situación, pero ¿qué se le va a hacer cuando todo lo que ocurrió fue por voluntad divina?

—Pues sí, no nos acordamos. ¡Es lógico! ¿Por qué íbamos a comprar algo así? ¿Acaso hay gente que adquiera pesadillas a propósito?

—Me va a disculpar que le diga que no son simples pesadillas. Lo cierto es que en ocasiones sí vendemos algunas pesadillas escalofriantes a clientes que la pasan mal a causa del bochorno en las noches de verano, pero lo hacemos sólo de forma esporádica. Los productos que se llevaron no están pensados sencillamente para enfriar el cuerpo con la aparición de fantasmas. Oficialmente se les denomina "Sueños para superar un trauma" y han sido creados con todo esmero por un talentoso joven del gremio. Se trata de un género de altísima calidad —explicó Dallergut, con orgullo.

Una vez más, se volvió a formar barullo entre los clientes. Hasta se oía cuchichear a algunos: "¿De qué diantres está hablando?" o "¿Así es como pretende darnos largas?". Penny tampoco consiguió comprender del todo lo que había dicho su jefe.

—Como sea, no nos importa. No sirve para hacernos superar traumas ni mucho menos. Sólo nos trae a la memoria cosas desagradables que preferimos dejar enterradas. ¡Nos va a tener que reembolsar todo! —gritó un hombre que llevaba puesta una bata prestada, levantándose del asiento.

—Caballero, en nuestro sistema, los pagos se realizan *a posteriori*. Todavía no le cobramos…

—Espera, Penny. No es necesario discutir eso —interrumpió Dallergut a la chica—. Estimando que podrían reaccionar así, les hice firmar a cada uno de ustedes un acuerdo de compraventa. Me gustaría que le echaran un vistazo. Podrán reconocer en ellos la firma de su propio puño y letra.

El dueño se levantó para repartir una hoja a cada uno de los reunidos y luego volvió a sentarse. Penny miró disimuladamente el papel que sostenía el cliente más próximo a ella.

ACUERDO DE COMPRAVENTA

Los "Sueños para superar un trauma" son artículos que la Galería de los Sueños vende en consignación. En nuestra tienda sólo vendemos sueños cuya calidad y eficacia han sido cuidadosamente comprobadas por la Asociación.

Primero: este género se creó para usuarios que desean poner a prueba su resiliencia mental a la vez que recibir una inyección semipermanente de autoestima. La naturaleza del sueño en sí diferirá según el trauma del usuario en cuestión.

Segundo: sólo serán cobrados los sueños que hayan producido emociones positivas una vez despierto el comprador. Será únicamente entonces cuando este acuerdo se dará por completado.

Tercero: dadas las características intrínsecas de la mercancía, si bien será posible solicitar un cambio por otro producto o una cancelación de la compra en un plazo inferior a un mes desde la fecha de adquisición, no se aconseja hacerlo debido a que es altamente probable que tenga lugar una recompra debido al olvido.

Cuarto: el cliente se compromete a reconocer que recibió las pertinentes explicaciones acerca del producto, y aceptará tener el mismo sueño con la frecuencia recomendada por el vendedor hasta que su trauma esté superado.

[firma:].

> ** No obstante, el vendedor se reserva el derecho a interrumpir la venta a su discreción si el cliente es incapaz de llevar a cabo sus actividades diarias debido a un estrés extremo después de la compra, o si el cliente tiene episodios de insomnio anormales causados por la ansiedad.*

Al hacerse evidente que las firmas eran suyas, aquellas personas que unos momentos antes estaban tan agitadas pasaron entonces a poner caras de perplejidad. Leían una y otra vez el documento para asegurarse de que comprendían todo lo que estaba ahí escrito.

—Pero ¿cómo se supone que mejorará nuestra autoestima y fortaleza mental? Yo me conformo con no tener que estresarme más —preguntó el primer cliente que había entendido de qué se trataba.

Penny simpatizaba con él en su cuestionamiento, pues era justo lo mismo que le inquietaba a ella. La chica podía empatizar en gran medida con el tremendo enojo que había provocado en los clientes.

Dallergut procedió a responderle con calma:

—Me disculpo si se han sentido estresados a causa de nuestros artículos. Como ven, pueden hacer una cancelación de compra y optar por no tener más esos sueños. Adicionalmente, dado que todavía no han obtenido resultados, no se les ha cobrado todavía por ellos, con lo cual no tienen que preocuparse acerca de los reembolsos.

Al mostrarse humilde y abierto a que anularan sus adquisiciones, los clientes, irónicamente, manifestaron una actitud mucho más sosegada.

—Así es, pueden hacer lo que consideren oportuno. Aunque, ya que se embarcaron en ello, ¿qué tal si esperan un poco más para ver si les surte efecto? —añadió Penny, al observar que habían perdido las ansias de continuar protestando.

—¿Sabe lo horrible que es experimentar de nuevo un evento desagradable? Uno recurre precisamente a los sueños para tener únicamente vivencias positivas.

La mujer hablaba con voz temblorosa como si algo la atemorizara, por lo que Dallergut empezó a hacerla entrar en razón con mucho tacto:

—¿Está segura de que sólo hubo recuerdos indeseables?

Las demás personas posaron sus ojos sobre él de manera sincronizada. En sus semblantes se dibujaba una incredulidad invariable.

—Si lo piensan, los tiempos más duros son también aquellos en los que ponemos todo de nuestra parte para superar las dificultades. Una vez que pasa, puede cobrar un sentido diferente dependiendo de cómo lo veamos. El hecho de que se encuentren ahora en plena forma tras haber atravesado una etapa así demuestra precisamente que tienen una enorme fortaleza.

Los clientes recapacitaron acerca de las palabras de Dallergut mientras terminaban de tomarse el té.

Penny aprovechó para darles una galleta para reconfortar el cuerpo y el alma a cada uno. En aquel espacio subterráneo y secreto sólo se escuchaba el crujir de las golosinas en las bocas y el tintineo de las tazas.

—Ciertamente, dicen que los tratamientos de psicoterapia funcionan a partir de la premisa de que uno debe aceptar todos sus sentimientos, así que tiene su parte de razón en lo que explica.

Al expresar esto la mujer que llevaba la pijama a cuadros, varios otros clientes asintieron con la cabeza en señal de estar de acuerdo.

Al poco rato, la mitad exacta de los allí reunidos le pidieron a Dallergut que cancelara su compra.

—Como desee, señor. Si no está satisfecho, rescindiremos el acuerdo.

—Al final, me siento mal por usted, pues, al fin y al cabo, es obvio que fui yo el que hice la compra firmando y todo. Pero la verdad es que me gustaría dejar mi trauma enterrado.

—No se preocupe. Si en un futuro se siente preparado, puede volver a intentarlo.

Los que habían terminado de hacer sus cancelaciones se apresuraron a salir de aquel sótano para reanudar las horas de sueño que les quedaban.

La mitad restante que había optado por mantener el acuerdo se animaron unas a otras con gran determinación.

—¡Aguantemos y el año que viene ya no soñaremos más con ir a la armada!

—Sí, yo también quiero dejar de soñar que debo presentar exámenes. ¿Dice que lo habremos logrado cuando nos despertemos con buen ánimo?

—Así es, aunque no será tarea fácil —respondió Dallergut, levantándose de su asiento—. Además, nunca olviden que han superado muchas más cosas de las que creen; en el momento en el que se den cuenta de ello, seguro que notarán que han mejorado mucho. Esto es un pequeño regalo que les doy a ustedes que poseen tan firme fuerza de voluntad.

Sacando un frasquito de perfume del tamaño de un dedo, empezó a rociarlo sobre las mangas de las pijamas de los clientes, y éstas empezaron a desprender un ligero aroma a bosque estival.

—¿Qué es esto? —inquirió la mujer de la pijama a cuadros, mientras olfateaba su manga—. Es una fragancia muy agradable.

—Se trata de un perfume que les ayudará a quedarse sólo con los pensamientos que conducen a un buen camino. Aunque no produce efectos extremadamente notables, no está de más usarlo. Yo también me lo aplico cuando me encuentro atascado en algún asunto. Recuerden que son bienvenidos siempre en nuestra Galería si en el futuro necesitaran desahogarse como hoy. Permítanme que les rocíe unas gotas más. Sepan que tampoco nos importará que vengan a cancelar sus compras como los demás clientes que ya se fueron.

Una vez que todos hubieron abandonado la planta subterránea, Penny y su jefe se quedaron a recoger las tazas.

—Señor Dallergut, ¿y si al final todos acabaran por pedir que se les anule el acuerdo? Supondría una inmensa pérdida tanto para nosotros como para el creador de esos sueños.

—Hay que rezar para que eso no ocurra.

—¿Se refiere a que no hay ningún plan para evitarlo?

—No sabes lo afortunados que fuimos hoy de que sólo la mitad de la clientela cancelara las adquisiciones. Yo estoy seguro de que este producto demostrará con éxito su efectividad en el futuro —dijo su jefe, rebosante de confianza.

* * *

El chico continuó soñando con reingresar a la armada. Volvía a tener el mismo sueño cuando ya se le iba olvidando el anterior. Todas las veces que lo hacía, se levantaba con un humor pésimo, pero cierto día llegó a la conclusión de que no era necesario sentirse torturado por un simple sueño, pues él ya había dejado muy atrás sus días en la milicia. Así, en la siguiente ocasión cuando se encontró a punto de ser reclutado en sueños, se limitó a hacer un chiste de ello y quitarle importancia: "Bueno, habiendo hecho ya el servicio militar, no me intimido ante nada a lo que me tenga que enfrentar".

Se puso a pensar detenidamente en el día que finalizó su reclutamiento y dio sus primeros pasos como un vacilante miembro de la sociedad y en la actitud con que lo hizo. Entonces se dio cuenta de que, habiendo superado aquella pesadilla, ya no representaba un trauma, sino un logro.

Fue entonces cuando el pago del joven llegó a la Galería de los Sueños. Después de eso, el chico no volvió a soñar otra vez con tener que hacer el servicio militar.

* * *

Durante todo el tiempo en que las pesadillas acerca de tomar exámenes se repitieron, la muchacha llegó a la conclusión de que claramente no había superado la presión que sintió en aquel entonces, a pesar de que ya no tenía que pasar por esa experiencia.

Se percató de que era ella la que se agobiaba a sí misma poniéndose límites de tiempo. Lo hacía con todo, empezando por su trabajo y continuando con cosas que no tenían carácter obligatorio, como casarse o tener hijos.

Una mañana lluviosa, al levantarse después de haber estado cuatro días seguidos soñando con que tenía que presentar exámenes, tomó la decisión de que ya no se dejaría llevar más por su inconsciente. Se sentó cómodamente frente a la ventana y, cerrando los ojos, empezó a rememorar las veces en las que obtuvo buenos resultados en las pruebas, en vez de enfocarse en lo estresada que solía estar en la época de evaluaciones.

"Estoy orgullosa de todo lo que logré hasta ahora. De la misma manera que tuve éxito en el pasado, en adelante conseguiré triunfar, sea cual sea el desafío que tenga frente a mí". Lo que le hacía falta era aprender a confiar incondicionalmente en sí misma y liberarse de las presiones; es decir, tomar una actitud más flexible ante la vida.

En ese momento, realizó finalmente el pago por los sueños que había tenido. Ya no le persiguieron más esas pesadillas de estar frente a un examen y, pasado un tiempo, hasta acabó olvidando el hecho de que hubo una época en la que soñó algo así.

*　*　*

Ding-dong
Una generosa cantidad de "autoestima" se ha recibido como pago por el "Sueño para superar un trauma".
Una generosa cantidad de "orgullo" se ha recibido como pago por el "Sueño para superar un trauma".

—Parece que ya van entrando los beneficios —Dallergut se puso a comprobar con parsimonia una a una las notificaciones en el monitor—. Por cierto, Penny, ¿qué tal si me acompañas a darle a Maxim el pago por estos productos? Como hoy no hay mucha clientela, será suficiente con que Weather atienda la recepción. ¿Verdad, compañera?

—Mientras me traigan panecillos rellenos de crema a la vuelta, me parece bien —aceptó de buen grado Weather.

—Entonces, ¿vendrás conmigo, Penny? Maxim es alguien muy sociable, pero no le gusta mucho salir. Si vamos a visitarlo, se pondrá muy contento.

—Bueno... De acuerdo —respondió Penny, con cierta renuencia.

En el camino hacia el taller de Maxim, a la chica se le hizo difícil ocultar que estaba preocupada. Caminó acortando el paso a propósito, quedándose algo rezagada. Estaba muy al tanto de los rumores acerca del creador. A pesar de que no había forma de corroborar todas aquellas escandalosas historias que circulaban, había una cosa que sí era cierta: él se pasaba en su taller del callejón trasero días enteros con las persianas echadas, creando sueños tenebrosos. Si bien había tenido la ocasión de comprobar que sus creaciones no eran productos que sólo causaban pavor, a Penny seguía sin hacerle gracia la idea de encontrarse con una persona como Maxim.

—Apresúrate, Penny.

Dallergut, que estaba a bastantes pasos por delante de ella, se giró para apresurar a la chica. Ésta, resignándose, aceleró la marcha.

A diferencia de las tiendas adyacentes, nadie se paraba delante del lugar de trabajo de Maxim. Efectivamente, era de esperar que ningún cliente se dirigiera directamente a su negocio, pues justo afuera había cúmulos de hojas secas sin barrer y una gran cantidad de objetos inservibles. Aunque tenía un ventanal bastante grande, las cortinas opacas le daban un aire aún más lúgubre al establecimiento.

Dallergut subió hasta el rellano de la escalinata que daba a la entrada y tocó a la puerta ligeramente.

—Maxim, ¿estás ahí?

—Señor Dallergut, ¿qué le trae a mi humilde taller?

Contrariamente a sus expectativas, un joven de apariencia común y buenos modales salió a recibirles. Llevaba una camiseta de manga corta, unos pantalones vaqueros con algunas rasgaduras y un delantal negro alrededor de la cintura. Aparte de ser alto, tenía los hombros anchos, unas largas extremidades y estaba en buena forma. No obstante, se le veía encorvado como si estuviera de pie sobre un terreno inclinado. Al ver su manera de caminar cuando entraba al taller, Penny tuvo la rara sensación de que su fracturada columna se había restaurado como por arte de magia.

Los tres se sentaron cerca de una mesa que el joven se apresuró a despejar primero. Dallergut estaba comiendo gustosamente unos higos macerados en vino que Maxim le había ofrecido. Por el contrario, ella no era capaz de probar bocado, pues la oscuridad del lugar le creaba la ilusión visual de que la salsa de aquel tentempié era sangre.

—Disculpa, ¿te importaría encender alguna otra luz? Es que está muy oscuro aquí dentro. O, quizá, descorrer las cortinas. Afuera reluce un sol espléndido.

Penny estaba algo asustada y al mismo tiempo sentía curiosidad por ver un poco más del taller.

—Perdona, es que si entrara luz innecesaria, los productos que tengo en fabricación se podrían volver blanquecinos. Los sueños que hago deben ser más vívidos y nítidos que los convencionales. Si se notara que son sueños, terminarían siendo inútiles. Me gustaría que lo entendieras.

—Ah, claro. Tienes toda la razón.

La chica se dio cuenta de que le había hecho una petición imprudente. Para compensar su atrevimiento, se llevó a la boca un trozo de higo con afán de quedar mejor a ojos del anfitrión.

La fruta tenía una textura más suave y un sabor más dulce de lo que esperaba.

—Toma, aquí tienes el pago —dijo Dallergut, pasándole un grueso sobre.

—Vaya, los sueños produjeron beneficios antes de lo que esperaba. Parece que los clientes tienen una gran fortaleza mental. ¿O sería más acertado decir que todo se debe a su habilidad como vendedor?

—Claro que no. Fue gracias a unos clientes fuertes e inteligentes que reconocieron el valor de tus sueños.

—Le estoy agradecido de que me tomara como socio. Pensé que no habría nadie que apreciara unos sueños que pueden poner a la gente de mal humor.

—Yo sí que estoy agradecido, sobre todo por la perseverancia que pones en tus creaciones. Quiero que sepas que estoy convencido de que son indispensables para el mundo.

Aunque debido a la oscuridad no lo pudo ver con certeza, Penny habría jurado que Maxim estaba aguantándose las lágrimas.

—Me deja sin palabras al decirme eso. Pero ¿sabe?, en este trabajo es inevitable que se pierda la confianza en uno mismo. Todos tenemos una etapa en nuestras vidas que no queremos recordar. Tal vez la solución sea vivir sin hacerlo, ¿no? Quizá no haya nada mejor que eso. Es lo que pienso a veces y me tortura porque me parece que lo que hago no tiene ningún sentido.

Dallergut permanecía sumido en sus pensamientos. Sin duda, estaba eligiendo cautelosamente las palabras con las que contestarle.

Dado que Maxim no había resultado ser una persona tan temible, Penny no sintió reparo a la hora de decidirse a participar en la conversación que estaba teniendo lugar entre ellos.

—En ese caso, ¿no bastaría con dar eso a conocer de una manera sencilla? Por ejemplo, ¿no podrías crear sueños en los que aparecieran instantes de triunfo y alegría? —preguntó inocentemente la chica.

—Veo que sabes cómo animar una conversación.

A Maxim pareció gustarle lo que Penny había dicho.

—¡Así es cómo todos podemos pasar un buen rato! ¡Y hasta te será más fácil recibir los beneficios!

—¿Lo dices porque te preocupo? —preguntó Maxim, a la vez que se apuntaba a sí mismo con su largo dedo índice.

Temiendo que hubiera creído que estaba mostrando lástima por su situación económica, Penny observó su expresión, pero enseguida se dio cuenta de que estaba bromeando.

—¿Sabes en qué se distinguen los sueños buenos de los mediocres? —preguntó Dallergut a su empleada.

—No sé... Creo que me lo mencionó antes en alguna ocasión...

La chica se puso a recordar las cosas que su jefe le había contado, mientras Maxim la miraba atentamente.

—Siempre dice que el valor de los sueños depende del cliente... Ajá, ya veo. La diferencia radica en si la clientela sabe reconocerlos. Es más importante que el consumidor se dé cuenta por sí mismo antes que dárselo a conocer. Así se sabe cuándo un sueño es bueno.

—Correcto. Una vez dejados atrás los momentos difíciles del pasado, deben percatarse de que ellos son quienes los han superado. Nuestra función es ayudarles a que recuerden por su propia cuenta.

—Ésa es la razón por la que vendemos sueños, pues, al

fin y al cabo, todo queda en manos de los clientes. ¿Estoy en lo cierto?

—Señor Dallergut, veo que encontró a una empleada excelente —dijo Maxim, con una sonrisa aún más reluciente que los rayos de sol del exterior.

5. La Asamblea General de los Creadores de Sueños

Aquel día reinaba la calma en la Galería. Los clientes hacían sus compras con tranquilidad y Dallergut se paseaba por el vestíbulo con una cesta llena de caramelos-somnífero que daba a los que se marchaban sin adquirir ningún artículo.

—¿Le importa darme uno más? —le pidió amablemente una mujer, extendiendo su mano.

—¿Mañana tiene el día libre?

—No, me toca trabajar.

—Entonces, es mejor que sólo tome uno. Con dos, puede que tenga un sueño tan profundo que no escuche la alarma.

La clienta, ataviada con un camisón de encaje de color amarillo intenso, salió por la puerta con los hombros caídos de pensar en su siguiente jornada de trabajo.

Penny, de lo más ociosa, se dedicaba a limpiar una y otra vez el polvo de los medidores de párpados, pero, cuando se acercó la hora de salir, se limitó a esperar de pie en la recepción mirando a las musarañas. Weather estaba sentada a su lado rellenando una hoja de notas que escribía y borraba repetidamente.

El reloj de péndulo del vestíbulo marcaba las cinco cincuenta de la tarde.

—Weather, debemos prepararnos para salir ya. Reservé un taxi para las seis en punto —dijo Dallergut, acercándose con la cesta de caramelos vacía.

—Oh, vaya, ¿ya es ésta la hora? Todavía no pude elegir los objetos de decoración navideña. Quería dejarlos encargados hoy...

La prisa la hacía moverse inquieta.

—¿Van a ir a algún lugar? ¿Por qué necesitamos decoración de Navidad? Todavía falta mucho para esas fechas —dijo Penny, albergando ciertas dudas.

—¡Qué confiada! En esta avenida comercial existe únicamente un lugar donde venden ornamentos. Si hacemos tarde el pedido, no podremos recibir nada decente. El año pasado pagamos cien gordens por cada árbol de Navidad y lo que nos llegó fueron unos abetos embarrados de lodo que habían traído del monte, talados de cualquier manera. Todavía recuerdo cómo se burlaba Motail cada vez que pasaba delante de ellos diciendo que nos habían entregado material para hacer leña —murmuró Weather, sin despegar la vista de sus notas.

—Entonces, ¿a dónde se dirigen hoy como para tener que llamar a un taxi?

Dando a entender que no tenía tiempo para responderle, Weather le pasó a Penny un papel arrugado que estaba sobre el mostrador de la recepción.

Penny lo estiró y comenzó a leerlo.

Aviso a creadores y jefes de grandes comercios:

La Asamblea General del presente año se celebrará como siempre en "La Casa de Nicolás", situada al pie de la Gran Montaña Nevada del Norte. El principal tema a tratar serán los casos de No Show por parte de los clientes; por tanto, rogamos a los interesados que hagan todo lo posible por asistir.

Atentamente,

Nicolás, presidente de la Asociación

de las Industrias del Sueño

—Invitaron a Dallergut, pero es posible llevar un acompañante. Aunque se trata de un evento donde se puede ver de cerca a los célebres creadores de sueños, ya se me está haciendo un poco pesado... —dijo Weather con total indiferencia.

—Entonces, ¿qué tal si fuera el encargado Mayers en su lugar? Como tiene tanta pasión por los sueños, seguro que le encantaría conocer a los creadores.

—No te creas. A Mayers le podrán fascinar los sueños en sí, pero, en cuanto a los creadores... A ver, ¿cómo decirlo...? —Weather bajó la voz antes de continuar—: Les tiene un tanto de envidia, ¿sabes? Al parecer, lo expulsaron de la universidad por razones desconocidas cuando le quedaba poco para graduarse. Si hubiera terminado sus estudios, probablemente se habría encauzado en una carrera prometedora como creador. Parece que todavía le persiguen esos malos recuerdos; con lo cual, es mejor no hablar acerca de creadores con él.

Sin hacer amago de levantarse del asiento, siguió escribiendo en las notas cosas como "30 metros de espumillón", "30 rollos de cintas satinadas de colores", "100 macetas de Nochebuenas", "3 pares de cuernos de reno sintéticos", etcétera.

—Weather, si estás ocupada, puedo ir solo —dijo Dallergut con rigidez.

—¿De verdad? —le respondió ella, sin esconder su alegría.

—Claro, no pasa nada. Al fin y al cabo, sólo hay que comer con la boca cerrada entre todos esos creadores.

144

Al escuchar eso, la satisfacción desapareció por completo de la cara de Weather.

—¿Podría ir yo? Hoy no tengo nada que hacer después de salir del trabajo —preguntó Penny, sin ninguna intención de hacerse la buena. Quiso ofrecerse porque le hacía realmente ilusión participar en un evento así.

—¿Quieres?

Tanto Dallergut como Weather estaban muy contentos con su propuesta.

—Espera acá un segundo, volveré con mi abrigo —dijo Dallergut.

Weather, sintiendo un gran alivio, se puso a tararear villancicos antiguos a la vez que añadía a su lista "luces para el árbol".

—No sabía que la decoración de Navidad formaba parte de las tareas del personal de recepción.

Penny pensó que debería aprender acerca de esas obligaciones, pues tal vez tendría que encargarse ella el año próximo.

—No, lo hace quien quiere. A mí me gustan estas cosas. Cuando me quedé embarazada de mi último bebé, estuve tan ensimismada con las compras para decorar su habitación que, cuando me di cuenta, ¡sólo me quedaba un mes para que el bebé naciera! Ahora que lo pienso, antes de ocuparme yo, lo hacía Mayers.

—¿Que el señor Mayers se encargaba de la decoración navideña?

—Sólo fue por un año. Se pasaba los días llamando a los empleados para regañarlos porque las ramas de los árboles estaban disparejas y para que barrieran todo el polvo brillante que caía al piso. Así hizo las delicias de los trabajadores de la segunda planta pues, siendo los más pulcros, te puedes imaginar; pero para el resto fue un infierno. Por tanto, por el bien de todos, decidí hacerme cargo. A mí me encanta hacer compras. Como sea, quiero dejar hoy encargados los ornamentos y esperar con paciencia a que lleguen. Para mí se trata de algo muy significativo.

Se notaba que Weather estaba disfrutando genuinamente.

Dallergut volvió con un abrigo de color marrón puesto. Sin embargo, calzaba unas botas de lluvia azules que no combinaban en absoluto con la prenda.

—Señor Dallergut, los zapatos que llevaba hace un momento se veían más estilosos...

Justo en ese momento se escucharon dos bocinazos provenientes del taxi que había llegado frente a la puerta.

—Debemos apresurarnos a salir.

—Señor Dallergut, es un honor estar hoy a su servicio —dijo el joven taxista, ofreciéndole con cortesía un apretón de manos tras quitarse el sombrero.

—¡El honor es mío! Gracias por ser tan puntual.

No se fijó en la mano que el chofer tenía extendida hacia él, pues no paraba de mirar hacia sus pies: aquellas botas parecían quedarle demasiado apretadas. El joven, algo incómodo, retiró la mano, subió el volumen de la radio y pisó el acelerador.

El coche atravesó con lentitud el centro de la ciudad. Dallergut iba mirando en silencio hacia fuera de la ventanilla. Penny sentía hambre, pues no había tomado un desayuno muy abundante. Su estómago rugió en varias ocasiones, pero gracias al sonido de la radio no se oyó.

—Por cierto, ¿estará bien que yo también cene en ese lugar? Al ser una Asamblea General, tengo la impresión de que todos los asistentes van a ser personas de gran eminencia...

A diferencia de la señora Weather, que lleva en la Galería durante muchísimos años, yo soy una simple novata que no sabe de mucho...

—No te preocupes tanto por eso. En principio, estas reuniones se hacen entre personas relevantes en la industria de los sueños cuando hay que abordar algún asunto de peso, pero lo cierto es que últimamente no son más que una cena sencilla. No se fijan en quién trae a quién de acompañante. Además, dado que la reunión se volvió más casual, los participantes tienen la oportunidad para hablar de cosas más interesantes.

—Pero viendo aquel aviso, yo diría que la cuestión que se tratará hoy no es precisamente de poco peso.

—¿Te refieres a los No Show?

—Sí. Son los clientes que, a pesar de haber hecho reserva, no aparecen en ningún momento el día que deben hacerlo porque no se quedan dormidos a su hora, ¿verdad? Yo también estoy al tanto.

—Veo que lo sabes. Así es, se trata de un tema bastante serio. Supone unas pérdidas tremendas, especialmente para los que hacemos negocio con pagos *a posteriori*.

—¿Y si la gestión de la tienda sufriera un duro revés a causa de eso?

Penny se sintió angustiada al pensar que el puesto de trabajo que tanto le había costado conseguir estuviera en peligro.

—No es un problema de tanta envergadura. Lo cierto es que era una cuestión que había estado ahí desde hace mucho tiempo. Esperemos que en la reunión de hoy se propongan buenas soluciones.

Por la ventanilla derecha se vio el sombrío taller de Maxim.

—Maxim también estará presente, ¿no?

—Pues no sé. Como él suele invertir todo su tiempo en sus proyectos, algunas veces no asiste. ¿Te gustaría verlo?

—Bueno... Mejor dicho, me sentiría más cómoda si allí estuviera alguien más que conozco —respondió Penny, mientras se acicalaba su corta melena.

Al dejar atrás las calles de la ciudad, se empezó a notar que había mucha menos gente. Después de llevar un buen rato en la carretera exclusiva para vehículos que conducía a la periferia, de pronto la claridad se hizo en los alrededores. El taxi había llegado al pie de la Gran Montaña Nevada, la cual estaba cubierta de nieve. El chofer, que hasta entonces había manejado callado, rompió el silencio:

—A partir de aquí tendrán que caminar. Los vehículos no pueden entrar.

Los botines que llevaba Penny no eran el calzado apropiado para recorrer el tramo que llevaba a la cabaña de Nicolás. A cada paso que daba, sus pies se hundían en la nieve hasta los tobillos. Observando cómo Dallergut, calzado con las botas de lluvia, avanzaba con facilidad por delante de ella, lo odió momentáneamente.

—Aquí está la cabaña de Nicolás —dijo él, deteniendo el paso.

Al dejar atrás varios gigantescos árboles del tamaño de una casa, una enorme choza apareció en un sitio donde parecía que no habría nada. Aquella estructura, que era notablemente grande como para considerarla una cabaña, le quitaba protagonismo a la nieve con sus relucientes ornamentos plateados.

—Me pregunto cómo no se ve una casa como ésta desde la ciudad.

—Al ser más blanca que la nieve, no salta a la vista cuando hay luz solar. Sigue tan espléndida como siempre.

—Debe de ser muy engorroso ir a cualquier sitio viviendo en un lugar así.

—Como el dueño pasa casi todas las temporadas del año en casa, salvo el invierno, creo que no le importa mucho.

Al notar cómo se le mojaban hasta los calcetines a causa de la nieve, Penny se pasó un buen rato haciendo muecas. Cuando llegaron frente a la puerta, un señor que aparentaba ser unos veinte años mayor que Dallergut la abrió vigorosamente y salió a recibirlos.

—¡Dallergut! —lo saludó efusivamente, agarrándole de las manos.

Su corto cabello y sus cejas también eran blancos como la nieve.

—¿Cómo has estado, Nicolás? —dijo Dallergut, dándole un apretón de manos.

—Vuelves a ser el primero otra vez. Estos creadores... se quejan de que los clientes no vienen a su hora, pero ellos no predican con el ejemplo —dijo Nicolás, chasqueando la lengua un par de veces en señal de reprobación—. ¿Es la nueva empleada? ¿Nos acompañará en lugar de Weather?

—Así es. Puedes saludarlo, Penny. Él es Nicolás, el dueño de esta casa.

—Encantada. Soy Penny. Empecé a trabajar en la Galería de los Sueños desde comienzos de este año.

—Mucho gusto. Yo soy Nicolás, aunque supongo que ya sabrás acerca de mí, ¿no?

Penny no conocía nada en absoluto acerca de ningún creador llamado Nicolás. Al leer aquel aviso, pensó que sería el nombre del administrador de los asuntos de la Asociación.

Mirándole a los ojos con cierta inseguridad, forzó una sonrisa para que no se le notara en la cara que no tenía ni idea de quién era.

—Pasen. Viendo tus calcetines, diría que tienes los pies a punto de congelarse.

Penny se quitó los calcetines mojados con algo de pudor y entró en la casa tras volver a calzarse los botines de la mejor manera que pudo.

—Esperen aquí, les traeré algo de comer. Hoy las costillas están riquísimas. Hace poco compré un horno nuevo de primera calidad. También tengo unos licores divinos para acompañar.

Nicolás los condujo a una sala que hacía las veces de salón comedor y cocina. Allí había una mesa alargada para albergar a un gran número de comensales. Detrás de ella, se encontraban unas ventanas arqueadas con vistas al paisaje nevado y, encima de la mesa, plantas perennes rodeadas de lucecitas de colores. También había un pino de unas dimensiones un tanto desmesuradas para estar situado dentro de una cocina, pero armonizaba a la perfección con el lugar.

A Penny le dio por pensar que Weather podría inspirarse para la decoración navideña con sólo visitar esa casa. Le dieron ganas de tomar fotos para luego mostrárselas.

—Señor Dallergut, ¿qué tipo de sueños crea su amigo? Siendo sincera, es la primera vez que oigo acerca de un creador llamado Nicolás.

—Ah, me imagino que quizá su nombre te resulte poco familiar. Viendo donde vive, ¿en qué clase de creaciones crees que trabaja?

—Diría que fabrica sueños que probablemente se asemejarán a cuentos de fantasía. Al ser un señor mayor que habita en una montaña nevada... en una cabaña llena de ornamentos brillantes... y que, además, sirve una cena tan opulenta como ésta... ¡Lo tengo! ¡Aquí hay un ambiente muy navideño!

—¡Qué avispada eres!

—¿A qué se refiere?

—Nicolás y la Navidad son como uña y carne.

Dallergut se quedó mirando a Penny con cara de estar diciendo que ya no podía darle más pistas y la chica alcanzó enseguida la única conclusión posible:

—¿Acaso es él Santa Claus?

—El mismo. Sin embargo, entre nosotros, le llamamos Nicolás.

Santa Claus era un creador de sueños con un talento equiparable al de los cinco legendarios Yasnooz Otra, Kick Slumber, Wawa Sleepland, Doze y Coco Siestadebebé, pero a la vez famoso porque se obstinaba en trabajar sólo en invierno, la única temporada donde ponía a la venta sus creaciones. Que pudiera mantener una vida de lujos a pesar de trabajar exclusivamente en la época de Navidad daba muestras de su talento.

—Nicolás no tiene grandes ansias de cobrar renombre. Es simplemente un anciano más al que le gusta ver reír a los niños y le apasiona el ambiente navideño. También disfruta mucho con este tipo de cosas —añadió Dallergut sonriente, alzando un tenedor de plata.

Penny pensó que el hombre era un estupendo ejemplo de alguien que busca el equilibrio entre lo personal y el trabajo. Sin duda, llevaba un estilo de vida digno de admirar.

Después de afanarse un buen rato en la cocina, el anfitrión apareció portando una cesta de pan y un bol con ensalada de frutas. Sus dos invitados hasta el momento le ayudaron a poner la mesa.

Observándole más de cerca, la chica pudo ver que no sólo tenía el pelo blanco, sino también la corta barba.

Cuando ya casi habían terminado los preparativos para la comida, empezaron finalmente a aparecer los demás invitados. Coco Siestadebebé fue la primera en llegar, aparte de ellos y su acompañante era, por sorpresa, Maxim. Aparentemente, había decidido asistir con él esta vez en lugar de traer a sus ayudantes.

Inevitablemente, ambos entraron en la casa con los zapatos llenos de nieve y dejando oír el sonido del agua salpicando al entrar. La altura de Maxim y lo menudo de Coco producían un extraño contraste, pero, asombrosamente, el aura que despedían ambos tenía cierta semejanza.

"¿Será que los creadores veteranos adquieren un aire familiar?". Penny también notó en Dallergut un aura similar cuando se encontró con él por primera vez. La chica estaba nuevamente emocionada de estar participando en aquel evento. Al encontrarse entre tantos personajes eminentes, se sentía importante. Decidió que por aquel día podía permitirse enorgullecerse un poco de sí misma.

—¡Buenas tardes! —Penny probó a saludar a los que entraban con un tono más exaltado que de costumbre.

—Oh, vaya. Veo que vino otra empleada en vez de Weather. Me parece que es la misma muchacha tan linda que vi cuando fui a llevarles los sueños premonitorios.

Sorprendentemente, Coco Siestadebebé recordaba la cara de la chica.

—No sabía que nos encontraríamos aquí, Penny —la saludó Maxim con los ojos llorosos. Aunque estaba segura de que no existía esa posibilidad, al principio, su inconsciente pensó automáticamente que lloraba de alegría por reencontrarse con ella. Los ojos del chico no paraban de lagrimear.

—Ah, es que me molestan los ojos. La casa del señor Nicolás está en un lugar demasiado deslumbrante. Por cierto, después de aquel día que visitaste mi taller, cambié las cortinas negras por unas grises. Como dijiste que estaba demasiado oscuro...

—¿Cómo? ¿Por cortinas grises?

—Sí, dicen que permiten la entrada de luz solar un tres por ciento más que las negras.

—Ah...

Sin saber qué decir, Penny se quedó mirando a Maxim. Él, de manera similar a un niño grandote que espera que lo elogien, puso una expresión tímida, pero al molestarle la claridad en los ojos, deformaba sus facciones, lo que le hacía verse más bien horripilante.

—Oye, empieza por ponerte unas gafas de sol, ¿no? —dijo Nicolás, dándole una palmadita en el hombro—. Estaría bien que a partir de ahora dejaras de crear sueños lúgubres y vivieras de una manera más alegre. Qué mal está la juventud de hoy en día.

Como si no fuera la primera vez que ocurría algo así, Maxim recibió del anciano las gafas de sol con total naturalidad.

—Hay muchas personas en el mundo que no conocen lo que es el miedo. Dan por sentado tener una cama en la que dormir calientes, comida recién cocinada como ésta y una casa donde vivir seguras. A mí me gustaría entrenarlas para que fueran más fuertes —replicó Maxim, tras ponerse las gafas.

—Nadie que te viera lo diría, pero te preocupas demasiado por cosas que no debes. Todo lo que dices está sólo en tu cabeza. Que yo sepa, en este mundo ya hay mucho a lo que temer: la envidia, la soberbia y cosas así son más aterradoras hoy en día que cualquier bestia.

—Ahora que lo dice, eso podría convertirse en un proyecto interesante —dijo Maxim, contemplándolo.

—A ver, a ver. Dejen de hablar de cosas de trabajo y comencemos por sentarnos —interrumpió Dallergut.

Coco tomó asiento justo al lado de Nicolás; Maxim, quien parecía que obviamente ocuparía el lugar al lado de la creadora, terminó haciéndolo junto a Penny tras vacilar unos instantes. La chica estuvo a punto de creer que aquel gesto tenía algún significado especial, pero al llevar él puestas las gafas, no podía discernir en absoluto qué podría estar pensando.

A pesar de que la comida que Nicolás había preparado estaba mínimamente sazonada, la calidad de los ingredientes le otorgaba un sabor notablemente exquisito. Coco ya iba por su segundo plato de ensalada de frutas.

—¡Qué maravilla! ¡Lo que hace combinar sólo unas frutas bien frescas!

Penny, quien pensaba esperar a que todos los asistentes llegaran a comer, se empezó a impacientar en cuanto fueron servidas sobre la mesa las costillas asadas.

—Será mejor que comencemos nosotros primero. La comida no sabrá tan bien si se enfría. No sientan reparo ninguno, pues tengo el horno cocinando lo que comerán los que vienen un poco más tarde.

Al oír que Nicolás les invitaba a comenzar con la cena, la chica pinchó un trozo de carne y lo mojó en salsa *gravy*. Justo cuando iba a metérselo en la boca, dos asistentes que aparecieron por la puerta hicieron que bajara el tenedor.

Se trataba de dos rostros que, aunque nunca había visto en persona, le eran muy familiares.

Entraron a la casa una muchacha de piel blanca como la nieve y una bella melena de color castaño rojizo, y una mujer de mediana edad que llevaba el pelo con un corte asimétrico e iba ataviada con un vistoso abrigo hasta los tobillos.

—¡Quién me habría dicho que conocería a la vez a Wawa Spleepland y a Yasnooz Otra! ¡No lo puedo creer! —exclamó Penny, sin poder esconder lo emocionada que estaba.

—Dallergut, veo que llegó muy temprano. Parece que hoy vino acompañado de alguien que no es Weather.

Wawa Sleepland se dispuso a saludar a Penny al mismo tiempo que a Dallergut.

—¡Oh! ¡Soy fan suya desde que era joven! Ah, con eso me refiero a cuando era estudiante. Claro que no hace ni diez años que debutó.

Penny no supo cómo continuar la conversación, pues la belleza de Wawa la dejó sin palabras.

—Cuánto tiempo, Sleepland, se te ve con muy buena salud. Tú también, Otra, estás espléndida hoy —las saludó Dallergut, en un tono familiar.

—¿Sabe? Mi mayor deseo ha sido siempre soñar con las creaciones de ellas —le dijo la chica a su jefe, todavía exaltada.

Al otro lado de la mesa se sentaron juntas Wawa, Otra y Coco y comenzaron a degustar la carne. Penny no podía evitar mirarlas de soslayo entre bocado y bocado, por lo que no se dio cuenta cuando Maxim puso a su lado discretamente un plato con la parte más suave de las costillas.

—¿Cuál es el sueño de sus colecciones que más te gustaría tener? —le preguntó Dallergut de manera espontánea.

—Pues... definitivamente, uno de Sleepland.

—Una elección indudablemente fantástica. Ella ofrece productos en los que se pueden contemplar vistas verdaderamente hermosas. Yo también los he probado y te puedo asegurar que son excelentes. No quería despertarme. Me encontré observando una ciudad medieval en todo su esplendor desde la muralla de un castillo. Tenía el cielo justo encima de mi cabeza y, al alzar la mano, la luna y las estrellas se acercaban lentamente hacia mí —le contó Dallergut con regocijo.

—Me imagino que un sueño así será carísimo.

—Ni que lo digas. Pero para sueños caros están los de Yasnooz Otra —replicó él, señalando con un hombro a la creadora, quien sostenía una copa de vino a la vez que charlaba con Coco.

—Sé que sus sueños son muy valiosos. Además, en muchos de ellos uno puede ponerse en la piel de otras personas. ¿Hay otros artículos que sean especialmente costosos?

—Cuanto más largo es el sueño, mayor precio tiene.

—¿Qué tan largos son?

—Pues tanto como para vivir la vida entera de otra persona.

—¿Es eso posible? —preguntó Penny, tremendamente sorprendida.

—En cuanto a los sueños, todo es posible. ¿Todavía no estás al tanto incluso dedicándote a este trabajo? —dijo su jefe, con una sonrisa apacible.

Otra, a la vez que tomaba el pimentero colocado en medio de la mesa, le dirigió la palabra a Dallergut, que estaba algo lejos de ella:

—Dallergut, me iba a pasar un día de estos por la Galería.

—¿Cómo? Si tienes algún mensaje, puedo mandar a algún empleado a que te visite. Sé que estás ocupada en todo momento.

—Bueno, no te lo voy a negar, pero tampoco estoy tan abrumada por el trabajo. Como ya habrás escuchado, estos días sólo lanzo un producto nuevo al año. Al estar siempre creando sueños que son tan extensos... A propósito del tema, ¿cuándo me podrás hacer un contrato como proveedora para tu tienda?

—No estoy seguro. Es que no trabajamos con unidades de precios tan altos. Se nos hace complicado, pues sólo aceptas pagos por adelantado —respondió el dueño, yendo directo al grano.

—Es normal. Un abrigo así de bonito no me va a estar esperando eternamente hasta que reúna el dinero que cuesta, pues para entonces ya estaría agotado.

Después de echarle una mirada a su abrigo colgado en el perchero, Otra acarició el broche de piedras preciosas que llevaba prendido en su blusa.

—Entonces, déjame que la próxima vez presente en primicia un artículo nuevo de corta duración en la Galería. ¿Te parece bien?

—Por mí, encantado.

Otra les dedicó una sonrisa a él y a Penny, y a continuación espolvoreó una generosa cantidad de pimienta negra sobre su plato. Enseguida, poniendo una cara de gran satisfacción, se sirvió hasta el tope una copa con el vino de alta calidad que Nicolás había puesto a su disposición.

El anfitrión miró los asientos vacíos estimando los asistentes que faltaban.

—¿Hoy no viene Bancho? ¡Este tipo no hace más que trabajar! Seguro que anda encerrado con algo entre manos que ni siquiera le va a dar dinero. ¿O será que al estar dándole comida a los bichos del monte se le ha olvidado la reunión...?

El ladrido repentino de unos perros no dejó que se oyera el final de su pregunta.

—¡Hola a todos! ¡Disculpen la demora!

—Vaya, vaya, justo estábamos hablando de ti—dijo Nicolás, chasqueando la lengua.

El chico, que se había presentado en el recibidor con perros del tamaño de lobos, entró llevando sus zapatos empapados en la mano. Los canes se pusieron a olisquear sus calcetines mojados.

—En el monte, el invierno llega más temprano; allí se siente ya un frío que congela. Me retrasé haciendo preparativos para pasar el invierno. Tuve que cortar leña para quemar y reparé el lugar donde duermen estos amigos.

El chico de apariencia simplona se quitó su abrigo acolchado, que estaba un tanto descolorido por el sol; lo colgó en el perchero y tomó asiento cerca de la puerta.

—Bancho, siéntate más cerca de la chimenea; si no, vas a agarrar un resfriado —le aconsejó Dallergut con mimo.

Penny no podía dejar de observar a los creadores, pues se trataba de una ocasión única el verlos coincidir en el mismo lugar. Al cruzar su mirada con la de Bancho, ella, sintiendo un pinchazo de timidez, intentó terminar el contacto visual con una sonrisa, pero la familiaridad con la que la saludó la tomó por sorpresa.

—¡Hola! ¡Es la primera vez que te veo! Parece que viniste acompañando a Dallergut. Sé que debería pasarme por su tienda de vez en cuando, pero... al tener tantos animales que cuidar, no salgo de la montaña a menudo. Me presento: me llamo Animora Bancho y me encargo de crear sueños en los que aparecen animales. Mis productos se venden en la cuarta planta, así que le debo mucho a Speedo.

Penny se sintió inmediatamente cómoda por la cortesía que denotaban sus palabras.

—Mucho gusto. Yo soy Penny y actualmente estoy trabajando en la Galería. Gracias a su labor, por la tienda pasan muchos clientes adorables.

Dado que las emociones de los animales no eran tan variadas ni tan complejas como las de las personas, eran escasas las tiendas que trataban con ellos. Sin embargo, Dallergut introducía con asiduidad grandes cantidades de sueños creados por Bancho. Penny tenía la impresión de que su jefe tenía en buena estima al creador.

Como si pudiera entender el lenguaje de sus perros, Bancho estaba pendiente de cada gruñido que emitían. Tras hacer un gesto con la cabeza en señal de agradecimiento a Nicolás, se puso a cortar con disimulo la parte de la carne que no estaba condimentada y se la dio de comer primero a los animales. Acto seguido, limpió el cuchillo en su ajado abrigo.

Al verlo, Nicolás chasqueó la lengua y se puso a refunfuñar desencantado con él:

—Por mucho que el dinero no lo sea todo, hay que ir por la vida con un mínimo de decoro. Hay que vestirse bien; mira cómo vas siempre, con cualquier trapo viejo... ¿Cómo pretendes elaborar productos buenos viviendo como un pobretón? En los sueños creamos fantasías que no existen en la realidad. Los sueños y las fantasías siempre van de la mano. Deberías tener claro que pasando miserias nunca vas a conseguir crear nada fabuloso.

—Yo estoy perfectamente bien. Tengo todo lo que necesito en la montaña y, con la compañía de estos amigos, no tengo ocasión de aburrirme. No me hace falta gastar dinero en absoluto. Vivir así es mi sueño.

Bancho parecía estar auténticamente satisfecho. No obstante, no dejaba de ser verdad que los demás creadores desbordaban clase y elegancia, mientras que a él se le veía muy fachoso.

La charla entre los invitados continuó animadamente hasta que se hizo el silencio porque sonó como si se fueran a romper las ventanas. Puñados de cuerpos destellantes se estrellaban a la vez contra los cristales.

—Parece que acaban de llegar.

Nicolás abrió la ventana de la cocina y unos diminutos seres con alas plateadas entraron volando. Eran los leprechauns.

Una bandada de más de diez duendecillos se sentó unos pegados a otros en el borde de la cesta de pan colocada en el centro de la mesa.

—Nicolás, ¿te importaría cortar la comida en trozos pequeños para nosotros? —preguntó, con una voz estridente, un leprechaun regordete que parecía ser el jefe. En ese momento se encontraba forcejeando para sacar una rebanada de pan que era mucho más grande que él.

—No seas insolente. Ya te dije que debes llamarme Santa Claus y no Nicolás cuando se trata de trabajo.

—Pero, Nicolás, no trabajas nunca a no ser que sea época de Navidad —dijo Coco Siestadebebé entre risas.

—Te puedo asegurar que me paso el año entero de arriba abajo averiguando qué le gusta a cada niño para tener los sueños listos antes de Navidad. ¿Sabes cuán fácilmente cambian de opinión los niños? ¿Se creen que, porque vivo en la montaña, estoy todos los días en casa holgazaneando? —replicó el anfitrión, encolerizado.

—Bueno, Nicolás. Ahora que están todos presentes, ¿qué tal si procedemos ya con el tema de hoy? —lo apremió Dallergut.

—Todavía falta por llegar Kick Slumber. El camino está tan mal que le llevará un buen rato presentarse aquí. ¿No será mejor que lo esperemos?

—No creo que él pueda venir hoy —dijo Wawa Sleepland, mientras untaba refinadamente mantequilla a la miel sobre un trozo de pan—. Se fue a los acantilados de Kamnik en busca de materiales para la producción de sueños.

—¿Fue hasta ese lugar? Ahora entiendo por qué no pude dar con él —dijo Nicolás, decepcionado.

—¿Y cómo sabes tú eso, Wawa? —le preguntó Yasnooz Otra despreocupadamente.

—Bueno, pues... porque sus fans siguen todos sus movimientos y lo reportan en las redes sociales. Vi que habían subido una foto donde sale él en los acantilados —respondió vagamente ella, algo ruborizada.

—Por cierto, ahora que me doy cuenta, Doze tampoco se nos unió este año.

—Él casi nunca participa en cosas como éstas. Seguro que anda en algún sitio entrenando —dijo Otra, mientras abría una nueva botella de vino.

—Bien, hablemos entonces del asunto a tratar en esta reunión —anunció Nicolás, levantándose del asiento—. Primero, hagan el favor de compartir las cifras de pérdidas que sufrió cada uno a causa de los No Show el pasado mes.

—No nos entró el quince por ciento de los ingresos que debíamos cobrar. De todas formas, en nuestros contratos se especifica que no cobraremos las cuotas por artículos no vendidos en caso de los No Show —dijo el portavoz de los leprechauns, a la vez que masticaba un pedacito de queso. Sus compañeros duendecillos se arrecimaban en grupos de cinco para comer otras porciones.

—Yo creo que a los demás creadores famosos que se encuentran aquí reunidos no les afecta este tema. Los productos de la primera planta de la Galería se venden en un abrir y cerrar de ojos. Los únicos que salimos perjudicados somos los creadores del montón —dijo irritada una duendecilla, que llevaba una blusa rosa de mangas abullonadas.

—¡No tienes ni idea de lo que dices! Hay muchísima gente que no se lleva mis sueños anunciantes de embarazos tras reservarlos. Dallergut, cuéntales a estos pequeñuelos qué acabó pasando con los que les dejé a cargo la otra vez —replicó Coco Siestadebebé.

—Pues… hubo un matrimonio que no vino por su sueño en dos semanas —dijo Dallergut, buscando entre sus recuerdos—. Por tanto, quise dárselos a algún amigo cercano de la pareja o a sus respectivos padres, pero como ellos tampoco se aparecieron por la tienda, terminé dándoselo a la hermana de la mejor amiga de la señora. Esa chica ni está casada ni conoce el matrimonio, así que se llevó un buen susto al tener un sueño que anunciaba un embarazo. Por mi parte, tampoco tuve otra alternativa, pues debía entregar ese producto dentro del tiempo especificado.

—Aun así, Coco tiene mucho dinero. Para los creadores pobres como nosotros las pérdidas son enormes —se quejó el jefe de los duendecillos, quien lucía un reloj de oro en su muñeca.

—Deberían de haber invertido más en promocionarse —señaló Nicolás.

—Desde hace tiempos inmemorables, llevamos corriendo el rumor entre los niños de que si no duermen a una hora temprana, Santa Claus no visitará sus casas. Las bases de la mercadotecnia están en el *storytelling*. La gente de hoy en día se queda alucinada con las historias. Contar que Santa Claus deja los regalos en secreto mientras todos duermen... ¡No sé a qué antepasado se le ocurrió, pero desde luego que fue todo un acierto! —dijo, encogiéndose de hombros.

—Por culpa de esa mentira, los inocentes de los padres se las tienen que ingeniar para colocarles los regalos a los pies de sus camas. ¿Y para qué se inventaron esa historia tan tonta de los calcetines? Con eso no consiguieron sino que los niños terminen poniendo calcetines pestilentes en la cabecera de sus camas —le dijo Coco a Nicolás, en tono de reproche. Aparentemente, la anciana era algo susceptible respecto a temas que involucraban a padres y niños.

—¿Y cuándo he mentido yo? Es cierto que se les dan sus regalos cuando están dormidos, sólo que en vez de robots transformables, les llevamos sueños. Con respecto a los calcetines, todos los que han usado los que dan los noctilucas estarán de acuerdo: al ser largos, son ideales para meter cosas y agarrarlos por los extremos luego; además, se estiran de tal manera que es una delicia...

Al ver que el tema se estaba yendo por la tangente, Nicolás volvió a encauzar la conversación:

—¡Bueno! Si me permiten ir al meollo de la cuestión, me gustaría que habláramos acerca de una solución por la cual los vendedores se comprometieran a cubrir una parte de los gastos incurridos a causa de los No Show.

De repente, todas las miradas se clavaron en Dallergut. Penny también lo miró con los ojos abiertos como platos.

—Nicolás, no me parece la mejor idea que de pronto menciones eso cuando aquí soy yo el único vendedor —replicó

Dallergut, impasible—. Para debatir sobre los gastos, deberían convocarse a todos los demás comerciantes y dedicar la noche entera a discutir el asunto. ¿No sería mejor que en esta asamblea nos centráramos en atajar la raíz del problema? —añadió, consiguiendo evadir con destreza un tema que le ponía en apuros.

—Tiene razón. Es un abuso hacer a los vendedores responsables de los pagos por los No Show para reducir las pérdidas que sufren los creadores. Es necesario que entre creadores y vendedores se mantenga una relación de respeto mutuo que vaya más allá del mero beneficio —dijo Wawa Sleepland, mostrándose a favor de Dallergut.

—Entonces, ¿cuál creen que es la causa de los No Show? Como yo sólo hago negocio durante una temporada, no logro hacerme una buena idea —repuso Nicolás.

—No es un asunto sencillo. El problema engloba circunstancias personales, así como eventos a nivel nacional —respondió el leprechaun más inteligente del grupo.

Penny siempre pensó que las voces de esos duendecillos eran muy potentes en comparación con sus cuerpecitos, pero, al fijarse bien, se dio cuenta de que iban equipados con un minúsculo micrófono inalámbrico.

—Presumo que saben que cuando los clientes padecen un problema de índole personal que no les deja dormir, no se aparecen por la tienda hasta que amanece —todos asintieron con la cabeza al unísono—. Supongamos que, en vez de que a ellos les haya surgido algún percance, está teniendo lugar, por ejemplo, la Copa Mundial de Futbol en Europa. Daré por hecho que todos los creadores aquí presentes tienen nociones básicas acerca del comportamiento de la clientela —dijo el duendecillo en actitud pedante—. Entonces, estarán de acuerdo conmigo en que habrá un aumento drástico en el número de personas en Asia que se pasen la noche despiertas viendo los partidos. El problema aquí es que cada vez tienen lugar más eventos en naciones de diferentes franjas horarias y más canales que los televisan en tiempo real. Aparentemente, los leprechauns estaban muy informados acerca de cómo funcionaba el mundo.

—Ya entiendo. Seguro que aquella joven compañera también sabe algo de esto —dijo Nicolás, dirigiéndose hacia Penny para darle el turno de palabra.

Ella recordó vagamente lo que le había escuchado decir a Motail de pasada.

—En mi opinión... tal vez tenga algo que ver con las épocas de exámenes. Durante el turno en que yo trabajo, nos visitan muchos clientes de Corea. Suelen entrar en masa coincidiendo con esas fechas, pues es cuando los estudiantes suelen pasar las noches en vela. Pero yo diría que no es un problema recurrente; sólo sucede un par de días antes de los exámenes. Parece que en todos los sitios hay gente que estudia en el último momento.

—Es plausible lo que dices. Bueno, Maxim, ¿qué piensas de esto?

Al haberse distraído por mirar a Penny que hablaba con elocuencia, dio un respingo al oír que Nicolás lo nombró de repente. Tras carraspear unas cuantas veces y lograr centrarse, prosiguió a contestarle con voz grave:

—En lo que a mí respecta, eso no me supone una gran pérdida. Por lo que sé, los clientes hacen reservas para tener los sueños de mis otros compañeros, pero no hay tantas personas que acudan a la tienda por mis productos... —dijo, mostrándose avergonzado—. Dallergut se encarga en persona de venderlos, así que es imposible que surjan casos de No Show con los míos.

—Ahora entiendo por qué comías tan tranquilo.

Una oleada de carcajadas remató las palabras de Nicolás. Penny, observando cómo Maxim se sonrojaba, pensó que era alguien con facetas muy inesperadas.

—Animora, ¿qué hay de ti? ¿Te perjudican mucho los No Show? —le preguntó preocupada Coco.

Bancho apenas había probado bocado, pues estaba pendiente de sus perros y de cortar el pan y la carne en trozos diminutos para los leprechauns.

—Se ve que es una persona de buen corazón —murmuró Penny para sí misma. Al oírla, Maxim agarró con presteza un poco de pan de la cesta y se puso a desmenuzarlo en pequeñas porciones.

—A mí tampoco me afecta, ya que los animales duermen mucho. Más que nada, para ellos no hay demasiadas cosas que les atraigan tanto como para postergar sus horas de sueño —dijo mirando a los perros que tenía tumbados a sus pies. Uno con el lomo de color negro se encontraba durmiendo plácidamente con la cabeza recostada en la pierna de su dueño.

—¡Cierto! —gritó el duendecillo listo, lo que asustó a Penny—. Bancho dio en el clavo con lo que dijo. Para las personas hay muchas cosas entretenidas que las mantienen despiertas —el leprechaun revoloteó en círculos sobre un plato—. Algunos se pasan la noche jugando a los videojuegos, otros se van a dormir tarde tras estar mirando sus celulares un buen rato, ¡y también están las parejitas que hablan por teléfono durante toda la madrugada! Todos ellos están postergando el sueño con tal de hacer en ese momento algo con lo que disfrutan.

Tras plegar sus destellantes alas, se sentó en el hombro de Nicolás. Aunque el anfitrión puso cara de estar molesto por ello, no se lo sacudió de encima.

—Tienes razón. Eso es diferente a forzarse a estar despierto para preparar un examen. Los No Show de esos clientes son esporádicos. Deberíamos abordar como un problema los casos de los que se empeñan en no dormir —dijo Otra, mostrándose de acuerdo con el leprechaun.

Al sentirse escuchados, los duendecillos se pusieron a comer pan con buen ánimo.

—Maxim, si vas a cortarnos el pan, que sea en porciones adecuadas para nosotros; lo has dejado destrozado en migajas. ¿A qué viene hacer algo que nunca antes te ofrecías a hacer?

Cuando la duendecilla de la blusa rosa le espetó eso; al creador se le puso la cara aún más roja.

—Uhm... ¿Cómo podemos hacer para que no se queden haciendo otras cosas y duerman a su hora? —dijo Nicolás, pensativo.

—¿No hay alguna manera de emplear esos caramelos-somnífero que tienes, Dallergut?

—Ésos sólo ayudan a quienes ya tienen los párpados pesados a tener un sueño más profundo —respondió el dueño de la tienda, negando con la cabeza.

—Entonces, ¿qué tal si buscan formas de crear beneficios para compensar las pérdidas que traen los No Show? Si quieren, podemos compartir con ustedes nuestras técnicas —se vanaglorió el jefe de los leprechaun, como si poseyera la clave mágica.

—¿Cómo se pueden generar otros beneficios? —preguntó Penny, intrigada.

Cuando ella tuvo la ocasión de aprender acerca de cada planta al principio de su incorporación a la Galería, se le quedó grabado en la memoria cómo Mog Berry se quejaba largo y tendido acerca de las triquiñuelas de los duendecillos. Recordaba claramente que le avisó de que usaban toda clase de artimañas para hacerse con el mayor número de pagos posibles.

—Apuesto a que sienten curiosidad acerca de cómo conseguimos ampliar nuestro negocio y establecernos en un comercio de la gran avenida. Hoy que estoy de buen humor, se lo contaré en exclusiva —el leprechaun portavoz se desplazó caminando hasta el centro de la mesa—. Una vez que vendemos cien ejemplares de *Volar por los cielos*, podemos recolectar los pagos de unos sesenta de esos clientes. Nos suelen llegar en forma de "sentimiento de liberación" o "fascinación", aunque no son pocos los que entran como "desilusión" o "decepción", pues los clientes, al haber tenido la capacidad de volar en sueños, una vez despiertos, se sienten de ese modo cuando se dan cuenta de que no pueden volar en la realidad. Como ya sabrán, con este tipo de emociones no se puede hacer mucho dinero. Por eso mismo, ¡hemos inventado un método único!

El jefe de los duendecillos abrió paso para que el compañero más listo de la bandada tomara su lugar para hablar.

—Como resultado de nuestros experimentos, llegamos a la conclusión de que nos sale más rentable que los clientes tengan el sueño *Quedarse completamente inmóvil* en lugar de *Volar por los cielos*. Cuando se encuentran con que los pies les pesan como el plomo y no pueden moverse un milímetro y no alcanzan a darle un puñetazo al enemigo que los está torturando, o sus movimientos se realizan en cámara lenta, nos entran unas cantidades muchísimo mayores de "sentimiento de liberación" luego de que se despiertan. Se sienten sofocados mientras están dormidos, pero cuando recobran la conciencia, ¡se sienten muy aliviados!

Dicho aquello, sacó una calculadora diminuta y empezó a teclear en ella.

—Miren, ésta es la diferencia de ingresos. Con estas cifras se pueden revertir de sobra las pérdidas causadas por los No Show —explicó, mostrándole a todos el aparato.

No obstante, al no manifestar los demás invitados la reacción positiva que esperaban, los duendecillos se quedaron bastante desconcertados.

—Parece que no terminan de hacerse una idea. Les repito que no es casualidad que nos vaya tan bien con las ventas. ¡Ah, cierto! ¡Maxim! ¿Qué te parecería hacer una colaboración con nosotros para tus pesadillas? Si unimos fuerzas y creamos un sueño en el que uno no se puede mover mientras lo persigue alguien aterrador, ¡sería todo un éxito! Basta con que les hagamos despertar justo antes de que los atrapen tras una larga persecución; así entrarán pagos muy sustanciosos.

El leprechaun se había sentado en uno de los anchos hombros de Maxim con afán de convencerle.

—¡Yo no soy de los que van gastando bromas tan infantiles! —dijo el chico, agarrando al duendecillo con sus dedos para dejarlo sobre la mesa.

—Jaja, veo que Mog Berry no decía más que la verdad —añadió Dallergut, riendo fríamente—. Al final resulta que es cierto que mezclan otros sueños que no corresponden con su etiquetado —les regañó con mesura—. Experimentar así con los clientes, dándoles gato por liebre... ¿Qué se creyeron ustedes que es mi Galería? —a pesar de que no les levantaba la voz, dejó claro que estaba tremendamente indignado.

—Perdónenos... —se disculpó el portavoz, dándose cuenta de la gravedad de las circunstancias.

—Como los sorprenda con alguna de esas astucias una vez más, les voy a anular el contrato —afirmó tajante el dueño de la tienda.

—Dallergut tiene razón. No hay nadie que no sepa que existen esas formas de hacer trampa. Está muy mal que hayan pensado en que no jugamos sucio porque no sabemos cómo —tras decir eso, Otra terminó de beberse de un sorbo el vino que le quedaba en la copa y la dejó sobre la mesa—. Bueno, creo que llegó la hora de que se deje de hablar de cosas improductivas y tomemos una decisión. Todos estamos muy ocupados como para perder más tiempo. ¿Llegó a alguna conclusión, Dallergut?

Él se ajustó el cuello de la camisa y se aclaró la garganta previamente a proseguir:

—Antes de darles mi opinión, me gustaría pedirles que no se ofendan ante lo que va a decirles este viejo comerciante, pues sólo quiero abordar de la manera más sencilla y directa el asunto.

—A este hombre siempre le gusta dejarnos en ascuas al principio —espetó Nicolás.

—La conclusión ya quedó clara. La hicieron obvia Bancho y los leprechauns: la gente no se va a dormir porque encuentra más interesantes otras cosas que el sueño. ¿Acaso no basta entonces con pensar en la dirección opuesta? —dijo Dallergut, sonriendo como si se tratara de una cuestión muy simple.

Los duendecillos se sentaron con buena postura y se pusieron a escucharlo con una actitud humilde.

—Habrá que crear sueños que traigan más diversión que las cosas con que los clientes se entretienen, ¿no les parece?

Yo confío en que ustedes los creadores tienen suficiente talento para hacer eso.

Después de unos instantes de silencio, estalló una risotada entrañable.

—Al final, resulta ser que el problema se resolverá si creamos sueños mejores. ¡Vaya, que estuvimos en Babia todo este tiempo! —dijo Nicolás, entre risas aún más sonoras.

—Yo no lo puse de manera tan tosca, pero, al fin y al cabo, eso es lo que vengo a decirles, lo reconozco —explicó en tono travieso Dallergut.

Los leprechauns se pusieron a aplaudir, en consenso con la propuesta del propietario de la Galería.

—Quizá sea una conclusión algo sosa, pero creo que podemos dar ya por zanjado el tema principal de esta asamblea. ¿Qué les parece si ahora brindamos y terminamos de disfrutar la cena? —propuso Otra alzando su copa.

—Sí.

Todos los demás se unieron a ella y Nicolás se levantó de su asiento y vociferó animadamente:

—¡Por que disfruten de la comida, del dormir y de los sueños!

6. El superventas del mes de diciembre

L a avenida tenía una iluminación digna de un cuento de hadas la última semana de diciembre. Gracias a que Weather consiguió los ornamentos con suficiente antelación, la Galería de los Sueños lucía más espléndida y llamativa que nunca. Los mostradores de cada planta estaban adornados con bombillas que los hacían resplandecer como los de una joyería. Weather sugirió que se cambiaran los envoltorios para los productos por unos de algún material brillante, pero eso no llegó a hacerse porque Vigo Mayers y los empleados de la segunda planta se opusieron.

—Ésa es muy fea. ¿No tiene alguna pijama más bonita? —preguntó un niño haciendo pucheros, a lo que el noctiluca le acomodó la prenda con sus patas regordetas y le dijo con firmeza:

—Si no quieres ponerte esto, debes vestirte calientito para dormir y taparte bien con la cobija.

La Navidad llegaba a su punto culminante y el influjo de Santa Claus era realmente impresionante. Los productos que había traído Nicolás se vendían como pasteles, tanto que al momento quedaban agotados. Se alcanzaban los mismos números de ventas en esa época que para otros sueños orientados al público infantil consumidos durante todo un año.

A pesar de que se reponían montañas y montañas de mercancía navideña, los artículos desaparecían al instante. Como consecuencia, Nicolás se pasaba la temporada de Navidad volando de su casa a la tienda para llevar las tandas de productos que constantemente iba haciendo. Ataviado con su enorme cinturón del que colgaba un adorno de latón, estaba de lo más ajetreado desplazando artículos al interior de la tienda con ayuda de los trabajadores. De no tener tiempo para afeitarse, traía una larga barba en la que se habían enredado migajas, probablemente provenientes del pan tostado que había comido en el desayuno.

Los niños que venían a comprar se deleitaban observando las vistosas cajas de sueños decoradas con motivos florales navideños. Un niño de unos seis años que llevaba una pijama muy linda estaba intrigado acerca del contenido de cierta caja.

—¿Qué tipo de sueño hay dentro?

—¿Con qué clase de sueño te gustaría encontrarte? —le preguntó amablemente Penny.

—Pues... mi padre no juega conmigo a las escondidas por mucho que se lo pida, así que me gustaría soñar con que no se canse del juego aunque lo repitamos cien veces.

—Quién sabe si tal vez saldrá ese sueño. O quizá, puede que sueñes con llegar a ser alguien admirable cuando seas mayor. El viejo Santa dice que está enterado de todas las cosas que te gustan, así que seguro será una experiencia increíble —le explicó la chica con dulzura, poniéndose a su altura.

—¿De verdad? Pero es que suelo llorar mucho... Oí decir a mis padres que Santa Claus no trae regalos a los niños llorones —dijo el pequeño, entristecido.

—No te preocupes por eso —le susurró ella al oído—. Es para evitar que los niños se pongan impertinentes queriendo estar despiertos la noche de Navidad. Se trata de un rumor que el propio Santa Claus difundió a propósito.

—¿De veras? —preguntó el niño, con ojos de sorpresa.

—Piénsalo. Si los clientes de tu edad se niegan a dormir, ¿cómo podrían comprar los sueños que preparó Santa? Te cuento un secreto: lo cierto es que si ustedes no se llevan los productos que él saca para esta época, él estaría en apuros por varias razones.

Penny recordó la decoración tan vistosa y la rica comida que hubo en casa de Nicolás. Si se le escapara aquella temporada alta que sólo tenía lugar una vez al año, no podría disfrutar de ese estilo de vida tan acomodado.

La ajetreada época de festividades concluía con la visita de los niños del archipiélago de Samoa en el océano Pacífico Sur, que era el lugar del mundo donde la Navidad se celebraba más tarde. Weather se tomaría unas largas vacaciones para pasar el fin de año con su familia.

—Éste es el sistema de recuento para los días que uno se toma libre. Lo creé yo misma. Supuestamente, basta con señalar los días que uno estará de vacaciones y luego Dallergut se encarga de autorizarlos, pero, ya sabes, él no maneja bien estos programas, así que los apruebo yo. Lo dejé automatizado para que se acepten automáticamente esos días. Cuando quieras usarlos, sólo tienes que registrarlos aquí. Al fin y al cabo, Dallergut no se preocupa por esto —explicó Weather y se marchó a su casa sin más.

A partir de entonces, Dallergut y Penny se quedaron vigilando la recepción. Luego de haber arrastrado al interior de la tienda la última carga de mercancía, Nicolás se había sentado desparramado en una silla detrás del mostrador.

—Dallergut, ¿me recomiendas algún sueño que venga bien para cuando se quiere descansar? En cuanto llegue a casa, pienso pasarme tres días durmiendo sin parar. Estoy agotado. Se nota que ya soy viejo.

El dueño fue a escoger varios sueños y volvió para sentarse al lado de Nicolás. A Penny le dolían las piernas, así que discretamente aprovechó la ocasión para sentarse ella también. Sentía un poco de dolor en las rodillas por haber estado el día entero agachándose para hablar con los pequeños.

Nicolás metió la mano dentro de su grueso abrigo y sacó una botella de cristal bastante grande. Como si hubiera estado un siglo enterrado en la nieve, el recipiente que contenía un líquido negro estaba cubierto con una capa de escarcha.

Los tres compartieron aquella bebida efervescente de color rojo negruzco. En la botella estaba escrito "Contiene un 17% de frescor". Al tomar un sorbo, primero se podía percibir un cosquilleo en la garganta, pero enseguida una frescura invadía todo el paladar. Era como si la brisa de la mañana hubiera sido concentrada en un trago.

—¡Qué rico está esto!

Penny se tomó un vaso más tras probar la bebida.

—No habría nada mejor que tener carne de cerdo asada para acompañar. Así nos quitaríamos el cansancio de encima enseguida —dijo Nicolás relamiéndose—. Bueno, tengo que decir que me alegro de haberme dedicado a vender sueños. Si hubiera estado hasta ahora como mi antepasado repartiendo regalos casa por casa montado en un reno, Santa Claus habría dejado de existir; sobre todo cuando en estos días hay tantos dispositivos de seguridad en los hogares. Con lo cómodo que es que los niños vengan a comprar ellos mismos los sueños una vez que se quedan dormidos a la hora que deben. ¡Y lo bien que se cobra de esta manera! —añadió, haciendo un gesto con los dedos como si contara billetes—. Al parecer, antes no alcanzaba a pasar por muchas casas porque, entre lo que costaban el alimento para renos y los regalos, no podía hacer frente a todo. Es lógico, ¿pueden imaginarse lo que suponía cubrir el gasto de todos esos regalos?

—Nuestros antepasados pasaron muchas dificultades antes de que pudiéramos establecernos en un negocio como éste. Tú también le pones mucho empeño cada año, Nicolás. Sí, este año creo que hemos vendido más que el anterior, ¿qué te parece? —le preguntó Dallergut, sirviéndole un vaso más del licor.

—La verdad es que estimo que no hay mucha diferencia, pues el año pasado las ventas fueron excelentes. Quién sabe, quizás en la Gala de Premios de este año un servidor sea otra vez ganador en la categoría de *best seller*, ¿no? ¿Sabes? Eso significaría que habré sido galardonado unos quince años consecutivos. ¡Nada más y nada menos que quince años! ¿No te parece un récord verdaderamente grandioso? —dijo Nicolás, con su peculiar forma de hablar tan confiada y riéndose a carcajadas.

Penny sabía que era cierto, pues todos los años veía por televisión aquella Gala con su familia. En esa entrega de premios que se celebraba a finales de año, aparte del Grand Prix de honor, estaban las condecoraciones al mejor debutante, artista y guionista, entre otros, que incluían una serie de reconocimientos a la calidad de las obras.

No obstante, dado que el premio al sueño mejor vendido se otorgaba según el número de ventas registrado en el mes de diciembre, su ganador estaba destinado todos los años a Santa Claus desde que Penny era pequeña. Por supuesto que, como después de cada Navidad, Nicolás se retiraba a su cabaña y no asistía a la Gala, ella hasta entonces desconocía que el anciano que tenía al lado sentado se trataba del magnífico Santa Claus.

Al reconocer la labor que el creador del sueño mejor vendido cumplía en cuanto a la dinamización de la economía, la Asociación le confería ese premio en metálico, el cual aparentemente se trataba de una recompensa sustanciosa. Penny ya se podía imaginar de dónde provenía el capital con el que Nicolás había adquirido aquella casa tan espléndida, a la que difícilmente se le podía calificar de "cabaña".

—¿Qué debería hacer con el premio de este año? Recuerdo que el año pasado también me enviaron una recompensa adicional de diez botellas de "ilusión". Gracias a eso, pude esperar con gran ilusión a que terminaran las obras de ampliación de mi sala. No me aburrí en absoluto. Ojalá que este año me dieran un bono de cinco botellas de "confort".

—¿Y para que las utilizarías? —preguntó intrigado Dallergut.

—Ay, amigo. Tú también deberías comprar un poco de "confort" y hacer como yo. Supongo que lo notaste al sentarte en una de las sillas de mi casa. ¿No sentiste como si al instante algo te cobijara y te protegiera desde los pies hasta la cabeza? Pongo ese "confort" en un pulverizador y rocío con él de vez en cuando los muebles; el efecto perdura toda una semana. Se nota la diferencia cuando llego a casa. Justo hoy se me acabó la última botella que compré, pero como los precios se pusieron tan prohibitivos estos días, no me atrevo. Ojalá me la dieran como obsequio con el premio.

Nicolás hablaba como si ya tuviera el galardón asegurado. A Penny también le parecía natural que él tuviera esa certeza. Quizás era imposible que en diciembre, al ser el mes que se usaba como criterio para medir la cantidad de ventas que decidiría el *best seller*, saliera ganador otro creador de sueños que no fuera Santa Claus.

La chica llegó a pensar incluso que pudiera ser que él sólo vendiera sus productos en diciembre teniendo en mente la Gala de Premios. Cualquiera supondría que era simplemente un tipo astuto, pero ella consideraba que Nicolás debía tener una capacidad de planificación insuperable.

Al cabo de un rato, tras haber preparado todo lo necesario para volver a su cabaña en la Montaña Nevada, Nicolás se subió al coche que dejó estacionado frente a la Galería. El vehículo, que era bajo, alargado y carecía de capota, daba la impresión de ser un trineo de dimensiones gigantes.

—¿Este año también verás la transmisión de la Gala en la tienda y en compañía de tus empleados? —le preguntó a Dallergut mientras encendía el motor.

—Eso planeo, si es que ellos quieren, claro. Suelen traer a sus familias también. ¿Y si te unes este año a verla con nosotros?

—A mí me dan mucho pudor esas situaciones. Como ya sabes, soy un posible candidato al premio. Prefiero verla tranquilo en mi casa a solas —dijo entre carcajadas—. ¡Cuídate, amigo! Hasta la próxima. Buen trabajo, chica. Espero que nos veamos de nuevo —saludó con generosidad también a Penny.

Su auto desapareció al entrar en el callejón, dejando sólo el estruendoso eco del motor.

Después de haberse marchado Nicolás, la Galería de los

Sueños se percibía notoriamente vacía de clientes en esa última semana del año. Mientras Penny observaba los medidores de párpados de los clientes habituales, se dio cuenta de que incluso los que solían llegar a su hora los visitaban con retraso. Para colmo, pasaban por la tienda, echaban un vistazo y luego se marchaban con las manos vacías diciendo: "Prefiero dormir sin más". Todos y cada uno de ellos tenían ojeras.

—¿Qué hacen que no se acuestan temprano?

—Todo el mundo tiene muchos compromisos a finales de año, supongo, y quieren aferrarse hasta el último día porque les da lástima que se vaya un año más. Como pasan fuera todo el tiempo que pueden, cuando vuelven a casa estarán agotados y desganados —dijo con indiferencia Dallergut.

—No sé en las otras plantas, pero en la primera las ventas bajaron mucho. A este paso, el viejo Nicolás ganará el premio por decimoquinta vez consecutiva sin mucho esfuerzo, pues ya vendió su buena porción en la temporada navideña.

—Tal vez, pero dicen que, cuando menos se espera, salta la liebre —replicó el dueño.

Al observar Penny su expresión, intuyó que algo pasaba.

—¿Hay algún sueño que se vendiera tanto como el de Santa Claus? ¿De qué creador podría ser? ¿Hay algún novel de la industria que yo no conozca? —inquirió la chica.

—No es nadie nuevo. Sus sueños siempre vendieron bien en esta época del año y en poco tiempo se ha convertido en un fuerte contendiente con ventas comparables a las de Nicolás. Sin embargo, no es la clase de persona a la que le guste exponerse en público, así que la gente no está enterada, aunque precisamente este año ha dejado huella con su actividad.

Penny apenas podía contener su curiosidad:

—¿De quién habla? ¿Es alguien que conozco?

—Bueno, como siempre, es mejor que sólo te dé pistas en vez de revelarlo.

Dallergut nunca daba una respuesta sin más compromiso. Afortunadamente, la chica ya estaba acostumbrada a eso, así que le prestó atención dejando de lado su impaciencia.

—La Navidad y las festividades de Fin de Año pueden parecer felices y coloridas en la superficie, pero debajo de todo hay una sensación de soledad y vacío. No hay nada más que ver todos los compromisos programados con desesperación y los clientes que se van a dormir tarde.

—Sí, lo cierto es que también me ocurre a mí. Es como si no quisiera pasar esos días de forma ordinaria ni volver a mi casa sin más.

—Entonces, ¿quién te parece que pasa estos días más en solitario de todos?

—Gente sin pareja como yo, que no hacemos más que trabajar sin tener una cita para Fin de Año —respondió Penny sin vacilar lo más mínimo.

Aun habiendo dicho eso, para sus adentros, esperaba no estar en lo cierto, pues era algo duro de reconocer.

—Tampoco te equivocas con eso, pero no es la respuesta a lo que te pregunté.

—En ese caso... ¿los padres que esperan a sus hijos cuando se demoran en regresar a casa?

—Vaya, tienes algo de razón.

—Quiere decir que tampoco di en el blanco esta vez. Qué difícil. Me tendrá que dar más pistas.

—¿Y si te menciono a los clientes que nunca visitan la recepción, sino que suben directamente a la cuarta planta por el elevador?

La cuarta planta era la sección de siestas. Los principales

clientes allí eran adultos que echaban la siesta y bebés o animales que dormían a todas horas del día y de la noche. A pesar de la pista, Penny seguía sin encontrar la respuesta.

—¿Tan complicado es? Vaya, justo ahí vienen.

La chica se giró hacia donde señalaba Dallergut. Por la entrada estaba pasando un grupo de perros y gatos en tropel. Encabezando la manada, había un perro viejo que movía la cola y, a su lado, un joven vestido con un atuendo raído. El joven portaba una mochila con unos paquetes atados a ella, lo que le hacía parecer un vendedor ambulante.

—¡Animora Bancho! Te estaba esperando.

—Hola, señor Dallergut. Vaya, veo que también estás tú aquí, Penny. ¿Va todo bien?

La chica no pudo ocultar su alegría:

—¡Bancho, qué bueno volver a verte!

—Speedo me comunicó que se quedaron sin existencias, jaja, como siempre, con prisas...

Penny no pudo menos que admirarse de la presteza de Speedo, capaz incluso de sorprender a Bancho.

—Así que vengo para traer una entrega adicional de urgencia. Como hacía tiempo que no bajaba de la montaña, me perdí. Si no fuera por estos amigos, todavía estaría deambulando por los callejones.

Los animales que traía consigo gemían pidiéndole mimos. Como si Bancho entendiera su lenguaje, los acarició con cariño, murmurándoles:

—Ya veo. Espero que mis sueños puedan ayudarles.

—¿Puedes comprender lo que quieren decir los animales? —preguntó Penny, ayudándole a dejar su mochila en el piso.

—No del todo, pero me doy cuenta si los escucho con atención —respondió él con timidez, sonrojándose.

—Vaya, ¿de verdad? ¡Es increíble!

La chica miraba alternadamente a Bancho y al viejo can que no se apartaba de su lado. La criatura de pelo desgreñado movió suavemente la cola al ver a Penny.

—Este perro estaba en la sección de siestas eligiendo un sueño la primera vez que fui a visitar la cuarta planta. Aquel día... sí, estaba en la sección donde se encuentra *Jugar con mi dueño*. ¿Qué es lo que te acaba de decir hace un momento?

—Que su familia no vuelve hasta altas horas de la noche —el can gimoteó una vez más con expresión lastimera, a lo que Bancho asintió con la cabeza mientras lo acariciaba con suavidad—. También se preocupa por si les pasó algo estando fuera.

—Descuida, Leo, todos volverán cuando te despiertes. ¿Quieres tener uno de los sueños que traje? Fabriqué más de *Salir de paseo*, el que tanto te gusta. ¡Hay uno para todos los demás y hasta sobran!

El perro viejo llamado Leo y los demás animales se apelotonaron alrededor de la mochila del chico. Fue entonces cuando Penny se dio cuenta de quién era aquel fuerte contendiente del que hablaba Dallergut.

⁎ ⁎ ⁎

El hogar en un edificio de departamentos viejo pero bien cuidado, donde vivía una familia compuesta por cuatro miembros, estaba vacío. El matrimonio de mediana edad había ido a un encuentro de fin de año con otras parejas y sus hijos también se habían reunido con sus respectivos amigos. En aquel hogar tenuemente iluminado se encontraba sólo Leo, un perro viejito que había cumplido ya doce años.

Leo se pasó toda la tarde tumbado en la terraza esperando a la familia y, como no había podido salir de paseo, fue de una habitación a otra con un muñeco viejo en la boca. Aunque los sensores activaron las luces automáticas cuando se puso el sol en la casa desierta, lo único que podía hacer era dormir. Afortunadamente, cuanto más entraba en años, más horas se entregaba al sueño.

En aquel momento estaba dormido y, gracias al sueño de Bancho llamado *Salir de paseo*, se encontraba jugando y correteando.

De repente se escuchó el sonido de la cerradura electrónica; no obstante, ese día nada despertaba fácilmente a Leo, pues estaba metido de lleno en su sueño. Aunque al escuchar que alguien entraba abrió los ojos momentáneamente y enseguida volvió a dormirse.

Coincidió que los cuatro miembros de la familia se encontraron en la entrada del edificio al regresar a casa.

—Qué casualidad que todos decidimos regresar antes de las doce —les dijo el padre a sus hijos cuando pasaron al recibidor.

—Desde luego, pensé que llegarían mucho más tarde que nosotros. Será que ya han madurado, ¿no? —añadió la madre.

—La verdad es que hoy no estuvo tan entretenido. A veces pasa— respondió desganada la hija—. ¡Leo, estamos aquí! —llamó primero a la mascota, antes de siquiera quitarse los zapatos.

—Parece que se enojó porque llegamos tan tarde. Miren cómo sigue durmiendo sin salir a saludar.

—Tampoco comió nada —dijo el hijo, tras prender la luz del salón y ver el plato del animal—. No lo despiertes, está muy tranquilo durmiendo.

—De acuerdo. Pero miren cómo está —dijo la hija entre risas, al tiempo que se acercaba a él antes de quitarse el abrigo.

—¿Qué pasa?

Al segundo, los cuatro estaban arrodillados observando a Leo.

Él estaba desparramado sobre su cojín, tumbado con sus cortas patas apuntando al techo y moviéndolas como si luchara contra el aire. Una sonrisa se reflejaba en su hocico.

—Se ve que la está pasando bien dando carreras en sueños. Me muero de la risa, se ve tan chistoso —comentó el hijo, empezando a grabar un video con su celular.

—Y eso que no puede correr mucho porque le duelen las patitas. La de ganas de brincar que tendrá para estar así cuando duerme… —dijo el padre, emocionado.

—Cariño, te volviste más sensible con Leo. Nunca te vi así cuando criábamos a los niños— aprovechó la madre para reñir a su esposo.

—Bueno, ¿qué tal si dejamos de mirarlo y salimos a dar un paseo aunque sea tarde? Hace mucho tiempo que no damos una vuelta juntos por el barrio.

Leo, que hasta unos momentos antes dormía como un tronco, abrió de súbito los ojos en cuanto escuchó la palabra *paseo*. Al ver que toda la familia estaba de vuelta, empezó a mover la cola, a la que le faltaban la mitad del pelaje, mientras dudaba de a quién saludar primero.

* *
*

Tras cerrarse la tienda, el personal se encontraba apiñado en el vestíbulo de la primera planta para ver la Gala de los Premios a los mejores sueños del año. Los mostradores y las vitrinas vacías estaban apartados junto a las paredes, y se habían traído sillas plegables del almacén, que se alinearon para crear un espacio adecuado a fin de disfrutar de la transmisión.

—¡Es genial esto de ver la Gala todos juntos en la tienda! —dijo Motail, sentado en la última fila con los demás trabajadores, tras sacar unos aperitivos. Aunque tenían el día libre, los empleados habían acudido a la Galería para ver los Premios en la gran pantalla. Algunos trajeron como compañía a sus ancianos padres, a su hija o incluso a su gato.

Los duendecillos, que seguramente invitó Motail, volaban vertiginosamente, lo que contribuía a crear un ambiente aún más animado. Cuando empezaron a entonar la cancioncilla que siempre cantaban cuando confeccionaban calzado, Mog Berry se tapó los oídos deseando que se callaran. Por su parte, Penny estaba entusiasmada al ver aquel entorno tan alegre, donde además abundaban deliciosos platos y bebidas.

Mientras tanto, Dallergut llevaba media hora luchando para hacer aparecer la transmisión en la pantalla con el manual de instrucciones bajo el brazo. Ese día se había puesto unos pantalones cómodos y una camiseta ajustada de manga larga.

—Señor Dallergut, ¿todavía le queda mucho? ¿Qué tal si lo intento yo? Así creo que nos vamos a saltar el comienzo. Sobre todo, no me quiero perder ni una escena en la que salga la bellísima Wawa Sleepland... —instó el impaciente de Speedo, moviendo nerviosamente una pierna.

—Ya casi está. Pero... ¿por qué se ve la pantalla en negro? Dallergut se empeñaba hasta el final en hacerlo solo.

—Hace como media hora que empezó la entrega de premios, así que acabarán de anunciar al creador novel del año y estarán a punto de nombrar el *best seller* de diciembre. Eso no hace falta que lo veamos, pues ya todos sabemos que se trata de Nicolás.

Al escucharse a alguien decir eso, fue Penny la que se impacientó esta vez. Se moría de ganas por saber quién sería el galardonado con aquel premio en particular. Todos anticipaban que sería Santa Claus, pero después de que Dallergut insinuara aquello, Penny tenía bastantes esperanzas de que el galardón fuera para Animora Bancho.

Por supuesto que no se tomaba con mucha seriedad quién se lo llevara, pero al pensar en los comelones perritos de los que cuidaba el joven y las raídas ropas con las que vestía, en su interior ella albergaba el deseo de que la recompensa monetaria se destinara a él al menos ese año.

Justo en ese momento, la chica se dio cuenta de que había dos cables enchufados al revés. Aprovechó que Dallergut se encontraba distraído releyendo el manual y los cambió rápidamente, mientras fingía haberse acercado para llenarle la bebida.

—Señor Dallergut, creo que ya se ve.

—¡Lo conseguí! ¿Ves? No soy tan malo para esto de la tecnología. Ojalá hubiera estado Weather aquí para presenciarlo.

Penny se apresuró a sentarse en la silla libre que había entre Mog Berry y su jefe.

Una transmisión apareció con nitidez en la pantalla gigante. La cámara mostraba un público compuesto por una multitud de creadores de sueños elegantemente vestidos.

Vigo Mayers estaba sentado en un rincón, mirando hacia la pantalla a la vez que tomaba un licor de los fuertes.

—Yo también debería estar sentado ahí... —dijo, ya un poco borracho.

—Hay niños pequeños delante, ¿cómo se te ocurre estar empinando el codo de esa manera? —lo regañó Mog Berry, que se había hecho con un sitio en primera fila.

—Y qué sabes tú de cómo me siento...

Al emborracharse, Mayers parecía una persona muy distinta.

—¿Por qué desistió el señor Mayers de convertirse en creador de sueños? —preguntó Penny a Mog Berry.

—Yo también me lo pregunto. y también la razón por la que lo echaron de la universidad. Estar graduado tampoco era una condición imprescindible para llegar a ser creador. No entiendo por qué abandonaría si al final se iba a arrepentir de ello. Quizá podamos enterarnos de algo cuando esté más borracho.

La pantalla reflejó a creadores bien conocidos y el ambiente de la tienda pasó a estar enfebrecido en cuestión de segundos.

—¿Vieron? ¡Wawa Sleepland luce tan divina como siempre!

—¿Kiss Grower acudió otra vez con la cabeza rapada? Parece que volvió a sufrir algún desengaño amoroso.

Todos daban su opinión al tiempo que contemplaban el curso de la Gala.

La cámara enfocó al presentador que ya estaba en el escenario.

"—Damas y caballeros, estamos aquí en el Centro Artístico de los Sueños para celebrar la entrega anual de premios a los sueños. El calor ya se nota en el ambiente. La ganadora del galardón al creador novel del año, Hawthorne Demona, todavía sigue derramando lágrimas entre el público.

¡Felicitaciones, Hawthorne Demona! —dijo el moderador, enviando un aplauso hacia las butacas—. Bueno, ¡vamos algo retrasados! El siguiente premio es para el sueño mejor vendido este mes. ¿Quién es el autor del producto que ha registrado más ventas en diciembre? ¿Será Santa Claus de nuevo? Si resultara ser así, estaríamos ante un impresionante récord de quince años consecutivos recibiendo el mismo galardón. ¡Primero, conozcan a los nominados!".

De repente, la pantalla se dividió en cuatro imágenes que mostraban a cada uno a los diferentes candidatos. Nicolás, que no estaba presente en la ceremonia, fue sustituido por una gran imagen de texto en la que se leía "Santa Claus", mientras que los otros tres nominados parecían sorprendidos de que repentinamente captaran sus caras.

Kiss Grower, el creador de sueños románticos, sonrió a la vez que se frotaba su cabeza rasurada. Por su parte, Celine Clock, autora de sueños de fantasía y ciencia ficción, se sobresaltó momentáneamente, pero enseguida respondió a la ovación del público lanzando un beso en el aire. El último nominado, sin embargo, se quedó boquiabierto con una expresión bastante cómica.

—¿Animora Bancho nominado? ¡Qué disparate! —gritó Speedo, que estaba sentado justo detrás de Penny.

A pesar de ser el encargado de la cuarta planta, parecía que no había esperado en absoluto que Bancho resultara candidato. Al hacerse cierto lo que predijo Dallergut, Penny se sintió tremendamente ilusionada.

Tras unos momentos de suspenso el presentador fingió unas toses antes de seguir hablando:

"—Ahora procederé a anunciar al ganador. El creador más querido en todo el mes de diciembre es…".

"Por favor, por favor...", dijo Penny para sí, apretando los puños.

Dallergut, que estaba igualmente nervioso, tragó saliva.

"—¡Sorpresa, sorpresa, tenemos nuevo ganador! ¡El premio al *best seller* del mes es para Animora Bancho!".

Tan pronto como el moderador hizo el anuncio, se escucharon vítores mezclados con gritos de sorpresa por todo el lugar, a los que Penny y Dallergut se unieron.

"—¡Bancho, acuda al escenario! Por favor, que alguien que esté cerca le dé una sacudida para despertarlo. ¡Parece que del asombro se ha quedado de piedra!".

Tras subir al escenario aún incrédulo, aceptó del presentador el sobre que contenía el premio con la boca todavía abierta. El viejo saco que llevaba, aparentemente alquilado en el último momento en una tienda de segunda mano, le quedaba un poco grande, pero iba perfecto con su estilo.

"—Bien, comuníquele a sus fans cómo se siente al ser galardonado con este estupendo premio —lo animó en un tono alegre el presentador.

"—¡Claro, por supuesto! Nunca imaginé que me darían un premio como éste. Ah, no, la verdad es que me extrañé de cuánto vendí este mes. De todos modos, muchas gracias. Les estoy agradecido sobre todo a mis clientes habituales. Con ellos me refiero a... Leo, Negrito, Lucky, Albino, Aji, Tan, Rosca, Amorcito, Nana, Choco... Ay, perdonen, si sigo con la lista, quizá cubra todo el tiempo de transmisión. ¡Amigos, sé que no estarán viendo esto, pero me hace muy feliz haberlos conocido! ¡Gracias a ustedes he sido premiado! —dijo Bancho, alzando el sobre—. Con esto, les haré tener muchos más sueños buenos, así que ¡espero que gocen de salud, coman y duerman bien y vivan mucho!".

189

El creador pareció relajarse por completo tras pronunciar los nombres de los animales. A continuación, habló sin trabarse de lo que sentía al haber sido nombrado ganador:

"—Hasta hace sólo unos pocos años, soñaba con que mis productos estuvieran en las estanterías de la Galería de los Sueños del señor Dallergut. No ha pasado mucho desde que mi deseo se cumplió y ahora me parece increíble que esté recibiendo este premio. ¡Señor Dallergut! Si me está viendo, quiero aprovechar para agradecerle el que apostara por mí cuando no tenía nada".

Al mencionarse el nombre del propietario, la tienda estalló en vítores.

—¡¿Y qué hay de mí?! —dijo Speedo indignado.

"—Bueno… supongo que nuestro querido Santa Claus lo estará viendo en casa —siguió diciendo Bancho—. En mi infancia, siempre soñé con que de mayor haría que este mundo se convirtiera en un lugar donde los niños y animales fueran felices. Luego lo conocí a usted, quien ya se dedicaba a proveer a los niños con sueños felices. Lo he admirado tanto que decidí seguir su ejemplo y me mudé a las montañas nevadas donde me puse a crear sueños para los animales. Sé que todas las mañanas deja comida y leña en la puerta de mi casa. Si no fuera por usted, pasaría frío y hambre. ¡Mi respetado Nicolás! ¡Ahora que el premio al más vendido es mío, será mejor que el año que viene ponga sus miras en el Grand Prix! Lo visitaré en su cabaña con una botella de vino del bueno bajo el brazo. Bueno, creo que el señor presentador me está apremiando para que termine mi discurso —agregó, provocando un estallido de risas entre los espectadores—. Ya los dejo. ¡Una vez más, gracias a todos! ¡Que tengan un Feliz Año Nuevo!".

En lo que regresaba a las butacas, todos los presentes lo felicitaron con una sincera ovación.

Al ser Bancho pionero en romper con el usual puesto de ganador, los empleados comenzaron a dar rienda suelta a sus conjeturas acerca de los galardonados en las siguientes categorías. Motail y Vigo Mayers, cuyas voces había avivado el licor, estaban apartados a un lado sumergidos en un ardiente debate.

—¿Quién será el que obtenga el Grand Prix? Supongo que volverá a ser uno de los cinco legendarios, ¿no? —decía Motail.

—Eso es seguro. Yo creo que lo más probable es que el Premio a las Bellas Artes se lo lleve Wawa Sleepland por su sueño *Una jungla llena de vitalidad*. El Grand Prix posiblemente sea para Kick Slumber o Yasnooz Otra, pues siempre arrasan con todo. Esos dos son verdaderamente increíbles —opinó Mayers.

—¿Y por qué deja fuera a Coco Siestadebebé y a Doze? —se extrañó Motail.

—Pues, fíjate que Doze ni siquiera se digna a aparecer en la Gala. Además, este año no ha sacado una nueva creación que merezca la pena. En cuanto a la señora Coco, ella ya ganó el Grand Prix varias veces con sueños muy parecidos; no creo que se lo den en esa ocasión. Ya verás, o bien se lo lleva Kick Slumber por *Sobrevolar los fiordos convertido en águila*, o Yasnooz Otra con *Un mes en los zapatos de la persona a quien hostigué*, la séptima serie de *Otra vida*.

Al final, Mayers acabó dando en el clavo con su apuesta por Wawa Sleepland y su sueño *Una jungla llena de vitalidad* en la categoría de Premio a las Bellas Artes. La transmisión mostró unas escenas abreviadas de la obra galardonada. La belleza natural que ella había expresado mediante aquel sueño iba más allá de las fronteras de este mundo. Aparte de su maestría en el uso de colores llamativos, había capturado en el sueño la explosión de los atractivos tonos presentes en la jungla según la hora y la posición del sol en el cielo. Penny supo de inmediato por qué los jueces seleccionaron por unanimidad a la creadora.

—Si yo fuera el jurado, no le daría el Premio a las Bellas Artes a su obra, sino a la mismísima señorita Sleepland. Ella es muchísimo más hermosa que su creación —dijo Speedo cuando la cámara reflejó un primer plano con el rostro de Wawa.

—¡Speedo, apártate, que no dejas ver! —gritó Mayers a su compañero, quien parecía estar a punto de ser absorbido por la pantalla—. ¡Y átate esa melena, que vas siempre dejando pelos por todo el piso!

A continuación, Hawthorne Demona, la ya nombrada ganadora del Premio al Mejor Guion, volvió a llorar embargada por la emoción al ser condecorada también con el Premio al Creador Novel del Año. La obra que le confirió ambos fue *Soledad entre una muchedumbre*, un sueño en el que el protagonista era tratado como un ser invisible por la sociedad. Los jueces elogiaron la creación destacando su capacidad para hacer estallar las emociones que experimenta el humano contemporáneo, encerrado en una intensa soledad, fruto de sus ansias por atraer la atención de los demás.

No obstante, Vigo Mayers parecía estar en desacuerdo con la decisión.

—Es una auténtica porquería. Sueños así han existido desde que yo tenía tres años. No hizo más que relanzar un producto obsoleto poniéndole un nombre diferente. Podrá engañar a los jueces, pero a mí no me encandila.

Momentos más tarde, sólo quedaba el anuncio del ganador al Grand Prix para poner fin a la Gala. Motail iba de un lado para otro preguntándole a los que estaban allí quién creía que ganaría ese premio, si Kick Slumber o Yasnooz Otra.

—Dime, Penny, ¿a quién elegirías tú?

—Si lo adivino, ¿me regalarás algo?

—¡Ah, cierto! ¡No me acordaba de que es tu primer año! Hay un cheque de regalo para cada empleado que acierte el ganador del Grand Prix. Dallergut permite que se canjee por un sueño de los que se venden en nuestra tienda. Para nosotros es una de las cosas más atractivas del día que se retransmite la Gala.

—¿Lo dices de veras?

Al girarse Penny para mirar a su jefe, quien estaba sentado a su lado, éste puso una expresión entre la risa y el llanto, y dijo:

—Como la vez pasada acertaron más de cien personas, casi me quedo en bancarrota a principios de año. Todos fueron tan listos de aprovecharlo para llevarse los sueños más caros.

Después de estar un rato pensándolo, Penny decidió escribir el nombre de Kick Slumber en el papel que le dio Motail. Hubo muchos empleados que anotaron los de otros creadores menos usuales que Kick Slumber o Yasnooz Otra. Mog Berry añadió a Chef Grandbon como el candidato por el que apostaba.

—Mog Berry, ¿quién es Chef Grandbon? —le preguntó la chica.

—Ah, es el propietario de mi restaurante favorito. Este señor vende exclusivamente sueños en los que se degustan comidas, los que fueron de enorme ayuda para no salirme de mi régimen. Gracias a él, cada vez que duermo, puedo comer cosas como papas fritas. El problema es que, cuando despierto, tengo más hambre, pero de todas formas, yo opino que él es el mejor. ¡Vaya, parece que ya van a anunciar al ganador!

"—¡Miren, en mis manos tengo los nombres de los dos candidatos al Grand Prix! ¡Veamos cuál es el mejor sueño del año! —dijo el presentador antes de sacar la tarjeta del sobre que llevaba en la mano—. ¡Vaya, vaya, son estos dos! ¡Se los anuncio ya: Kick Slumber con *Sobrevolar los fiordos convertido en águila* y Yasnooz Otra con *Un mes en los zapatos de la persona a quien hostigué*, la séptima serie de *Otra vida!*".

Al haber dado Mayers en el centro de la diana con su pronóstico, los empleados de la segunda planta se levantaron estrepitosamente para expresar sus respetos por él con un gran aplauso. Vigo, más animado ahora, no pudo evitar que en su cara se dibujara una sonrisa.

"—¡El Grand Prix será para uno de estos dos candidatos! Creo oír cómo los fans de ambos que hay por todo el país se desgañitan gritando sus nombres. ¡Animo a los que estén en casa viéndonos por televisión a que participen mostrando su apoyo!".

Tan pronto como acabó de sugerir eso el presentador, todos los que estaban en la tienda se pusieron a vociferar sin parar los nombres de "Otra" y "Slumber". Penny se unió a los que votaban por Slumber con gritos a favor de él. El fanatismo de la chica era comparable al que sentiría en la final de una competencia deportiva.

"—¡El glorioso Grand Prix al Mejor Sueño del Año es para…!".

Al crear el moderador todavía más suspenso con sus palabras, las voces de los que animaban a los candidatos se aceleraron tanto que se convirtieron en un ruido atronador que parecía anunciar una explosión inminente.

El presentador esperó hasta que la tensión alcanzara su máximo nivel, tragó saliva y, mirando hacia la cámara, anunció con un fuerte grito:

"—¡Kick Slumber y su sueño *Sobrevolar los fiordos convertido en águila!*".

La Galería estalló en vítores y lamentos que se superponían unos a otros. Gritando de alegría, Penny abrazó a los compañeros que habían votado por el mismo creador. Compartió el regocijo con todo el mundo, no importaba que fueran familiares de empleados que no conocía bien.

Motail lo celebró agitando su abrigo en círculos sobre la cabeza, mientras Speedo, que había apostado por Yasnooz Otra, dejó recostar su cuerpo contra la pared con un gesto de agonía. Aquella ebullición de festejos no se limitaba a la Galería de los Sueños, sino que inundaba todo el callejón.

Penny vislumbró a un grupo de noctilucas que salían corriendo de la tienda dando gritos de júbilo. La chica supuso que Assam estaría entre ellos, pues era un gran admirador de Kick Slumber.

El nombrado ganador se levantó de entre el público para darle un sentido abrazo de felicitación a Yasnooz Otra y, acto seguido, se dirigió a paso lento al escenario. Enfocada brevemente por la cámara, Wawa Sleepland aparecía tapándose la boca de asombro, como si fuera ella la que había sido premiada.

"—En la opinión de los jueces, captó con genialidad lo que siente un águila que sobrevuela un acantilado escarpado con su dramático despliegue de alas y un vuelo en picada en el momento de una caída vertiginosa. ¡Felicitaciones, señor Slumber!".

El presentador de la gala recitó con entusiasmo las palabras que tenía preparadas, mientras el creador galardonado se acercaba al escenario. Cuando finalmente subió al lugar, un silencio se hizo entre el público. Con un bronceado que denotaba salud, unas cejas espesas, una mandíbula bien definida y ojos de color negro azabache, se mostró ante las cámaras llevando muletas. Había nacido faltándole media pierna derecha de la rodilla para abajo.

"—Estoy profundamente agradecido de que este momento de honor se me haya concedido una vez más —comenzó a decir Slumber, emocionado y con la voz algo temblorosa. Sin embargo, su aura hizo que aquel temblor pasara desapercibido—. Estoy bastante cansado de dar discursos acerca de mis impresiones al recibir premios, así que hoy voy a hablarles un poco de mí, aunque tal vez resulte algo aburrido —cuando Kick Slumber pronunció esas palabras, hasta Motail, que había estado parloteando sin parar, se sentó en silencio—. Como pueden ver, sufro de una discapacidad —continuó diciendo, levantando la muleta izquierda para señalar su pierna derecha—. A mis trece años y bajo la guía de mi maestro, creé el primer sueño en el que me convertía en un animal. Se trata de una obra que ya conocen, *Atravesar el océano Pacífico convertido en orca*".

Un pequeño grito ahogado se oyó entre el público.

"—Cuando todos me elogiaron por la extrema libertad que sintieron al soñarlo, aun a mi temprana edad, me puse a reflexionar acerca de las imperfecciones de la realidad. En mi sueño podía andar, correr y volar, pero dejaba de ser así una vez que despertaba. De la misma manera que una orca no disfruta de la libertad en tierra y un águila no es libre bajo el mar, todos los seres vivos gozamos de libertades limitadas; la única diferencia es la forma y el grado en las que aparecen esas limitaciones —Slumber miraba alternadamente a la cámara y al público—. Me gustaría hacerles una pregunta: ¿cuándo sienten que su libertad está impedida? —preguntó dirigiéndose al público, que lo observaba aguantando la respiración—. Ya sea el espacio, el tiempo o un defecto físico como el mío lo que los encierre, me gustaría pedirles que no se centren en eso; en cambio, concéntrense en encontrar algo en sus vidas que pueda hacerles libres. Si siguen ese camino, habrá días en los que se sientan en peligro, como si estuvieran al borde de un precipicio. Eso es justamente lo que me pasó este año, y tuve que soñar con caerme cientos de miles de veces por un precipicio para completar esta obra. Sin embargo, en el momento en que dejé de mirar hacia abajo y decidí remontar el vuelo, alcancé a terminar el sueño de poder convertirme en águila y volar. Espero que se encuentren con ocasiones así en sus vidas, y que el sueño que creé les sirva de inspiración. Ésa es la máxima satisfacción a la que aspiro. Les agradezco una vez más por concederme este gran galardón".

Una tormenta de aplausos sonó con estruendo. Kick Slumber apretó los labios dando a entender que había finalizado su discurso; a continuación, tras darle las gracias al presentador por esperar pacientemente a que acabara de decir sus palabras, se volvió hacia la cámara para pronunciar algunas más:

—Esta noche no me puedo ir sin decir esto: quiero darle las gracias a Wawa Sleepland por su devoción a la hora de crear el pintoresco escenario presente en mi obra. Te dedico todos los honores a ti, por regalarme ese mar profundo, ese cielo oscuro y esas praderas acogedoras. Ya no puedo imaginar un futuro sin ti.

La pantalla mostró a Wawa Sleepland sollozando, mientras se oían silbidos y vítores entre el público.

—¡Cielos, ha surgido una pareja espectacular! —exclamó Mog Berry.

Por su parte, Speedo se acuclilló frente a la pantalla.

"—¡Damas y caballeros, el Grand Prix de este año lo ha ganado Kick Slumber! ¡Va a ser sin duda una noche especial para sus acérrimos fans! —dijo el presentador, volviendo a tomar el micrófono—. Les agradezco que hayan sintonizado para ver la transmisión de esta Gala. ¡Fue un placer haber estado con ustedes! ¡Yo, Vamadi Han, les deseo a todos que tengan los mejores sueños para el año que empieza!".

A pesar de que la ceremonia había llegado a su fin, la tienda seguía igual de bulliciosa con todos los presentes compartiendo la alegría que les había dejado el evento.

Incluso se pudo ver a una exultante Mog Berry charlando animadamente con los leprechauns.

—Ay, ¿me están arreglando el peinado?

Los duendecillos le sobrevolaban la cabeza recogiéndole los mechones de pelo que tenía sueltos; Mog Berry les agradeció el gesto mientras se miraba en un espejito de bolsillo:

—¡Parece que mi pelo está más brillante ahora! ¡Y los rizos bien fijados en su sitio! ¡Gracias, chicos!

Penny se percató de que de su compañera emanaba un olor a betún para calzado, pero fingió no haberse dado cuenta.

La chica pensó que tal vez era buen momento para preguntarle a Vigo Mayers por qué lo expulsaron de la universidad, pero éste se había quedado dormido a causa de la borrachera, por lo que decidió que esperaría a otra ocasión.

Dallergut se había levantado discretamente de su asiento y estaba contando los cheques de regalo que repartiría a los acertantes del ganador del Grand Prix. Penny se fijó en que su jefe tenía en la mano muchos más vales que el número de empleados a obsequiar. Parecía que ese Fin de Año iba a convertirse en uno de gran abundancia para los trabajadores de la Galería.

De pronto, hasta los noctilucas que habían estado recorriendo las calles contiguas se unieron a la fiesta al ver que las luces de la tienda seguían encendidas, junto con clientes intrigados por aquel alborozo. En el local se respiraba un incuestionable ambiente festivo. En ese punto, quedaba ya sólo un minuto para la medianoche.

Luego treinta, diez, cinco...

Dallergut se encargó de entonar la cuenta atrás:

—¡Tres, dos, uno! ¡Feliz Año Nuevo a todos!

Penny estaba segura de que nunca olvidaría la última noche de ese año que pasó acompañada de todas esas personas.

7. *Yesterday* y el anillo de benceno

E ra viernes por la mañana temprano. El hombre se encontraba sentado en el escritorio que estaba pegado a la ventana, mirando alternativamente al monitor de la computadora y al exterior. El viejo mosquitero, oxidado y perforado por algunas partes, estaba lleno de polvo y desprendía un olor a moho. Corriéndolo a un lado, inhaló una bocanada desesperada de aire matutino y luego se frotó los ojos para terminar de despertarse.

Las personas que vivían en el gran complejo de apartamentos de los alrededores pasaban en su trayecto a la estación de metro por la esquina del callejón donde estaba situada su casa. La planta baja donde residía en aquella serpenteante callejuela habría podido considerarse como un semisótano si hubiera estado construida a un nivel algo más abajo del suelo. Le hubiera venido mejor que lo fuera, pues así se habría ahorrado unos cincuenta mil wones de alquiler.

"Sí, estoy yendo a la oficina. ¿Quieres que nos veamos después? Hay que disfrutar que es viernes".

Afuera se escuchaban los pasos de la gente a la vez que sus conversaciones telefónicas. El caminar apresurado de esas personas exudaba la energía característica del último día laborable de la semana. El hombre no podía evitar sentirse impotente al observar a los que pasaban por delante de su ventana.

"Todavía no tengo las responsabilidades propias de un adulto hecho y derecho... Me empeñé en dedicarme a la música y aquí sigo atascado... ¿Es habitual que la gente sin talento que sueña a lo grande acabe como yo? Ojalá alguien me hubiera explicado la diferencia que hay entre la ambición y la pasión por algo...", pensó.

Tenía por delante una audición que había conseguido tras muchas dificultades y estaba trabajando duro en la composición de una canción con vistas a la prueba. No obstante, no le salía ninguna pieza con la que se sintiera satisfecho.

El hombre quería ser cantante; no había soñado con otra cosa en toda su vida. Sin embargo, tras experimentar de muy joven la anulación del debut programado por la agencia a la que se había unido entonces, llegó al final de la veintena sin más progresos.

A principios de año, mientras pasaba de un trabajo de medio tiempo a otro, se dedicó a subir canciones suyas en las redes sociales a través de videos y, como resultado, una de ellas atrajo un interés considerable. También hubo una agencia importante que lo invitó a presentarse a una audición. No obstante, la respuesta que le dieron tras su actuación volvió a mandarle al punto de partida.

—Te falta un poco de color personal. En vez de esto, ¿por qué no pruebas a escribir tu propia canción? Te vamos a dar otra oportunidad más tarde si la preparas.

Él trabajaba como una mula para cubrir sus gastos diarios. Deseaba inscribirse en una academia para cantautores o aprender a tocar un instrumento apropiadamente, pero andaba corto de dinero y escaso de tiempo para hacer todas esas cosas. En su lugar, aprendió a componer música a la antigua usanza, instalando un programa en su computadora de segunda mano.

Con unos gastos que a veces superaban sus ingresos, hacía malabares para llegar a fin de mes. Cuando se apretaba el cinturón, conseguía que le quedara algo de saldo, aunque era ínfimo. El esfuerzo que ponía en su día a día no parecía llevarlo a ninguna parte y su vida seguía girando en la misma dirección. Se estaba desgarrando la garganta practicando su canción al tiempo que iba ajustando la melodía. Iba corto de tiempo para terminar de componer la pieza con la que asistiría a la nueva audición. Todo lo que necesitaba era un ritmo pegadizo, y sabía que, si trabajaba en ella un poco más, conseguiría algo que le gustara. Pasaba las noches en vela dándole vueltas hasta que se hacía de día. Sentía molestias en los ojos por no dormir, además de hambre. No tenía nada para comer en casa y, aunque había una tienda de conveniencia a cinco minutos de su casa, no le agradaba ir en hora pico, pues allí se encontraría entre gente que iba de camino al trabajo, mientras que él sería el único con aspecto de estar desempleado.

Dejó de mirar abstraído al vacío y se enfocó en aguzar el oído para captar los sonidos del exterior. Probó a golpear las teclas tomando como inspiración los pasos o las voces de las personas que pasaban, seleccionando las notas que más se asemejaban a tales sonidos. Incluso intentó tejer una melodía basada en la voz de un transeúnte al teléfono. Deseaba reflejar la anticipación que sentiría un oficinista por el fin de semana venidero o la holgura económica de un asalariado, pero no tuvo éxito en transmitir lo que quería, pues no era capaz de imitar un feliz fin de semana que a él no le aguardaba.

Para dedicarse a lo que quería, había tenido que optar por renunciar a algo. Lo que acabó descartando fue la vida ordinaria típica de los de su edad. Sin embargo, a lo que no estaba dispuesto a renunciar era a convertirse en cantante. Aspirar a serlo formaba ya parte de él. No podía imaginarse a sí mismo sin querer alcanzar ese sueño, con lo cual, siguió intentando aceptarse tal y como era.

Continuó trabajando en aquella estrecha habitación con un software de audio de alta gama que no era compatible en absoluto con la vieja computadora, cuyos zumbidos parecían anunciar que estallaría en cualquier momento. La frustración le hizo cerrar todos los programas en los que estaba trabajando; entró a un portal de búsqueda y tecleó lo primero que se le vino a la mente:

Qué hacer cuando me ofusco.
Qué hacer cuando siento que no soy nada.
Qué hacer cuando tengo sueños, pero me falta el talento.

Encontró preguntas similares, pero no obtuvo las respuestas que quería:

¿Es necesario triunfar como sea?
¿Acaso no es ya un triunfo el esfuerzo en sí que se ha venido haciendo?

Eso no era lo que deseaba oír.

Volvió a realizar otra búsqueda, esta vez introduciendo la palabra "inspiración", como anhelando atraer dicho fenómeno.

"Inspiración: estímulo o lucidez repentina que impulsa la creación de algo".

A pesar de que era justo lo que deseaba, todavía no había logrado tenerla.

Sabía que nunca encontraría la inspiración buscando en internet, pero en esos momentos se agarraba a un clavo ardiendo. Decidió concretar algo más su búsqueda:

Cómo inspirarse.

Apareció una cantidad innumerable de videos y artículos. Esforzándose para no quedarse dormido, deslizó el cursor hacia abajo hasta que, de pronto, fijó los ojos en una página en particular.

GENIOS QUE FUERON INSPIRADOS POR UN SUEÑO

Según la autobiografía de Paul McCartney y los Beatles, McCartney escribió *Yesterday* en un sueño. Al despertar, fue corriendo a sentarse a su piano y tocó las notas antes de olvidarlas. Se apoderó de él la preocupación de haberle escuchado esa canción a otra persona y que simplemente se le hubiera quedado grabada en el inconsciente para resurgir más tarde.

"Me pasé un mes yendo a ver a gente dedicada a la música para preguntarles si habían oído antes esta canción. Como si fuera un objeto perdido, me sentía obligado a regresarlo a la policía, pero al ver que nadie lo había reclamado durante varias semanas, decidí hacerlo mío".

Así fue cómo se creó una canción tan inmortal como *Yesterday*, de un sueño que tuvo Paul McCartney [...].

En la misma línea, también es famosa la teoría del químico alemán Kekulé sobre el anillo bencénico. Se cuenta que dio con la estructura del benceno al soñar con una serpiente que se mordía la cola. Se apartó así de la creencia existente de que las moléculas son líneas rectas y descubrió la forma anular [...].

Al hombre empezó a vencerle el sueño. Cuanto más intentaba concentrarse en las letras, más le pesaban los párpados. Al final, se quedó dormido sobre el escritorio; hasta entonces no hizo más que pensar en la melodía del estribillo. Con la mente llena de todas las líneas melódicas que se le habían ocurrido, se entregó al sueño, aturdido por aquel revoltijo de notas.

*_**

Los empleados de la Galería de los Sueños hacían fila en la recepción con los cheques de regalo que habían recibido de Dallergut en la fiesta de Fin de Año, los cuales eran canjeables por uno de los productos vendidos en la tienda.

—Piensen en lo que van a comprar mientras están en la fila, pues deben terminar el intercambio antes de la hora del almuerzo. Espero que la conciencia de cada uno les haga abstenerse de comprar los sueños de precios más desorbitados. Ya saben, son empleados de esta tienda —indicó Weather a sus compañeros.

—¿Qué debería comprar? —preguntó Penny, esperando su turno junto a los demás.

—Te daré un consejo estupendo: si no tienes ni idea de por qué producto canjearlo, elige lo mismo que Motail —le respondió Mog Berry señalando al chico, que estaba justo delante de ella.

Ya llegando casi enfrente de la recepción, él y Speedo estaban peleándose por el sitio.

—Speedo, yo llegué primero.

—Lo que más detesto en este mundo es tener que esperar. Deberías hacerte de la vista gorda y dejarme pasar.

—Deja de insistir y guarda turno detrás —le dijo Motail, no dispuesto a ceder.

Por su parte, Speedo no dejaba de empujarlo con todo su cuerpo.

—Otra vez andan esos dos disputando. Pero ¿por qué me aconseja que compre lo mismo que Motail? —preguntó Penny nuevamente a Mog Berry.

—¿No te intriga cómo fue que ellos obtuvieron un puesto de trabajo acá?

—Ah, supongo que Speedo lo consiguió porque es muy rápido haciendo las tareas. Oí que no hay nadie mejor para organizar la mercancía para siestas con tanta presteza.

Antes de escuchar eso, Penny no entendía cómo Speedo podía estar a cargo de la cuarta planta, pero una vez que observó de cerca cómo trabajaba, quedó totalmente convencida. El encargado lograba terminar todas sus obligaciones, por muchas que tuviera, antes de que acabara la jornada. En su vocabulario no tenía cabida el término *horas extra*.

—¿Y qué hay de Motail?

—Pues… tiene buena labia para vender, ¿no? Creo que es un comerciante nato.

—Eso no lo es todo. Seguro que son más los productos que se lleva a escondidas que los que consigue vender. ¿Piensas que Dallergut no lo sabe?

—Entonces, ¿por qué se lo pasa por alto y deja que siga trabajando acá?

—Precisamente por eso. Los sueños de los que se apropia acaban siendo un éxito. Tiene talento para encontrar tesoros ocultos. El año pasado canjeó el cheque por un sueño de un creador nuevo que no era conocido. Los demás se burlaron de él diciéndole que lo había desperdiciado, pero al final resultó ser que se llevó un bombazo de artículo.

Cuando le llegó el turno a la chica, ésta pidió a Weather que le diera el mismo sueño que había elegido Motail.

—Qué mal, Penny, ya no queda ninguno —le respondió Weather con lástima—. Me pregunto por qué todos quieren el que se llevó Motail.

—Vaya... Por cierto, ¿qué sueño fue el que escogió? Estoy intrigada.

—Se llama *El elevador fantástico* y, al parecer, si te imaginas bien los lugares a donde te gustaría ir antes de que se abran las puertas del elevador, te lleva a ellos en cada planta. Para alguien que tenga buena concentración es una ganga, pues puedes visitar varios sitios dentro de un mismo sueño.

—Ay, me lo perdí. A la gente que se le da bien los sueños lúcidos le encantará. Yo le voy a pedir el de *Encontrarse con un famoso*.

Penny ya estaba de buen humor pensando en quedarse durmiendo hasta tarde teniendo aquel sueño.

—¡Bueno, ya están todos! ¡Prepárense para el trabajo de la tarde! —anunció Weather en voz alta, haciendo que los empleados se dispersaran para regresar a sus plantas.

—Penny, ¿te importa quedarte a cargo de la recepción? Debo ir al banco un momento por un encargo de Dallergut.

—¡Claro! —respondió la chica, llena de confianza.

Al cabo de media hora, Penny estaba sudando a mares, pues un cliente la estaba importunando. Le decía que después de haber recorrido todo el edificio, no había encontrado ningún producto que mereciera la pena. Sin dejarla tranquila un momento, la estaba acaparando por completo. Para colmo, el asunto por el que Weather salió parecía estar llevándole más tiempo de lo habitual.

Además, Dallergut también se encontraba fuera para reunirse con un creador, con lo cual la chica se estaba enfrentando sola a la mayor complicación desde que entró a trabajar en la Galería.

—Señor, no tenemos ningún sueño de ese tipo.

—No sea así y consígame el *Sueño inspirador*. De verdad que lo necesito —le suplicaba el hombre de aspecto demacrado.

Se le veía desnutrido, con la piel áspera y el pelo descuidado. Parecía que lo único que le mantenía en pie era una mirada anhelante por conseguir algo.

—Le digo que vine tras leer historias como la de los Beatles y el anillo de benceno de Kekulé. Se cuenta que ellos obtuvieron la inspiración en sus sueños, ¿no puede venderme un sueño de ésos? ¿Es porque valen muy caros?

—No entiendo lo que quiere decir con eso de los Beatles y el benceno. Además, dado que los pagos se reciben *a posteriori*, el precio nunca es razón para que no le vendamos algún sueño a los clientes. No se confunda, señor.

Penny hojeó todos los catálogos que pudo encontrar en la tienda, pero en ninguno de ellos figuraba tal sueño inspirador. "¿Será uno del que no estoy enterada yo?", pensó, telefoneando a continuación a los números de extensión de cada planta para que acudieran a la recepción los respectivos encargados.

—He trabajado toda mi vida como vendedor y le puedo asegurar que no existe tal sueño. Me conozco todos y cada uno de los productos en el mercado. ¿Paul McCartney? Es posible que alguna vez nos visitara aunque no me acuerde. Lo cierto es que casi nunca me he parado a hablar con clientes, pero sí que estoy seguro de una cosa: no se puede encontrar un sueño así en ninguna tienda —corroboró con firmeza Vigo Mayers.

—Pero, señor, se ve muy pálido —dijo Mog Berry preocupada.

—¿Cuánto tiempo lleva sin dormir? —se apresuró a preguntarle Speedo.

—Pues unas cuarenta horas; diría más bien que fueron cuarenta y ocho.

Al decirles eso, todos soltaron un suspiro al unísono y le aconsejaron que empezara por irse a dormir para reponerse del cansancio, a lo que el hombre respondió con una expresión desesperada, como si le hubieran arrebatado su última esperanza.

—¿Ocurrió algo? Veo que todos vinieron a la primera planta —dijo Dallergut justo al regresar a la tienda.

—Pues, verá...

Tras explicarle Penny el problema, Dallergut se quedó pensativo durante unos momentos y luego echó un vistazo a la cara del cliente. El rostro del hombre se iluminó con una renovada esperanza, una vez que Dallergut, a quien consideraba una figura muy ilustre, oyó sus preocupaciones. El propietario le pasó algo que tenía en la mano.

—Quizás esto le ayude. Tómeselo antes de salir de la tienda.

—¿Esto me va a proporcionar de inmediato la inspiración? —preguntó el cliente entusiasmado.

209

—No lo sé. Depende de la ocasión.

El hombre lo aceptó de buena gana y, acto seguido, abandonó el establecimiento agarrando en su mano aquello como si temiera que se lo fueran a robar.

***

Cuando él se despertó después de un profundo sueño, se dio cuenta de que había dormido hasta bien entrada la tarde. Se levantó con dolor de cuello por haber pasado tanto tiempo en aquella incómoda postura. Sin embargo, notaba que su mente estaba mucho más despejada y las líneas melódicas que ahora llegaban raudamente a su cabeza parecían encontrar cada una su lugar. Aunque no sabía de dónde surgía aquella melodía, se puso a traspasar esas notas al teclado.

"¿Acaso es una melodía que conozco? ¿O quizá la escuché en sueños mientras dormía?" se preguntaba a sí mismo dudoso. "De todas formas, será mejor que me apresure a transferirla al programa antes de que se me olvide".

Consiguió completar la canción conforme iba rellenando los tramos que le faltaban.

No sabía cómo había logrado romper con los impedimentos que antes lo retenían, pero por fin había alcanzado a componer la pieza que tanto ansiaba obtener.

Estaba enormemente satisfecho con la canción que le había salido y se sentía impaciente por hacérsela oír a otras personas. La audición que le aguardaba al día siguiente sería la primera actuación en la que otros escucharían por primera vez su pieza.

***

El hombre visitó una vez más la Galería para encontrarse con Dallergut un tiempo después de aquello.

—Tuvo buena acogida entre el personal de la agencia. Más que nada, me siento realmente satisfecho. Fui yo quien escribió la letra y, aunque me da un poco de pudor reconocerlo, trata sobre mí —dijo el cliente, con un rostro lleno de vitalidad—. Voy a grabar la canción justo esta semana. Quería darle las gracias por el sueño, fue verdaderamente extraordinario, pues le encontró solución a algo que me tenía muy enredado. Me siento en deuda con usted —añadió, dándole un apretón de manos a Dallergut.

—No necesita darme las gracias a mí, señor.

—¿No? Entonces, ¿a quién...?

—Debería dárselas a sí mismo.

—¿Cómo dice?

—Lo que le di fue simplemente un caramelo-somnífero para que durmiera bien.

—¿De veras?

—La palabra *inspiración* es de lo más conveniente, ¿no lo cree? Es como si una cosa excepcional surgiera de la nada en cuestión de un solo instante. Sin embargo, al fin y al cabo, es algo que surge en la medida en que se ha invertido tiempo en ello y lo que se ha invertido pensando en ello. La diferencia está en si uno le pone empeño o no hasta dar con la respuesta. Usted la ha encontrado nada más y nada menos porque perseveró en su misión.

—¿Eso significa que sí tengo talento? ¿Cree que me va a ir bien de ahora en adelante?

—Es usted quien mejor sabe si está dotado de talento o no. Yo soy totalmente inexperto en el campo de la música. Lo único que puedo decirle es que debe dormir en función a lo que trabaja. Si quiere dedicarse a la composición, deberá saber que un buen descanso ayuda a tener la mente clara.

—Ya veo. De todos modos, gracias, gracias por todo —reiteró el cliente.

Aunque algo abrumado por su insistencia, Dallergut lo miraba igualmente satisfecho por haber conseguido ayudarle. Entonces fue cuando pareció habérsele ocurrido de repente una gran idea.

—Por cierto, ¿qué le parecería colaborar en la creación de un sueño con su historia como muestra de su agradecimiento?

—¿Con mi historia? ¿Y para qué se usaría?

—Lo cierto es que una creadora cercana a mí y yo estamos trabajando en una línea de productos nueva y justo nos hacen falta historias de muestra. Se lo digo porque necesitaríamos su consentimiento para incluirla. Por supuesto, si no quiere, no está obligado a aceptar.

—¿De qué sueño se trataría el nuevo artículo?

—Todavía no hemos decidido el nombre definitivo del producto, pero provisionalmente se llama *Otra vida*. Estamos planeando lanzar primero una versión de prueba. Dado que la creación la lleva a cabo una profesional muy virtuosa, yo también tengo grandes esperanzas de que este sueño será todo un triunfo.

—¡Suena bastante interesante! ¡Si les ayuda mi historia, no duden en usarla!

—¿Nos da permiso entonces?

—Por supuesto. Qué curioso es esto de los sueños; y todavía más, que he logrado realizar mi sueño a través de un sueño, jaja —dijo riéndose por el juego de palabras que había hecho.

El hombre se veía mucho más repuesto y relajado que en

su anterior visita. Penny pensó que era gracias a que estaba durmiendo bien.

Después de revisar la tienda durante un buen rato, compró dos sueños cortos que le llamaron la atención y se marchó.

—Me parece que ese señor se va a hacer asiduo de la Galería. Quizá deberíamos ir pidiendo que nos traigan un medidor de párpados para él —comentó Penny, viéndolo abandonar el lugar.

—Tienes razón, Penny. Díselo a Weather; ella te informará acerca de la empresa de manufacturación donde lo puedes encargar —dijo Dallergut.

—De acuerdo. Me ocuparé de ello enseguida.

—Y otra cosa más. ¿Puedes ponerte en contacto con Yasnooz Otra? Comunícale que ya puede empezar a elaborar la línea de productos de la que hablamos anteriormente. Si le dices que hemos conseguido la muestra que esperaba, se pondrá contentísima.

8. El producto de prueba *Otra vida*

P enny se encontraba de improviso en un vecindario de mansiones y casas lujosas en las afueras de la ciudad.

"Yasnooz Otra terminó de crear la versión de prueba de su nuevo sueño. Ve a traerlo y aprovecha para airearte un poco", le había dicho Dallergut.

Penny estaba sentada en el salón de una gran mansión. Los focos empotrados en el altísimo techo le proporcionaban a la estancia una iluminación suave. A través del enorme ventanal, se contemplaba el jardín y se divisaban varias esculturas abstractas, de las que colgaban plantas trepadoras que les daban un aspecto de lo más elegante.

A cada soplo de viento, las delgadas cortinas a rayas de color azul marino y los vaporosos visillos se entrelazaban en el aire. Seguramente habría un difusor de aromas que proporcionaba serenidad, porque se respiraba un ambiente de mesura y madurez en toda la casa. Sin lugar a dudas, la residencia era un fiel reflejo de la distinción que destilaba Otra. Penny se sintió abrumada de sólo pensar en los años que le llevaría comprar una mansión semejante con su sueldo.

Otra parecía encontrarse en la planta superior ocupada en otro asunto, pues sólo se veía a las personas que trabajaban en la mansión moviéndose afanosamente de un lado a otro. Como pidiéndole disculpas por la espera, le sirvieron un refresco de uvas verdes, una tartaleta de huevos casera y una croqueta de verduras bien rellena.

Los empleados eran tan elegantes como la dueña de la casa. Con sus piernas y brazos largos y delgados, se movían como modelos por la residencia, embutidos en uniformes incómodos. Penny tuvo la sensación de que se había puesto ropas demasiado holgadas para la ocasión, por lo que se remetió la blusa en la falda.

Justo cuando empezaba a sospechar que Otra se había olvidado de la razón de su presencia en esa casa, se asomó un muchacho de rostro aniñado por la barandilla del segundo piso.

—Ha venido de parte del señor Dallergut de la Galería de los Sueños, ¿verdad? Dice la señora Otra que suba a su despacho.

Le bastó un vistazo para darse cuenta de que había como una docena de habitaciones en la segunda planta. Siguiendo al chico, se dirigió a la estancia que estaba al fondo a la derecha, al final del pasillo. Pasó junto a ellos una mujer vestida con una camiseta de algodón blanca y unos pantalones cortos y anchos. Tenía todas las trazas de ser una clienta y parecía que acababa de salir del despacho de Otra.

—¿Es una clienta de la señora?

—Sí, la señora Otra se encuentra con sus clientes en la casa. Es porque la mayoría de los sueños que crea son encargos personales. Hoy es la tercera reunión que tuvo con esa clienta y seguramente tendrá que verla un par de veces más para ir precisando los detalles. Al parecer, la reunión de hoy se ha alargado más de la cuenta. Normalmente la señora suele ser muy cuidadosa con el tiempo.

El muchacho se paró delante de una puerta en donde colgaba un retrato de la dueña de la casa y tocó dos veces muy brevemente. La fotografía en blanco y negro mostraba a Otra de perfil y con los ojos cerrados.

—Éste es su despacho. Entre, por favor.

Penny dio las gracias y entró en la estancia. La esperaba Otra, que lucía cabellos mucho más cortos que cuando la había visto en la Asamblea General de Creadores.

—Pase. Mis disculpas por hacerla esperar.

—¿Cómo le va? Soy Penny y me envía el señor Dallergut de la Galería de los Sueños. No pasa nada, no he esperado mucho.

—Ah, nos conocimos en la casa de Nicolás. Ya me acuerdo.

Otra estaba vestida con una blusa de mangas llamativas y unos pantalones de cintura alta. Detrás de ella se veía su taller, lleno de libros, papeles y fotografías. Como un set de película, presentaba un aspecto de desorden bien estudiado: desde una estantería llena de revistas de moda hasta un exhibidor como el que se encontraría en cualquier tienda. Penny sintió curiosidad de ver los sueños que se exponían en ese mueble.

Otra se sentó delante de la ventana con las piernas cruzadas y Penny tomó asiento en el sofá de enfrente. A continuación, la dueña de casa empezó a servir un café bien cargado, lo que hizo que el intenso aroma se difundiera por toda la habitación.

—¿Quieres café, Penny?

—No, gracias. Ya me sirvieron de todo en el salón.

—Me alegro. Yo sí me voy a tomar una taza porque me siento bastante cansada. Es que he tenido tres reuniones desde la mañana.

—Ah sí, he visto a la señora que salía de su despacho. Me dijeron que ya estuvo varias veces.

—Así es. La mayoría de mis clientes son personas que reniegan de su vida y esa señora no es una excepción. Malgasta su tiempo comparando su existencia con la de los demás, y lo peor de todo es que no es capaz de dejar de lado ese afán inútil —se quejó Otra, peinando sus cabellos cortos con sus largos dedos—. Voy a necesitar varias entrevistas más antes de entregarme a la fabricación de su sueño, pues todavía no sabe lo que quiere realmente. La verdad es que no estoy muy segura aún de cómo podré ayudarla —luego de tomar un sorbo de café, dijo—: Cambiando de tema, ¿no te costó venir hasta aquí?

—En absoluto. Gracias a que tuvo la amabilidad de enviarme un coche, llegué con total comodidad. Se lo agradezco.

Aun en medio de la conversación, Penny no dejaba de lanzarle rápidos vistazos al exhibidor, que tenía unas puertas muy gruesas. Decorado con profusos adornos de estilo rococó, contaba con un termómetro digital que desentonaba con el estilo de mueble. Debía tener dentro un ventilador que hacía circular el aire, pues se oía un sonido sordo de motor. Sin duda alguna, el exhibidor debía guardar sueños muy valiosos.

—Es muy ruidoso, ¿verdad? ¿Te gustaría verlo?

—¿Puedo? Me encantaría.

—Claro que sí.

Otra se levantó de su asiento y se dirigió hacia allí. Los sueños estaban muy bien empaquetados. Algunos estaban dentro de cajas muy grandes y sellados con gruesos candados. Penny había oído que Yasnooz Otra tenía la afición de coleccionar sueños valiosos y que eso le gustaba tanto como comprarse ropa elegante.

—Estos sueños que ves aquí los he conseguido con mucha dificultad, ya sea adquiriéndolos por mi cuenta o en subastas —Otra abrió el exhibidor y sacó una caja cerrada con candado—. Éste tiene treinta años. Lo creó mi maestro, que ya ha fallecido.

—¿No se puede estropear por el paso del tiempo?

—No lo creo. Nunca se han deteriorado los sueños de mi maestro. Además, me ocupo de conservarlos bien.

—¿Qué clase de sueños hacía él?

Penny estaba embargada de emoción por estar conversando con una de los legendarios creadores de sueños, pero se esforzaba por no demostrarlo para no parecer impertinente.

—Como yo, mi maestro también fabricaba sueños que hacían vivir otras vidas. Era realmente una eminencia. Siempre decía que los sueños debían tener alma. Por mucho que me esfuerce, no creo que pueda estar jamás a su altura.

—¡Pero si usted es una de los creadores legendarios! Seguro que su maestro estaría orgulloso de usted.

—Lo de legendarios es un calificativo que inventaron los de la Asociación de Creadores para vender mejor los productos —repuso Otra con modestia—. ¿Quieres saber cuán largo es este sueño de mi maestro?

—¿Cuánto dura?

—Pues nada menos que setenta años. ¡Setenta! ¿Lo puedes creer? Antes de fallecer, puso toda su vida en este sueño y me lo dejó en herencia. De tanto en tanto, cuando echo terriblemente de menos a mi maestro, siento el impulso de abrirlo y soñarlo. Entonces podría revivir el instante en que lo conocí o incluso podría atisbar la sabiduría con la que hizo sus sueños más grandiosos.

—¿Y por qué no lo hace?

—Pues porque desaparecería una vez que lo soñase. De momento, me conformo con tenerlo bien guardado en este mueble. Este otro sueño que ves abajo lo conseguí a duras penas en una subasta. Es la obra con la que debutó Nicolás cuando era muy joven. Seguro que él no se imagina que yo la tengo. Sería bueno que te interesaras en las subastas. Como inversión, es mucho más rentable que comprar obras de arte. Bueno, ¿empezamos a trabajar?

Otra se dirigió al escritorio y sacó una pequeña caja del fondo de uno de los cajones. Luego ella y Penny se sentaron de nuevo cara a cara en sus respectivos sofás.

—Es una versión de prueba que hice con base en el modelo que me mandaron. Tal como sugirió Dallergut, me gustaría que se llamara *Otra vida*. Me encanta ese nombre.

—¿Para qué tipo de clientes sería? Es que Dallergut nunca me explica nada con antelación —comentó Penny con timidez.

—Puede que sea una anticuada, pero la gente de hoy en día se compara en exceso con los demás. Casi es obsesivo, diría yo. Claro que en cierto modo es comprensible... —dijo Otra, encogiéndose de hombros—. De todos modos, no es beneficioso porque no les permite concentrarse en sus vidas. Este sueño sirve justamente para ayudar a esas personas —explicó, empujando la cajita hacia Penny.

—Lleva su firma. Seguro que se convertirá en un artículo muy popular.

—No lo creo. Puede que nadie lo quiera comprar y sea un rotundo fracaso. La verdad es que tengo mucha curiosidad por saber cómo piensa Dallergut vender este sueño. De hecho, mis sueños no son nada populares —repuso Otra con modestia.

—¡Imposible! Seguro que se vende como pan caliente.

—No te creas. El año pasado hice el sueño *Un mes en los zapatos de la persona a quien hostigué*. Fue bien recibido por la crítica, pero se vendió muy poco. Si lo piensas, ¿quién querría estar en la piel de alguien que fue objeto de acoso y abusos? Debería haberle puesto un título más ambiguo —comentó Otra, con una carcajada—. Mis creaciones no se venden sin publicidad, por eso es que invierto tanto dinero en comerciales de televisión y anuncios en lugares públicos. Si pudiera ahorrarme ese gasto, habría cambiado las cortinas de mi despacho hace rato. En fin, como esta vez no hemos hecho nada de publicidad... el papel que cumplan tú y Dallergut será crucial.

—¡No se preocupe, confíe en mí! —respondió Penny con énfasis, pues sentía que acababan de encargarle la misión más importante desde que entró a trabajar en la Galería.

—Gracias, querida —dijo Otra, riéndose.

—Ah, voy a rotular la caja para que no se mezcle con las demás.

Penny sacó un marcador y escribió con letra clara:

"Otra vida" (versión de prueba) – Yasnooz Otra".

Como un agente secreto al que le han encargado una misión importante, guardó la cajita en lo más hondo de su bolso con expresión resuelta, salió de la mansión y se dirigió a la Galería de los Sueños sin perder tiempo.

* * *

Después de levantarse tarde y desganado ese domingo, comió algo y puso a lavar la ropa sucia, lo que le ocupó buena parte de la tarde. Luego se tendió en el sofá a ver la repetición de un programa. Cada semana invitaban a tres cantantes o grupos, los entrevistaban y luego los artistas ofrecían un pequeño concierto. El último artista de ese día era un cantante al que escuchaba últimamente con asiduidad, así que se alegró mucho de verlo en la televisión.

"—En estos días los músicos están dispuestos a hacer fila para poder trabajar con este artista —empezó a decir el presentador—. Por supuesto, yo soy uno de ellos, así que pienso conseguir su número de teléfono al término del programa —remató en tono de broma, para de inmediato llamar al cantante al escenario—: ¡Aquí tenemos con nosotros a Park Dohyeon, en el primer puesto del *ranking* musical desde hace dos meses! ¡Recibámoslo con un aplauso, por favor!".

Había tenido la oportunidad de ver al cantante hace un tiempo. Todas las mañanas cuando iba al trabajo, pasaba por delante de una casa de vecindad que estaba en ruinas. El cantante había vivido allí mucho tiempo y ese día se mudaba a otro sitio, por lo que se había reunido muchísima gente del barrio para despedirlo. Él era uno más en esa muchedumbre y se sentía emocionado por haber vivido tan cerca de un famoso.

"—Últimamente está muy ocupado, ¿verdad?

"—Sí, la verdad que sí, pero no me quejo.

"—¿Es consciente de lo popular que es?

"—No del todo. No es para tanto, me parece".

El cantante se veía muy sonriente en la pantalla.

"—Me figuro que su vida cambió mucho en estos últimos meses. ¿Qué me puede decir al respecto? ¿Se imaginó que su primera canción tendría semejante éxito?

"—Sí, ha sido un cambio radical. Es que he sido un desconocido durante mucho tiempo. Por supuesto que no imaginé que me iría tan bien con esa canción. Eso sí, me quedé muy contento con el resultado cuando terminé de componerla. Creo que eso es lo más importante.

"—Me imagino que lo llama muchísima gente.

"—Sí, no me acostumbro todavía. La verdad es que me parece un sueño estar en este programa. No me lo pierdo nunca y, siempre que lo veía, pensaba que me gustaría cantar sobre un escenario, aunque no fuera tan grande como éste".

Al mismo tiempo que miraba la televisión, el hombre se decía para sus adentros: "¡Qué feliz debe ser ese cantante con la vida tan espléndida que tiene!".

En los últimos tiempos le parecía que su vida era un tedio. Tenía novia y se estaba forjando una posición en el trabajo, pero el despertarse y salir a trabajar todos los días, el ir siempre al mismo lugar, el ver a las mismas personas, el hablar de lo mismo durante los almuerzos, el volver a casa alegrándose de no tener que hacer horas extra, en fin, el que las semanas se sucedieran todas siempre iguales, no era para él más que una tortura soportable.

"Ese cantante debe estar conociendo todos los días a personas nuevas y disfrutando de experiencias novedosas. Lo reconocen y lo aman cientos de miles de personas. ¡Qué feliz debe ser! Seguro que gana millones con los derechos de autor de sus canciones", se decía.

Cada vez que veía a alguien famoso en los medios de comunicación, se fijaba mucho en la edad que tenía y en su trayectoria. Si era mayor que él, se tranquilizaba; pero si era menor o tenía la misma edad que la suya, se inquietaba: "Nació más o menos en la misma época que yo, ¿cómo puede tener una vida tan diferente a la mía?".

En realidad, no se podía decir que tuviera grandes quejas sobre su vida. Simplemente, lamentaba que no fuera más especial. Cuando escuchaba decir que algunos nacían con una estrella singular o que estaban predestinados a brillar, se entristecía al pensar que él no había sido elegido por la fortuna. Al removerse en el sofá con éstos y otros pensamientos, empezó a tener ganas de dormir. "¿Cómo es posible que ya tenga sueño con lo tarde que me he levantado hoy? Debe ser cierto eso de que cuanto más duermes, más sueño tienes...", pensó y cayó en los brazos de Morfeo sin darse cuenta, con la televisión encendida.

*_**

Se encontraba en la cuarta planta de la Galería eligiendo un sueño para la siesta, pero el empleado que le pisaba los talones no lo dejaba decidirse libremente.

—Tenemos una gran escasez de productos para la siesta. Además, últimamente hay mucha más gente que duerme un rato por las tardes y, para colmo, hoy es domingo. En estas circunstancias, es difícil elegir lo que uno quiere soñar y hay que conformarse con los sueños que han quedado. Y será mejor que se decida pronto, pues se agotarán en poco tiempo —lo apremiaba un empleado de pelo largo y vestido con overol de trabajo.

Con la intención de evitar al molesto dependiente, quien no era otro que Speedo, el hombre se acercó a la vitrina de los Sueños de Viajes Cortos que Rompen la Rutina, pero era evidente que los productos más atractivos ya se habían vendido.

—Señor, ¿qué le parece éste? En lo personal, a mí me encanta —le preguntó Speedo, poniéndose de nuevo a su lado. Sostenía en la mano el sueño *Ir volando al lugar de trabajo*.

—La verdad es que no me apetece mucho salir a trabajar un domingo —objetó el hombre, pues le había gustado lo de volar, pero no lo de ir al trabajo.

—¿No le gusta? ¡Pero si podría llegar en tres minutos sin sufrir ningún embotellamiento! —exclamó Speedo con sorpresa, como si no pudiera comprenderlo.

—Porque llegue pronto, no me van a dejar ir antes, así que no creo que me haga sentir mejor... —repuso él.

—Ése no es el punto. Lo importante es poder hacer algo con rapidez, sea llegar pronto al trabajo o cualquier otra cosa. Veo que no sabe lo que es bueno.

—Me parece que no voy a querer ningún sueño. Sólo deseo descansar bien.

No tenía ganas de seguir discutiendo, así que le dio la espalda a Speedo, que se le quedó mirando con frustración, y tomó el ascensor con la intención de bajar a la primera planta y marcharse de la tienda.

—Señor, ¿me permite preguntarle la duración del sueño que está buscando? —le preguntó Dallergut, interceptándolo en el vestíbulo.

—Sólo me he dormido por un rato, así que no más de quince minutos.

—Quince minutos... Es razonable. Desea un sueño especial, me imagino.

—¿Cómo lo supo? La verdad es que estoy harto de la monotonía de la vida diaria. No hay nada especial en mi vida, es siempre igual —se quejó, contento de que alguien lo escuchara.

—¿Qué le parece este producto de prueba? Se llama *Otra vida*. Lo diseñó Yasnooz Otra y permite controlar el tiempo. Aunque el sueño sólo dure quince minutos, la experiencia será mucho más larga y especial —explicó Dallergut con énfasis—. Y como se trata de una versión de prueba, sólo le cobraremos la mitad de su valor.

—¿Se llama *Otra vida?* ¡Qué título más interesante! ¿Qué tipo de vida es? ¿A quién pertenece?

—Se enterará cuando lo sueñe, pero es sobre un cantante que se hace famoso de la noche a la mañana. Seguro que usted lo conoce.

—Si es quien me imagino, justo me quedé dormido mientras veía un programa en la televisión en el que salía él. ¡Qué casualidad!

—Bueno, quizá no sea una casualidad... —le respondió Dallergut, con expresión elocuente.

*_**

El protagonista del sueño vivía en un pequeño cuarto, estaba cansado por la falta de sueño y le dolía la cabeza como si le fuera a estallar porque estaba tratando de crear una nueva canción. La estrechez del espacio, el continuo runrún de la vieja computadora que a duras penas aguantaba el pesado programa de composición musical, todo lo agobiaba tanto que apagó el aparato.

Eran tantas las carencias que sufría en la vida diaria que hacía rato que había abandonado cualquier ambición de dinero o fama. Todo lo que deseaba era terminar de componer la canción y sentirse satisfecho con el resultado.

El protagonista del sueño abría hasta el mosquitero de la ventana para poder aspirar el aire de la mañana y se frotaba con fuerza los ojos soñolientos para despertarse.

La gente que residía en el enorme complejo de apartamentos de las inmediaciones pasaba por la esquina del callejón donde vivía para tomar el metro e ir a trabajar.

"Sí, estoy yendo a la oficina. ¿Quieres que nos veamos después? Hay que disfrutar que es viernes", decía uno de ellos hablando por el celular. Era él mismo, pero el protagonista del sueño no lo sabía. Todos los días eran iguales y se sentía frustrado porque no podía llevar una existencia decente como los demás, porque tenía que evitar a los amigos que le preguntaban qué era de su vida y porque se sentía culpable de no estar a la altura de lo que se esperaba de él en su familia.

De este modo pasaron exactamente dos semanas en el sueño.

* * *

Cuando se despertó del sueño, descubrió que se había quedado dormido sólo por un momento, pues el programa musical que estaba viendo en la televisión todavía no había terminado. Antes de cantar la última canción, el cantante dijo:

"—Este tema refleja lo que sentí durante los ocho años que viví como un artista desconocido. Aparentaba estar bien cuando me encontraba con la gente, pero cuando volvía a casa, me abrumaban toda clase de sentimientos negativos. Cuando me acuerdo de entonces, me pregunto cómo pude soportar todo aquello".

"¿Nada menos que ocho años?" Volvió a revivir el sufrimiento que había pasado en los apenas quince días del sueño. Se dio cuenta de que no tenía la menor idea de la profundidad del abismo en el que había vivido el cantante durante ocho años.

Todo el mundo va en la misma dirección,
pero yo, a contracorriente, voy a la tienda de conveniencia.

Así empezó a cantar el cantante con voz sosegada. Todavía recordaba con nitidez la expresión de su rostro en el sueño. Cosa extraña, esa expresión se superponía a la cara del cantante en la televisión.

El sol del atardecer entraba a raudales por la ventana del salón y le deslumbró la vista. Quién sabe por qué, le pareció más intensa la luz del ocaso que la del amanecer.

Paseó los ojos por la casa, en la que todas las cosas brillaban de un modo especial por la luz crepuscular. Normalmente a esa hora de los domingos le invadía un sentimiento de pesadumbre y melancolía, pero hoy sentía algo diferente.

✳ ✳ ✳

—¿Qué será del cliente que se llevó la versión de prueba del sueño de *Otra*? —se preguntaba Penny—. Todavía no hizo efectivo el valor del producto.

—Abrir los ojos lleva su tiempo... —respondió Dallergut, ordenando los catálogos apilados en el mostrador de información—. ¿Con qué sentimiento cree que nos pagará después de que sueñe con *Otra vida*? Cuando me fijo en la vida de los demás, me invade la envidia o el sentimiento de inferioridad, pero es cierto que a veces también me siento superior y también aliviada.

Penny pensaba en distintas circunstancias de su vida. Se acordó de los compañeros de estudios que consiguieron trabajo en grandes tiendas antes que ella o que tenían la suerte de provenir de familias acomodadas. También se ruborizó de haber pensado alguna vez que estaba en mejor situación que los que trabajaban como estibadores en el puerto.

—Penny, en mi opinión, existen dos fórmulas para estar contento con la vida que tienes. La primera es hacer todo lo que esté a tu alcance para cambiar si algo no te satisface.

—Tiene razón —comentó la chica, asintiendo.

—La segunda fórmula parece más fácil, pero es más difícil que la primera. Además, aunque uno cambie su vida, al final tiene que cumplir la segunda fórmula para sentirse en paz con uno mismo.

—¿Y cuál es esa fórmula?

—Aceptar la vida que uno tiene tal como es y sentirse satisfecho con ella. Es fácil decirlo, pero es muy difícil de poner en práctica. Pero si lo logras, te das cuenta de que la felicidad está mucho más cerca de lo que crees —explicó Dallergut, con calma—. Yo tengo la esperanza de que nuestros clientes elijan la fórmula que mejor les vaya de ambas. Seguro que entonces nos pagarán con un sentimiento muy valioso.

—Puede que les lleve mucho tiempo entonces.

—Tengamos paciencia. Cuando llegue ese día, celebraremos el lanzamiento oficial de *Otra vida*.

9. El sueño enviado por un cliente anónimo

Los clientes que no paraban de entrar en oleadas a la Galería desaparecieron como por encanto y los empleados pudieron por fin tener un respiro. Los encargados de cada planta y algunos dependientes estaban en la sala de descanso de los empleados disfrutando de un té que la señora Weather había preparado.

—Es que el señor Dallergut nunca invierte dinero en la sala de descanso del personal ni en su despacho —se quejaba Speedo, sentado en el único sillón que había en el lugar. Hojeando el periódico del día, devoraba a la velocidad de la luz los bollos que Penny había ido a comprar en la pastelería de enfrente. El sillón estaba tan gastado y remendado por todas partes que poco quedaba del revestimiento original de cuero. Sobre su cabeza colgaba una vieja lámpara que había perdido más de la mitad de las cuentas de cristal y arrojaba sobre él una luz dorada, que intensificaba aún más el color amarillo de su overol de trabajo.

—Ay, me siento mejor ahora. Se me había bajado tanto el azúcar que me temblaban las manos —comentó Mog Berry, sentada en una silla con expresión de felicidad, masticando el último bocado de una porción de tarta de marrón glacé.

Speedo, por su parte, se comió hasta la crema grasienta que había quedado pegada en la caja. Cuando ya no quedó nada, se limpió la boca con una servilleta, se reclinó a todo lo largo en el sillón y se tapó la cara con el periódico abierto, como si no estuviera allí.

Penny, que estaba tomando café a su lado, se prometió para sus adentros que hoy no se ocuparía de limpiar los restos de la merienda. Aunque Speedo era siempre el que más comía de todos, nunca colaboraba en esa tarea. En cambio, Vigo Mayers, que estaba sentado enfrente, ya estaba estirando la mano, como si quisiera doblar la caja vacía para tirarla.

—Por cierto, ¿Dallergut sigue en reunión con el cliente? —preguntó Weather, frunciendo el entrecejo, pues el popote era demasiado estrecho y no podía sorber el batido.

—Sí, hasta rehusó la tarta de marrón glacé, que es su favorita —le respondió Penny—. Es la primera vez que veo a esa clienta, pero parece que es muy importante.

—Ajá, debe ser alguien que desea utilizar el servicio de entrega de sueños —dijo Weather, tirando el popote y optando por tomarse el batido con una cuchara.

—¿El servicio de entrega de sueños? ¿También ofrecemos ese servicio?

—¡Vaya! Todavía te falta mucho por aprender, Penny —le respondió Speedo en lugar de la señora Weather—. Si un cliente encarga un sueño para dárselo a otro cliente, Dallergut se lo envía en la fecha estipulada.

—No sabía que también existía ese servicio.

—Y cuando el sueño a enviar está listo, lo guarda hasta la fecha en su despacho como si fuera un tesoro —agregó Speedo, sin quitar la vista del periódico que fingía leer.

—¡Ah, ya sé cuáles son! —exclamó Penny, acordándose

de aquellas cajas que estaban en el despacho de su jefe—. Pero debe haber algún error. Algunas tenían una fecha de fabricación de hace más de diez años.

—No hay ningún error. Simplemente está esperando a que... ¡Oh, tengo que comprar esto! —exclamó Speedo, levantándose de un salto del sillón—. ¡Es la prenda de una sola pieza perfecta! Y se ve bastante holgada, además. Ya me estaba hartando de este overol. ¡Es lo que estaba buscando!

—¿Qué es? ¿Venden ropa a través de anuncios en el periódico? —preguntó Mayers.

—Miren lo que tiene puesto este modelo —dijo Speedo, desplegando el diario sobre la mesa.

Era una foto en blanco y negro y mostraba a un hombre de lejos, sentado sobre una roca. Tenía el pelo atado en una coleta y vestía una especie de túnica cruzada con mangas, de color azul marino.

—Con esto es mucho más fácil ir al baño. Me voy ahora mismo a encargar algo parecido. Señora Weather, ¿me deja usar un momento la computadora del mostrador?

—¡Pero si es Doze! Oye, Speedo, no puedes ponerte eso tal cual. Debes llevar el *hanbok* debajo. ¡No es para andar sólo con eso! —le advirtió Weather, pero Speedo ya había salido de la sala de descanso.

Penny tomó el diario que había dejado Speedo y comenzó a leer:

Entrevista en profundidad a la celebridad del mes: Doze

Según la encuesta que realizó la revista *Cuestión de Interpretación*, acerca de los Cinco Creadores Legendarios, el más popular es Kick Slumber, pues nada menos que 32.9 por ciento

231

de los sondeados eligió a este creador. Al parecer, influyó en buena medida la confesión romántica que hizo Slumber al agradecer el Grand Prix que le otorgaron en la Gala de Premios de fin de año.

Yasnooz Otra, Wawa Sleepland y Coco Siestadebebé ocuparon los puestos tercero, cuarto y quinto con un escaso margen de diferencia. El premio más inesperado fue el de segundo lugar que recibió Doze. Aunque este creador no ha hecho prácticamente ninguna aparición pública en los últimos diez años, su popularidad no ha menguado en absoluto. ¿Cuál será su secreto? Para averiguarlo, salimos en búsqueda de Doze, quien salió elegido como la celebridad de este mes a pesar de no dejarse ver nunca.

[...]

Doze se encuentra cultivando su espíritu en un sitio recóndito en las montañas y se ha negado terminantemente a acceder a la entrevista. Cuando le pedimos que nos dijera algunas palabras para comunicárselas a sus fans, lo único que manifestó fue: "Manténganse lo más alejados de mí" y desapareció detrás de una cascada.

—Ahora que me doy cuenta, hace un año que llevo trabajando aquí y nunca he visto a Doze —comentó Penny.

—Esperas demasiado, querida. Ni yo lo he visto —dijo Mayers.

—¿Será que Dallergut no trabaja con Doze?

—¡Imposible! Siempre que sale, lo hace para verse con Doze.

—¡No me diga! ¿En serio?

Justo en ese momento sonó el teléfono de la sala de descanso.

—¿Diga? Habla Penny de la primera planta —respondió la chica, atendiendo de inmediato.

—Ah, qué bien, Penny, eres tú. Llamé porque no te vi en el mostrador. ¿Terminó la hora del descanso?

—Sí, señor Dallergut. Recién terminamos. La tarta estaba riquísima. ¡Qué lástima que no pudo venir! Pero ¿para qué me necesita?

—Necesito que alguien me ayude en mi despacho. ¿Podrías venir?

—Sí, claro, ¡voy enseguida!

—Es evidente que Dallergut confía en ti, Penny. No suele pedir ayuda cuando está reunido con un cliente por el servicio de entrega. Ve y échale una mano —la animó la señora Weather—. Te doy una recomendación: no hables con el cliente sin necesidad. Hay que asegurarle la mayor comodidad.

En el despacho la esperaban Dallergut y una mujer de mediana edad con las mejillas hundidas que vestía un camisón blanco holgado. A diferencia de los camisones corrientes, que tenían un aspecto suave y abrigado, el suyo se veía demasiado ligero.

—Penny, gracias por venir. Siéntate ahí.

La chica se sentó al lado de la clienta. No se imaginaba lo que quería encargarle su jefe. La clienta estaba bebiendo el té que le había servido Dallergut, pero los dedos que sostenían la taza eran muy frágiles y delgados. Penny la miró con preocupación porque la clienta se veía demasiado delgada y fue entonces que cayó en la cuenta de que lo que tenía puesto no era un camisón sino una bata de paciente.

—Toma nota de todo lo que dice la señora. Temo dejar algo en el camino si lo hago yo solo —le dijo Dallergut, alcanzándole un bolígrafo y un cuaderno. A continuación, dirigiéndose a la clienta, le preguntó—: ¿Puede decirme quiénes serán los destinatarios? Revisé nuestro archivo y vi que todos los miembros de su familia son clientes de nuestra tienda. No va a haber ningún problema en hacerles llegar el sueño.

—Quisiera que lo reciban mi marido y mi hija.

—¿Y el resto de la familia? ¿No desea que lo reciban también los demás?

—Es que mis padres... Ahora que lo pienso, ellos también... —respondió la clienta, bebiendo otro sorbo de té. Luego se quedó mirando la pared con los labios muy apretados.

Penny se dio cuenta de pronto de que la mujer estaba conteniendo el llanto, pero como Dallergut no hacía nada para consolarla, ella también se quedó quieta. Si Dallergut no la calmaba, era seguro que había una buena razón. Penny se concentró únicamente en tomar notas de la conversación.

—¿Qué contenido desea que tenga? Puede elegir usted misma el escenario y las circunstancias. Lo puede ver en este folleto —dijo Dallergut, tendiéndole un folleto informativo con instrucciones para hacer el pedido.

—Me gustaría que el escenario fuese mi casa. Ah, mejor no. Eso sería demasiado... triste —dijo la clienta, visiblemente indecisa.

Penny no podía entender por qué consideraba que su casa sería un escenario muy triste, pero, acordándose del consejo de Weather, se abstuvo de decir algo para no incomodar a la mujer.

—Si me lo permite, podría recomendarle un lugar.

—Sí, por favor. Es la primera vez que hago esto y me cuesta decidirme. Jaja, ¡qué raro suena lo que he dicho!, ¿verdad? Nadie hace esto por segunda vez...

Dallergut abrió el folleto en la última página, donde se encontraban las fotografías de los escenarios: un amplio y espeso bosque, la torre de un castillo bajo el cielo nocturno estrellado, la Tierra vista desde el espacio sideral, etcétera. En su mayoría eran imágenes de la naturaleza. A Penny le bastó ver las fotografías para darse cuenta de quién los había hecho.

—¡Pero si son los escenarios de los sueños de Wawa Sleepland! —exclamó Penny admirada, olvidándose de que debía abstenerse de hablar.

—Sí, los hizo una eximia creadora. Mire cómo se maravilla mi empleada. No tiene de qué preocuparse respecto a la calidad.

Sin duda, Dallergut quería brindarle lo mejor a la clienta. Le recomendó un escenario de Wawa Sleepland y también le permitió elegir libremente el contenido del sueño, aunque era evidente que no sería un buen negocio para la tienda.

—Pues, yo creo que me sentiría inmensamente bien si pudiera encontrarme con ellos en un lugar hermoso como éste —manifestó la clienta, eligiendo el amplio y frondoso bosque—. ¿Se podrían agregar algunas zinnias al paisaje? Es que me encantan estas flores.

—Claro que sí. Le pediré que le planten no unas cuantas, sino muchísimas zinnias.

Penny anotó en el cuaderno lo que deseaba la clienta mientras imaginaba un bosque rebosante de coloridas zinnias.

—Seguro que será un sueño hermoso —le dijo Penny, emocionada.

—Muchas gracias —respondió la clienta, que se veía mucho más tranquila.

—Ahora definamos el contenido. Si tiene alguna situación en mente o algo especial que quiera decir, hágamelo saber. Ya he reunido suficiente material sobre su manera de hablar y sus gestos, así que no tiene de qué preocuparse.

—Pues... me gustaría que fuese una situación muy natural. Que nos preguntemos cómo estamos o que hablemos de cualquier cosa como solíamos hacer.

—¿Por ejemplo?

—Hum, por ejemplo, que yo le pregunte a mi hija si sale con alguien, si sigue apartando los pepinos cuando come *kimbap* o cualquier otra pregunta o reprimenda que haría una madre normalmente. A mi marido, por ejemplo, le digo que etiquete los envases del suavizante para la ropa y el detergente de lavar lana para que no los confunda. Yo creo que basta con que les hable como hacía siempre. ¿Le parece demasiado común? Sería un encuentro después de mucho tiempo, así que quizá sería mejor quitar los regaños, ¿qué opina?

—A mí me parece perfecto con reprimendas y todo. En el sueño que les envía a sus padres, simplemente les preguntaremos cómo se encuentran. ¿Le parece bien?

—A ellos... me gustaría decirles que lo siento mucho y nada más.

—Si no tiene ningún mensaje especial que dejarles es preferible que diga algo que los tranquilice —interpuso Dallergut, dejando momentáneamente de escribir—. Por supuesto, es usted quien decide, pero pedir disculpas o perdón no son palabras que brinden consuelo.

—Entiendo, no lo había pensado así. Entonces será mejor que les diga que estoy bien y que no tienen de qué preocuparse —repuso la clienta, cambiando de opinión.

Penny corrigió a toda prisa lo que había anotado. Por alguna razón que no llegaba a entender, había un no sé qué de resignación y tristeza en el diálogo que mantenían Dallergut y la clienta.

—Perfecto. Me parece que esto es todo. Sólo queda la última pregunta: ¿para cuándo desea que hagamos la entrega?

—No estoy segura. Lo dejo en sus manos. Usted fíjese en mi familia y vea cuál puede ser el momento más adecuado. Eso sí, que no sea demasiado pronto. Usted me entiende, cuando ya estén bien, pero que no sea tan tarde que se sientan dolidos por la demora.

—Es una buena decisión, señora. Déjelo en mis manos.

—Confío en usted. Gracias por todo.

—Gracias a usted por elegir nuestra tienda. Vaya con cuidado y descanse bien —dijo Dallergut, despidiéndose con formalidad de la mujer.

Cuando se marchó la clienta, Dallergut se remangó la camisa y comenzó a cotejar sus anotaciones con las de Penny. La chica se moría de ganas de hacerle miles de preguntas, pero se contuvo para que su jefe pudiera ordenar sus apuntes.

—¿Hoy no me haces ninguna pregunta? Y eso que te mandé llamar porque pensé que sentirías curiosidad por esta clienta —comentó Dallergut, mirándola por encima de sus gafas.

—¿Puedo?

—Claro que sí.

—Hay algo raro con estas cajas que tiene aquí y con el pedido que ha hecho la señora que acaba de irse. No sabía que se podían hacer sueños a medida para entregar a otras personas. Además...

—¿Algo más?

—La clienta no tenía buen aspecto y casi se pone a llorar cuando empezó a hablar de sus padres. ¡Eso es! Hablaba como si no fuera a verlos de nuevo...

—Lo supe el día que te entrevisté, pero de verdad que eres muy observadora. Si de algo me puedo enorgullecer es de que tengo buen ojo para elegir a mis empleados —levantándose del asiento, agregó—: Hoy pensaba entregar dos de los sueños que ves aquí. ¿Quieres encargarte tú?

Dallergut sacó dos cajas del montón. Estaban polvorientas, como si llevaran muchos años allí.

—¿No se habrán dañado o arruinado por el paso del tiempo?

—No hay de qué preocuparse. Los sueños que fabrica Doze por encargo especial no tienen fecha de caducidad.

—¿Doze? —repitió Penny, sorprendida.

Doze casi no salía de su casa y era el que menos se mostraba al público de todos los creadores legendarios, pero era el fabricante de los sueños en los que las personas fallecidas se aparecían ante sus seres queridos.

*_**

Al hombre le gustaba ir a una cafetería los días entre semana después del trabajo. Allí abría la laptop, acababa las tareas del día y se iba a casa con el ánimo ligero. El lugar estaba ocupado por personas de todas las edades, desde jóvenes hasta mayores de la edad de sus padres, como también colegiales.

Siempre pedía un café americano, pero como había una larga fila delante del mostrador, se puso a leer el menú mientras esperaba. De pronto se detuvo en el *caramel macchiato*. Nunca había sido aficionado a ese tipo de café. Además de que era un nombre demasiado largo y difícil, no le gustaba porque era muy dulce, pero la bebida le recordaba a su abuela que había fallecido.

"—Abu, ¿qué vas a tomar?".

Ese día su abuela tenía sed, así que la llevó, por primera y última vez, a una cafetería. Él le pasó el menú impreso y la anciana empezó a leer uno a uno los tipos de bebidas.

"—Ameri... ¿qué es esto?

"—Eso es muy amargo. Demasiado para ti. Es como un té de color negro.

"—¿Y por qué la gente gasta dinero en eso tan feo? Yo quiero algo dulce.

"—¿Un *caramel macchiato* entonces? Es el más dulce.

"—¿Qué es eso?

"—Mira, lo tienes acá. ¿No ves la foto? Lo tienes delante.

"—¿Dónde? ¿...ramel ma...? ¿Esto? No pude terminar de aprender el alfabeto, por eso me confundo con las letras.

"—No pasa nada. Te pido eso entonces. Siéntate donde te guste y espérame allí".

Ya con la bandeja de las bebidas en la mano, el hombre buscó a su abuela y la encontró sentada ante una mesa para dos junto a la ventana. Esbozando una sonrisa, le dijo:

"—Abuela, ¿por qué estás acá, con tantas mesas vacías que hay? Ven, vamos a una mesa con asientos más cómodos".

El hombre la llevó a una mesa con sillones.

"—¿No pensará mal la gente si nos sentamos acá? ¿No es para personas que consumen algo muy caro? —dijo la abuela, sin animarse a tomar asiento.

"—Nosotros también pagamos lo que consumimos, no te preocupes. Y si alguien piensa mal porque tú estás sentada en un lugar cómodo, es que está mal de la cabeza.

"—Jajaja, me siento protegida acá contigo.

"—No es para tanto, abuela.

"—Yo debo ser la más vieja de este lugar, ¿no te parece?

"—Pues, ahora que lo dices, eres la señora más elegante aquí, tomando café con su nieto y todo.

"—¡Qué bueno eres! Desde chico, siempre fuiste un dulce —dijo la anciana mirando con cariño y orgullo a su nieto ya crecido.

Sintiéndose cohibido, el hombre cambió de tema y dijo:

"—¿Cómo es que no terminaste de aprender el alfabeto? Con lo fácil que es. ¿No fuiste a la escuela?

"—Mi padre no me dejó. Si hubiera ido tres días más, me lo hubiera aprendido completo. Es que siempre tuve mucho trabajo. Tenía que ayudar a mis padres en el campo, luego me casé, crie a tu padre, te crie a ti... Nunca tuve tiempo de ponerme a estudiar. Es por eso que no pude leer eso que me mostraste. ¿Cómo era que se llamaba? *Caramel* no sé cuánto. Es gracioso, ¿no? —dijo la anciana, riéndose avergonzada.

"—No, abuela, no es gracioso. Si quieres, te enseño yo. Eres muy inteligente, así que aprenderías enseguida. Hasta este fin de semana voy a estar ocupado... Voy a tu casa el próximo fin de semana y te enseño.

"—Gracias, querido, eres un amor".

La anciana bebió un sorbo del *caramel macchiato* con un popote y exclamó:

"—¡Pero qué dulce está esto! Es demasiado empalagoso.

"—Entonces prueba esto, abuela —le dijo el hombre, pasándole su café americano.

"—¡Ay, qué amargo! —exclamó la anciana, arrugando toda la cara.

"—Si te acostumbras, sabe bien. Tendré que traerte a menudo a lugares como éste —le dijo el hombre, riéndose".

Ésa fue la última vez que vio a su abuela. Tenía ochenta y dos años. No tuvo una vida corta, pero, como siempre ocurre, quedaron cosas pendientes. Dentro de poco se cumpliría otro aniversario de su muerte.

El hombre pidió su bebida y se sentó en la mesa larga junto a la ventana. Cuando se acercaba la fecha del fallecimiento de su abuela, se acordaba más a menudo de ella. De joven, se las había arreglado con su agudeza y sensatez; y de anciana, se había apoyado en su nieto. Si bien no tenía estudios, era una anciana de lo más bondadosa y sabia. Ella había sido su mayor compañía cuando él era pequeño. Si le contaba que le habían gustado las papas cocidas con salsa de soya que había comido en casa de un amiguito, al día siguiente le hacía una olla entera; y si se despertaba rascándose porque le había picado un mosquito, no se apartaba de su lado ni se dormía hasta que lograba atrapar al insecto.

Paseó la mirada por el interior de la cafetería. Sonaba una música agradable, los asientos eran mullidos y reinaba un ambiente de relajación y descanso. No lograba borrar de su cabeza la imagen de su abuela, mirando a su alrededor con inquietud como un pez fuera de la pecera.

"—Yo debo ser la más vieja de este lugar, ¿no te parece?".

Tan vívidamente se acordaba de su abuela, intimidada pero también excitada por encontrarse en un lugar que no conocía, que sintió algo caliente que le subía por el pecho, a pesar de que estaba bebiendo un refresco helado.

Cuando él era pequeño, le cambiaba la ropa de inmediato si se ensuciaba, y le untaba el cuerpo con una crema muy cara que había comprado para la dermatitis atópica, mientras ella no se ponía siquiera una loción barata en la cara… Todos los actos de su abuela estaban llenos de un profundo amor por su nieto.

Acostado en su cama esa noche, el hombre se puso a pensar: "Me pregunto si mi abuela se sintió realizada con su vida. Sólo porque vivió demasiado aprisa, murió sin poder disfrutar plenamente de las cosas buenas de este mundo. ¿Qué sentido tuvo su existencia?".

La vida de su abuela había estado llena de sufrimientos, pero sus afanes no habían dado fruto. Quizás estuviera descansando por fin en estos momentos. Seguramente era por eso que no se le había aparecido en sueños hasta ahora.

"Abuela querida, mi abuelita, ¡cuánto te extraño!", se dijo y se quedó dormido hecho un ovillo, como cuando era un niño.

₊

La hija de cuatro años de la pareja parecía sufrir un retraso en el habla. Mientras otras niñas de su edad eran capaces de decir oraciones enteras, la pequeña apenas pronunciaba algunas palabras aisladas. Preocupados, los padres habían comenzado a llevarla a la consulta de un logopeda cuando de pronto la niña empezó a hablar como una cotorrita, manifestando con claridad lo que deseaba hacer y lo que no, lo que le gustaba y lo que le disgustaba.

El día que la niña les dijo: "¡Mami, papi, los quiero mucho!", la feliz pareja se sintió dueña del mundo. Pero cuando otro día la pequeña les dijo: "Me duele la cabeza. Quítenme este dolor, por favor", se esfumó la alegría de sus vidas. A partir de entonces, la niña pasó la mayor parte del tiempo internada y, finalmente, dejó este mundo antes de que acabara el año.

Transcurrió un tiempo después que falleciera la pequeña. El matrimonio era todavía joven y ambos vivían ocupados en sus respectivos trabajos. En la casa casi no quedaban huellas de la niña. Antes, cuando criaban a su hija, solían decirse en broma: "¿Llegará alguna vez el día en que veamos el suelo limpio y libre de juguetes?", pero ahora la casa lucía siempre demasiado silenciosa y ordenada.

De ser dos, habían pasado a ser tres; pero ahora de nuevo eran dos como al principio. Viendo a la pareja, parecía ser un buen ejemplo de que el tiempo lo cura todo. Sin embargo, eso no quitaba que hablaban sin parar de la niña cada vez que tenían la ocasión. A veces incluso terminaban la plática entre ellos diciendo: "Antes lloraba mucho, pero ahora sonríe todo el tiempo". La pareja no evitaba hablar de su hija. Al principio se habían esforzado por olvidarla porque creyeron que debían hacerlo para seguir con sus vidas, pero enseguida se dieron cuenta de que eso nunca sería posible.

A veces se desmoronaban cuando veían comerciales de juguetes, cuando pasaba junto a ellos un autobús escolar de color amarillo, cuando salía en televisión una actriz infantil que se había hecho grande o cuando llegaba la época en que los niños empezaban o se graduaban de la escuela primaria.

Ella decía que le gustaría ver a la niña durmiendo; y él, que extrañaba abrazarla y sentir el olorcito a jabón para niños que despedía después del baño. Los dos añoraban la risa de la pequeña mezclándose con sus voces, y los gestos y hábitos graciosos que tenía, que eran una calca de los de sus padres...

La pequeña se había quedado detenida en sus cinco añitos. El tiempo pasaba demasiado lentamente y parecía que nunca llegaría el día en que se hicieran viejos. Alguna vez hasta les pasó por la cabeza que les gustaría ir a donde estuviera la niña lo antes posible para que no se sintiera sola, pero ninguno de los dos se atrevió a decirlo en voz alta.

Esa noche, los dos se acostaron en la cama dándose la espalda. Por costumbre, dejaban un espacio vacío entre ellos, el suficiente para que se tendiera la niña. Ese espacio no era tan grande como para no darse cuenta de que el otro estaba llorando, pero los dos fingían que dormían, como si no escucharan nada.

⁕ ⁕ ⁕

Al llegar los clientes con la descripción física que le había dado Dallergut, Penny se movió con presteza. Con el sueño empaquetado muy bonito como si fuera un regalo, se acercó a ellos.

—Gracias por llegar a tiempo.

—Eh, ¿me habla a mí? —preguntó el hombre. Junto a él, había una pareja que tenía los ojos hinchados de tanto llorar. Los tres se quedaron mirando a Penny, como si no entendieran nada.

—Es que hoy es la fecha de entrega de un sueño destinado a ustedes. Tal como les pedí encarecidamente, llegaron justo a tiempo.

—¿Qué es esto?

—Un sueño. Uno muy valioso. Fue hecho con antelación por encargo especial de un cliente para ser entregado a ustedes.

—¿Quién? No me imagino quién pueda ser… —dijo el marido.

—Lo envía de manera anónima, pero sabrá quién es cuando lo sueñe.

Esa noche, el hombre se encontró en sueños con su abuela. Estaban en una cafetería que se parecía a la que iba siempre, pero era mucho más espléndida y olía como la casa en donde había vivido con la anciana de pequeño. Llena de seguridad, su abuela pedía en el mostrador dos tazas de *caramel macchiato* y hasta bromeaba con la dependienta que la atendía, como si estuviera muy habituada a ese tipo de lugares.

—Abuela, ¿cómo sabes pedir eso tan difícil? —le preguntaba él, mirándola llena de cariño.

—Pues, gracias a mi nieto que me enseñó el resto del alfabeto.

—Pero yo no me acuerdo de eso.

—Sí que lo hiciste, ¿no te acuerdas? ¿Cómo es posible que seas tan desmemoriado a tu edad?

—¿De verdad lo hice?

El hombre miró el paisaje al otro lado del escaparate del local. Se parecía al patio de la antigua casa donde había vivido con la abuela, pero no se extrañó. Por el contrario, se sentía encantado con la cafetería.

Mientras disfrutaban de sus bebidas, charlaron y rieron sin parar rememorando la época de cuando él era pequeño. Tan regocijados estaban con la conversación que no se dieron cuenta del paso del tiempo. Como si esto fuera poco, una dependienta de la tienda les trajo de regalo una porción de tarta.

—Es que nos encanta ver lo bien que se llevan.

—Oh, gracias, señorita. ¡Muchísimas gracias! —exclamó la anciana.

—Esto es gracias a que he venido contigo, abuela. Tenemos que venir más seguido.

—Tú tienes que venir con amigos, no con una vieja arrugada como yo.

—¡Qué dices, abuela!

El hombre se la quedó mirando fijamente hasta que se atrevió a hacerle la pregunta que tenía guardada en un rincón de su corazón. Sabía que no era el momento más adecuado, pero intuyó que si no lo hacía ahora, no podría hacerlo nunca.

—Abuela, dime con sinceridad, ¿qué te pareció tu vida?

—Me la pasé bien —respondió la anciana, después de una ligera duda.

—¿Estuvo bien? ¿Qué es lo que te gustó? —preguntó el hombre, acercando más la silla.

—Pues que cuando yo era chica, vivíamos juntos todos los de la familia, aunque fuera en un lugar pequeñito.

—¿Y después de joven? Tuviste que trabajar mucho, me dijiste.

—De joven, fue lindo criar a tu padre con mis propias manos.

—¿En serio?

—Y luego de mayor, disfruté mucho viéndote crecer. Solía rezar pidiendo que me dejara vivir lo suficiente para ver cómo te abrías camino por la vida, y ciertamente, debe haberme escuchado algún diosito muy bueno porque me cumplió el deseo. Como ves, mi vida estuvo llena de cosas estupendas —explicó la anciana, acariciando el rostro de su nieto. Cuando él era pequeño, su abuela solía tener las manos ásperas, pero hoy tenía la piel suave como la de un bebé—. Fíjate, me preguntaba cuándo llegaría el día que aprendieras a caminar, pero has crecido tanto que me cuesta seguir tu paso. Hasta me tomas de la mano para que no me caiga y me esperas cuando me quedo atrás. Realmente hoy has hecho que vuelva la primavera a mi vejez.

Al escuchar eso, una idea relampagueó en la cabeza del hombre y de pronto sintió miedo.

—Ay, abuela, me parece que esto es un sueño. Porque tú ya no estás aquí conmigo, ¿no es cierto?

—No digas eso. ¿Acaso no estamos juntos ahora? Todo depende de cómo lo mires.

El hombre no pudo evitar que se le llenaran los ojos de lágrimas.

—Querido mío, no llores. Si hubiera sabido que te ibas a poner así, habría esperado más en venir. ¿Cómo te pones tan triste cuando han pasado tantos años?

—¡Te tardaste demasiado, abuela! ¡Deberías haber venido antes! —exclamó el hombre, como si protestara, esforzándose por contener el llanto.

—Acá donde estoy, no me duelen las rodillas, cultivo las verduras que quiero y estoy muy bien, así que no te pongas triste por mí. Me ha hecho muy feliz volver a ver a mi querido nieto.

—No hables así, como si te despidieras. Quédate más tiempo conmigo. ¿Es porque te has terminado el café? Pido otro, si quieres.

—No, está bien —dijo la anciana, sacudiendo la cabeza—. Me encantó estar de nuevo con mi cachorrito. Cuídate mucho y ojalá que puedas hacer realidad muchos sueños. Yo he hecho realidad el mío, que era volver a verte.

El hombre comenzó a despertarse. Se arrepentía de haber dicho que todo era un sueño, pues le parecía que era por eso que se estaba acabando. Finalmente, no pudo evitar despertarse del todo. Había sido un sueño.

Aunque estaba despierto, no quiso abrir los ojos por un buen rato, pues no quería que desaparecieran del todo las imágenes que todavía tenía frescas bajo los párpados.

Él no era de llorar, pero ese día se levantó con los ojos empapados y, sin poder evitarlo, se dejó caer de rodillas y se echó a llorar a viva voz como un niño.

*_**

El joven matrimonio también estaba soñando esa noche. Soñaban con su pequeña hija, que los había dejado demasiado pronto. En el sueño, la niña hablaba increíblemente bien.

—Siempre tuve ganas de decirles un montón de cosas a mis papis, pero entonces me faltaban las palabras y no pude decirles nada.

—¿Ah, sí? Pues, ahora hablas de maravilla. Además, estás más bonita.

—Tú también estás muy linda, mamá —dijo la niña sonriente, abrazando a su madre.

La pareja también rodeó con sus brazos a su hija.

—Perdónanos, querida, por dejarte ir sin lograr aliviar tus dolores.

—No, no digan eso. Fui feliz un millón de veces y sólo una vez me dolió un poco. Ahora ya no me duele nada.

—Te fuiste sin poder hacer nada porque tu vida fue demasiado corta —dijo el papá, que no podía evitar sentirse culpable y en deuda hacia la pequeña.

—Que no, te digo que no es así. Yo sólo conservo hermosos

recuerdos. ¿Saben? Acá tengo muchos amiguitos, y nos cuidan una maestra y también muchos abuelitos. Ninguno opina que todo fue bueno en la vida que tuvieron, pero yo sí. Mi vida fue corta pero maravillosa. ¿No es genial eso?

—Tienes razón. Es buenísimo. Yo también conservo sólo buenos recuerdos. Me imagino que nos extrañarás mucho a mamá y a papá. ¿No te sientes sola sin nosotros?

—Yo tengo muy buena memoria y me acuerdo de todo, por eso, aunque no los vea, los llevo siempre dentro de mí —dijo la niña, sacudiéndose del abrazo de sus padres. Luego los miró a los ojos y, poniendo una carita muy graciosa, les dijo pronunciado las palabras con claridad—: Así que no hay ninguna prisa para que nos reencontremos. No se les ocurra pensar nada raro, ¿de acuerdo?

La pareja iba a ponerse a llorar, pero se echaron a reír al ver la expresión de su hija.

—Está bien, sin ninguna prisa, pero algún día estaremos todos juntos.

—¡Claro que sí! Mientras tanto, prometo que jugaré y me portaré bien.

La pareja sabía que estaba soñando, pero los dos se sentían emocionados, como si se hubieran reencontrado de verdad con la niña. Era uno de esos sueños inusuales en los que se sueña sabiendo que todo es un sueño.

Los dos se despertaron al mismo tiempo. Era sólo la una de la mañana. No habían pasado ni dos horas desde que se habían dormido. Estaban abrazados al edredón, que se había enredado en el espacio vacío que había entre ambos.

Una vez despiertos del todo, se quedaron acostados y con las manos entrelazadas, sin decirse nada.

—Señor Dallergut, ¿son muchas las personas que parten encargando un sueño?

—Sí, son muchísimas las que lo hacen. Hasta hay una tienda especializada en ese tipo de sueños.

—Desde que empecé a trabajar acá, cada día me sorprendo con algo nuevo. Cuando pienso que ya no hay nada más que pueda asombrarme, ocurre algo todavía más extraordinario.

—¿En serio? ¡Debes disfrutar mucho con el trabajo! —dijo Dallergut, riéndose—. Como bien dices, es realmente asombroso. Ya sea que hayan sufrido un accidente inesperado, o que hayan estado postrados mucho tiempo, parece que cuando están dormidos perciben intuitivamente que su vida se está apagando. Puede que sus sentidos se vuelvan más sensibles porque se encuentran en una situación en la que no pueden recibir estímulos externos.

—De eso no sé mucho... —empezó a decir Penny, que estaba poniendo en cajas nuevas los sueños apilados en el despacho de su jefe—, pero de lo que no me cabe ninguna duda, es que tenemos que cuidar todos estos sueños como si fueran tesoros, aunque no lleguemos a entender la profundidad de los sentimientos de las personas que los encargaron.

—Todos desean dejarles un mensaje de algún tipo a sus seres queridos.

—Aunque es demasiado pronto, me gustaría ir pensando lo que quisiera decirles cuando me vaya de este mundo.

—Es una buena idea. En mi caso, yo les diría que no me olviden nunca y también les pediría que no dejen la tienda en manos de cualquier persona —dijo Dallergut en tono de broma—. Pero ¿sabes qué? Las personas que parten no piensan ni un poquito en sí mismas. Lo único que desean es que sus seres queridos no sufran y estén bien. Es lo que pasa cuando partes dejando a alguien que amas mucho. Yo tampoco sé del tema, pero parece que es eso.

Al ver tantas cajas esperando el paso del tiempo, Penny se emocionó y sintió un escozor en la punta de la nariz. Con esmero, les quitó hasta la última mota de polvo.

—Señor Dallergut...

—¿Sí?

—Me encanta este trabajo.

—A mí también y mucho.

Justo entonces se abrió de golpe la puerta del despacho. Allí estaban Vigo Mayers, portando unos guantes de látex; la señora Weather; Mog Berry, que sostenía una tarta de marrón glacé recién comprada y Speedo, con cara de haber venido obligado.

—¿Por qué no nos llamó antes cuando hay tanto que ordenar? —protestó Mayers, que parecía excitado de ver la gran cantidad cajas que limpiar y acomodar.

Mog Berry alzó la caja con la tarta para que la viera su jefe. Le había crecido el pelo en los últimos meses y ya no se le escapaban los mechones cuando se lo ataba.

—¡Bueno, manos a la obra! Si lo vamos a hacer, hagámoslo rápido —dijo impaciente Speedo y se puso a mover las cajas.

Ese día, cerca del fin de la jornada de trabajo, Penny estaba buscando un lugar donde poner el nuevo medidor de párpados. La empresa a la que le habían encargado su fabricación se había tardado exactamente dos meses. Sólo había espacio en un lugar que apenas se lograba alcanzar con la escalera.

Penny dejó con cuidado el medidor en ese sitio y pasó la mano con suavidad por el péndulo con forma de párpado. La aguja tembló un poco y se detuvo en un punto entre "despierto" y "soñoliento", pero un rato después se movió entre "soñoliento" y "dormido".

Penny bajó de la escalera, miró al otro lado del vidrio del escaparate y se puso a esperar a los clientes.

Assam, que pasaba por la calle, agitó la mano para saludar a la chica. Un rato después, vio a un cliente que se aproximaba y abría la puerta de la tienda.

—¡Bienvenido, señor! —saludó Penny animada—. ¡Todavía quedan un montón de buenos sueños para elegir!

Epílogos
1. La entrevista de Vigo Mayers

Vigo Mayers se quedó congelado ante Dallergut. Aunque el propietario de la Galería le hubiese ofrecido galletas para reconfortar el cuerpo y el alma, tenía la boca tan seca que no se le ocurrió probar una.

—A ver, jovenzuelo, ¿cómo es que tiemblas tanto? No hay por qué ponerse tenso. Piensa que viniste a verme para contarme un par de cosas y ya está —dijo Dallergut para tranquilizarlo. No lograba entender por qué aquel muchacho de unos veinticinco años estaba tan nervioso—. ¿Es porque te expulsaron de la universidad? ¿Te preocupa que te vaya a rechazar por eso aunque muestres buenas dotes en la entrevista? —le preguntó, tras ver su currículo—. ¿Te parece que yo descalificaría sin más al solicitante que ha obtenido la mejor puntuación de todos en el examen? Creo que puse las preguntas más difíciles que encontré, pero aun así respondiste a todo correctamente. En mis diez años como director de este establecimiento, eres el primero que ha sacado un diez —añadió, elogiándolo.

—El examen no fue para nada difícil —aunque Vigo por fin había abierto la boca para decir algo, su voz denotaba que no se sentía seguro de sí mismo—. Más bien, lo que me cuesta trabajo es tener que contar lo que pasó —tras sincerarse con Dallergut, agachó la cabeza y empezó a tocarse unas uñas algo sucias.

Para ser alguien que se presentaba a una entrevista de trabajo, el joven lucía bastante desaseado. Parecía como si hubiera acudido al lugar tras levantarse de la cama a duras penas y sin tener siquiera fuerza de voluntad para bañarse y vestirse de manera presentable.

—Veo que lo que te desagrada es hablar acerca de tu expulsión. Pero, bueno, no hay más remedio. Si quiero contratarte, estoy obligado a asegurarme de que no fue porque cometiste un delito de peso —dijo Dallergut tajantemente.

—¡No fue ningún delito grave! —exclamó Vigo, alzando la cabeza para mirar a Dallergut por primera vez—. Fue porque no estaba bien enterado de las normas... Sólo se trató de una falta puntual. Le juro que nada más ocurrió una vez.

—Bien, ¿me vas a contar entonces lo que pasó?

La indecisión del entrevistado, al cual le temblaban los labios, dejó en ascuas por unos instantes a Dallergut.

—Déjalo, no tienes por qué forzarte a hablar. Si tan difícil te resulta, podemos dar la entrevista por terminada. Por el contrario, si no quieres renunciar a tu oportunidad, podríamos optar por que yo pregunte directamente en tu facultad.

—No, eso no... De acuerdo, se lo contaré yo —Vigo inspiró profundamente antes de continuar—. Ocurrió cuando preparaba el trabajo para la graduación... —comenzó a explicar.

* ** *

—¡Vigo! ¿Tienes compañero para hacer el trabajo final? —le preguntó un chico de su mismo curso.

—Sí, conseguí que alguien accediera.

Los estudiantes en su cuarto año de universidad tenían que llevar a cabo un proyecto para graduarse, en el que debían entrevistar a una persona que hiciera de "cliente" y elaborarle un sueño a medida.

Vigo se había pasado un mes acampando todos los días frente a la Galería de los Sueños de Dallergut, suplicando a cualquiera de los visitantes que entraban que colaborara con él en su trabajo de graduación. Sin embargo, todos a los que preguntaba solían ignorarlo tras poner caras de extrañeza. Justo el día que cumplía un mes de estar ahí, una chica más o menos de su edad se acercó a él. Ésta llevaba una pijama holgada de dos piezas de color marfil.

—¿Quieres que sea tu compañera para ese trabajo?

—¿De verdad me puedes ayudar? ¡Me harías un gran favor!

—Vi que llevas un mes acá buscando a alguien. No sé de qué se trata, pero le pones un esfuerzo admirable.

Aquello no era algo usual de oír. "¿Cómo es que recuerda todo lo que ocurrió en este último mes?", fue lo que pensó, pues lo normal era que los clientes no recordaran nada de lo que vivían en la tienda.

—¿Cómo es posible...?

—Sabrás guardar el secreto, ¿no? —le susurró al oído la chica, luego de inspeccionar a su alrededor—. Tengo la capacidad de tener sueños lúcidos; en un alto grado, además.

Vigo se llevó una gran sorpresa al escuchar eso.

—¿Dices que puedes venir acá por voluntad propia en medio de un sueño? Es la primera vez que conozco a alguien así.

—Puedo ir a donde quiera dormida. Aparte de eso, recuerdo todo lo que ha pasado aquí. ¿Verdad que es increíble? Bueno, dime, ¿cómo puedo ayudarte en tu proyecto?

Con la excusa de aquel trabajo de graduación, los dos se veían cada día en una cafetería situada cerca de la Galería de los Sueños. Cuando se ponían a charlar acerca de los sueños lúcidos o de los respectivos lugares en donde se encontraban sus tierras natales, perdían la cuenta del tiempo. Que Vigo acabara enamorándose de aquella chica fue algo de lo más previsible.

—Me gustaría invitarte a la presentación de este trabajo que haré en la universidad. Quiero que vengas a verla, pues preparé este sueño justo para ti. Ese día tienes que irte a dormir vestida con ropa del diario. Como habrá mucha gente allí, será mejor que te pongas algo discreto, así podrás pasar desapercibida.

No obstante, la chica no se apareció el día de la presentación, y como ya era de imaginar, Vigo no pudo volver a verla más después de aquello.

* *
*

—Al final, no me quedó alternativa que empezar a presentar mi trabajo sin que ella estuviera allí. Entonces, fue cuando surgió el problema... —siguió Vigo contando.

—¿Qué pasó? —le preguntó Dallergut.

—Creé un sueño en el que salía yo mismo —le contestó él, volviendo a agachar la cabeza.

—Vaya, qué tonto fuiste... —dijo Dallergut en tono de lamento—. Eso no está bien. No se puede irrumpir en los sueños de los clientes y alborotar sus vidas, más aún cuando el que los tiene es un soñador lúcido. Ésa fue una idea muy riesgosa.

—De verdad que no estaba al tanto de ello. Creí que triunfaría con el proyecto, pero me salió el tiro por la culata.

Durante el tiempo que estuve en la universidad nunca llegué a enterarme de que existían tales reglas. ¿Cómo iba a saber que un día me encontraría con alguien capaz de tener sueños lúcidos? —en la mirada de Vigo podía leerse la desazón que experimentó a causa de aquel infortunio—. Ya podrá suponer cómo continuó la historia luego... Los profesores se pusieron hechos una furia al ver mi proyecto y se convocó una asamblea disciplinaria... A pesar de que expliqué todo tal y como pasó, no pude evitar que me expulsaran. Para colmo, dado que la infracción fue registrada en la Asociación, me imposibilitaron para trabajar en adelante como creador de sueños. Mi carrera se fue a la deriva por mi culpa...

Dallergut se quedó mirando con aire preocupado al candidato de aspecto descuidado y demacrado que tenía frente a sí.

—Oye, ¿no será que solicitaste empleo aquí pensando que podrías reencontrarte con esa chica? ¿Es porque se conocieron por primera vez frente a la tienda?

Al dar el propietario en el clavo con las intenciones que él tenía en mente, Vigo tuvo que abstenerse de decirle que estaba equivocado.

—Sí. ¡Pero ésa no es mi única motivación! Yo amo los sueños. Aunque haya acabado en esta situación, todavía quiero trabajar en algo relacionado con ellos. Si tampoco eso fuera posible, le juro que no sabría qué hacer con mi vida...

—¡No! Veo que todavía no lograste superarlo, así que no hay manera de que esto salga bien —le dijo Dallergut en tono cortante.

—Hasta yo mismo sé que parezco un completo idiota. Y también que no me permitirá que trabaje para usted estando así. Quizá ella pueda venir acá a verme, pero es imposible que yo vaya a visitarla a donde vive. Fue por eso que quise mostrarle en la presentación que en sueños sí podía ir a encontrarme con ella...

—Involucrarse de esa manera con un cliente sólo trae problemas. Ya hubo antes muchos creadores jóvenes, tanto hombres como mujeres, que arruinaron sus vidas al tener un amorío con un cliente y aparecerse en sus sueños como el hombre o la mujer de su vida. Todos acabaron destrozados una vez que se dieron cuenta de que nunca podrían llegar a ser sus parejas en la realidad. Y esos finales siempre...

—Ya no pienso dejarme llevar más por mis ansias. ¡Le prometo que me limitaré a esperarla aquí sin hacer nada más! Por favor...

—¿Nunca te detuviste a pensar por qué aquella clienta de repente dejó de pasar por aquí? Tal vez dejara de tener sueños lúcidos, o quizás hubo un cambio en sus circunstancias personales. Quién sabe si nunca aparecerá por mucho que la esperes —le dijo Dallergut, exasperado.

—No me importa. Ya sea que pasen diez años o veinte, si trabajo aquí, seguro que algún día me cruzaré con ella. Quiero decirle que siempre estaré esperando a que venga.

Un largo silencio se hizo en el despacho.

Después de pasarse un rato callado mirando con el ceño fruncido alternativamente a Vigo y al currículo, Dallergut puso fin a la quietud:

—Mantenlo en secreto.

—¿Cómo dice?

—Probablemente ya se haya corrido la voz que te expulsaron, pero deberás prometerme que no le contarás a nadie más cuáles fueron las razones.

—¡Por supuesto!

—Pero eso de que un estudiante en su último año de carrera sepa elaborar un sueño en el que aparece él mismo... es claramente algo fuera de lo común. Bien, te doy la oportunidad de que trabajes con nosotros. Puedes irte ya, le toca turno al siguiente candidato...

—¡Señor Dallergut, no sabe cuánto se lo agradezco...!

Vigo se levantó del asiento y se dirigió hacia la puerta caminando hacia atrás mientras no dejaba de saludar al propietario de la tienda.

—Ah, y otra cosa: desde mañana quiero que vengas siempre aseado y bien vestido —añadió Dallergut contemplando lo desaliñado que lucía—. No sabes cuándo podría aparecerse ella por aquí.

Fue entonces cuando por fin una sonrisa iluminó el rostro del muchacho.

—¡Sí, prometo que vendré impecable! ¡Pienso aplicarlo a todo...! ¡Hasta me ocuparé yo de la limpieza de la Galería! ¡Déjelo todo en mis manos! ¡Muchísimas gracias, de verdad!

2. Un día perfecto para Speedo

—¡Espérame, Penny! La chica, que andaba a paso ligero balanceando su bolso de mano de camino al trabajo, se detuvo al escuchar a Mog Berry llamándola. Con un sándwich de huevo en cada mano, su compañera estaba jadeando e intentaba recuperar el aliento.

—Llevaba un buen rato llamándote, ¿es que no me oías? —dijo Mog Berry ofreciéndole uno de los dos sándwiches—. Toma, apuesto a que hoy tampoco desayunaste.

—Ay, disculpe. Se ve que no la escuché porque andaba pensando en qué voy a hacer después de terminar el turno.

El apetitoso olor a yema y la fragante pimienta que llevaba como aderezo aquel tentempié le abrió el apetito a Penny.

—¿Los hizo usted?

—Te entiendo, pues todos pensamos en la hora de salida cuando vamos a trabajar. Esto lo ha preparado mi hermana; a diferencia de mí, ella tiene buena mano para la cocina —le respondió Mog Berry, tras tomar un bocado—. Como estamos renovando mi casa, a mi hermana le ha tocado alojarme por un tiempo. Creo que nos vamos a encontrar por el camino durante una temporada.

El rostro de su compañera se veía aún más jovial y risueño que de costumbre.

Cuando ambas casi habían terminado de comerse el sándwich, llegaron ya al paso de cebra delante del banco que había al otro lado de la Galería.

—Por cierto, Penny. Todavía no han encontrado al ladrón, ¿verdad? —le preguntó Mog Berry cautelosamente, mientras esperaban a que el semáforo cambiara.

—¿Qué ladrón?

—Ya sabes, aquel que te robó una botella de "ilusión" cuando la señora Weather te mandó a depositarlas en el banco, poco después de que te incorporaras a trabajar —dijo señalando el edificio que tenían detrás.

—¿Estaba enterada?

—¡Por supuesto! Claro que sí. No hay manera de que uno no se acabe enterando de cualquier asunto que pase en la tienda. Además, como los encargados de cada planta tenemos que llevar la cuenta de las ventas por semestre, es normal que debamos estar al tanto de sucesos como ése, ¿no crees?

—Pues ahora que lo pienso, tiene su lógica. Como los demás no me dijeron nada, creí que sólo lo sabían Dallergut y la señora Weather.

A Penny le ardía la cara al sentirse avergonzada.

—Speedo no está enterado. Fui yo la que te encubrí. Sabiendo cómo es él, aprovecharía para fastidiarte con eso un día sí y otro día también. A pesar de haber cometido todo tipo de errores en sus días de novato por ser tan impulsivo, a los demás no les pasa por alto ni una —dijo Mog Berry negando con la cabeza en señal de desaprobación.

—Pues le estoy muy agradecida por ello. Incluso ahora, me riñe cada día diciendo que estoy en las nubes; y lo peor es que cuando llega el día de cobrar, me intenta convencer de que debería sentirme mal por recibir un salario de este negocio.

—No le hagas caso. Si a Speedo le redujeran del sueldo lo que costó a la tienda cada uno de sus errores, todavía tendrían que descontarle la mitad de lo que cobra —le aseguró Mog Berry a Penny, dándole unas palmaditas en la espalda.

—Pues supongo que aquel ladrón desapareció sin dejar rastro. Teniendo en cuenta de que ha pasado ya casi un año y todavía no hay noticias de que lo hayan arrestado... —Penny se giró hacia atrás para mirar al banco mientras cruzaba por el paso de peatones y acto seguido soltó un profundo suspiro—. Me quitarían un peso de encima si lograran dar con él aunque fuera ahora y, con un poco de suerte, hasta se pudiera encontrar la botella de "ilusión" perdida.

—Ojalá. Sería también algo estupendo para la tienda. La "ilusión" es tan común que es difícil cobrarla como pago por los sueños... La gente de esa calaña suele trabajar en banda. Seguro que ese tipo y sus compinches andan todavía por ahí haciendo de las suyas.

—Pero creo que ya no usará la misma artimaña.

—Nunca se sabe. Puede ser que esté esperando a que haya un momento en que se baje la guardia para aparecer de nuevo. Hay que ir siempre con cien ojos—le aconsejó sabiamente Mog Berry.

Había una animada concurrencia de personas frente a la Galería, conformada por los empleados que entraban a trabajar, los que salían contentos de haber terminado su turno de noche y los primeros clientes de la mañana. Uno de los empleados, delgado y ataviado con vaqueros que tenían rasgaduras en las rodillas, estaba saludándolas con la mano de forma amistosa.

—Mog Berry, apresúrate a entrar. No sabes lo pesado que está Speedo preguntando cuándo llegarás.

—Pero ¿él no se había tomado el día libre hoy?

—Eso también creía yo, pero aquí lo tenemos. Bueno, yo ya me voy a casa. ¡Que tengan buen día!

—¿Será que hice algo mal? —se preguntó a sí misma, ladeando la cabeza.

—¡Mog Berry! ¿Por qué llegas tarde? ¡Me pasé tres minutos esperándote! Ordené todos los artículos que entraron en la cuarta planta y también he trasladado todos los productos reservados al vestíbulo, así que sólo tienes que comprobar una vez más el inventario antes de terminar la jornada. Y tú, Penny, viniste en el momento oportuno. La baldosa que hay al pie del pilar diecisiete de la fila D de la cuarta planta tiene una rajadura, por lo tanto, vendrá el servicio de reparaciones. Haz el pago del arreglo en concepto de "gasto por reparación del local" y guarda sin falta el recibo. Cambiar una baldosa cuesta a lo sumo cincuenta seals, así que si te piden un precio mayor, llámame, ¿entendido?

Antes de que Penny y Mog Berry pudieran quitarse sus abrigos, tuvieron que anotar toda esa información con la que las bombardeó Speedo.

—Dilo más despacio. Me estás mareando tanto que se me va a salir el sándwich que acabo de comer —le dijo Mog Berry con cara de tener náuseas.

—Estoy aquí desde primera hora de la mañana siendo hoy mi día de descanso para dejarlo todo hecho, así que no pienso desperdiciar ni un minuto.

Antes de terminar de decir eso, Speedo había salido ya por la puerta a toda prisa.

Hasta el mismo Speedo estaba convencido de que los planes que tenía harían de ese día uno perfecto. La razón por la que decidía tomarse un día cualquiera de vez en cuando era porque sentía una mayor satisfacción cuando hacía todas las cosas posibles en un día laborable que al hacerlas en un fin de semana.

Mientras iba tarareando, sacó su agenda, que había plagado de cosas que hacer, y comprobó una vez más su itinerario. Primero debía ir al banco para abrir una cuenta de ahorros nueva, pues había escuchado que ofertaban una versión mejorada con mayores beneficios. Después de varios intentos fallidos, Speedo se había dado cuenta de que él no estaba hecho para aventurarse con la compraventa de valores, que implicaba grandes riesgos. Una vez que terminara sus quehaceres en el banco, iría a la repostería Kirk Barrier's para comprar los bollos de frijoles rojos que salían recién horneados a las diez en punto, para luego estar a las diez y veinte frente a una verdulería que hacía descuentos a esa hora. Ése era su plan para la mañana. Luego, tenía programado llegar a las once al restaurante donde quería almorzar, pues era cuando éste abría, con lo cual almorzaría temprano y sin tener que hacer fila.

"Por muy buena comida que sirvan, jamás en mi vida haría fila para comer. ¡Ni modo!", se dijo para sí mismo, mientras cruzaba la calle. A continuación, se llevó las manos a la boca al ver el interior del banco a través de las inmaculadas puertas de cristal.

—Oh, cielos…

De acuerdo con los datos que poseía gracias a sus observaciones, el número promedio de personas esperando turno en el banco a las nueve y diez minutos de la mañana debería ser cinco, pero aquel día había hasta once.

—No puede ser. A este paso, habrán pasado las diez cuando termine de abrir la cuenta.

Tras agobiarse unos instantes pensando en eso, se le ocurrió una posible buena solución. Se agachó para mirar debajo de los asientos y otros recovecos en busca de una papeleta de turno que alguien hubiera dejado caer al piso. Después de recorrer gran parte de la sala de espera en esa postura, sin darse cuenta de que se le habían abierto las costuras del overol por varios sitios, había logrado encontrar las papeletas de cinco turnos por delante del suyo. A pesar de que varias personas lo miraron de reojo, él se sentó en los sillones de espera con un gesto de lo más triunfal. "Bien, así creo que podré terminar justo a tiempo", se dijo.

No obstante, llevaba un rato pendiente de un hombre en particular. Éste vestía un saco elegante y había entablado conversación con un grupo de ancianos a los que dirigía una amable sonrisa. "¿No estará por casualidad intentando...?", empezó a sospechar Speedo.

Aunque no alcanzaba a oír de qué les estaba hablando debido a que se encontraba algo lejos, Speedo podía hacerse ya una idea. Estaba seguro de que, al igual que él, quería terminar pronto sus asuntos bancarios y pretendía aprovecharse de aquellos abuelitos de buen corazón convenciéndolos de que le cedieran el turno. "Qué tipo más rastrero... ¿Cómo se le ocurre aprovecharse de unos indefensos viejitos?", pensó.

Speedo cotejó deprisa los números que tenía con los que aparecían en el indicador de cada ventanilla. Ese día en particular, los asuntos que venían a resolver los clientes estaban tomándoles más tiempo que de costumbre. Si aquel tipo conseguía hacerse con un turno anterior al suyo, quizá Speedo se quedaría sin poder comprar los bollos que quería en la panadería Kirks Barrier's. Al imaginarse que todo su plan se desmoronaba por la tardanza, empezó a acelerársele la respiración.

Como si hubiera tomado una determinación, se levantó bruscamente del asiento y se acercó a un vigilante de seguridad mayor que estaba dando cabezadas al lado del dispensador de agua.

—¡Señor! ¡Óigame, señor! ¿Ve a aquel hombre de allá? Lleva un rato actuando de manera muy sospechosa.

El vigilante se despertó de inmediato y miró de arriba abajo a Speedo mientras parpadeaba.

—¿Por qué le parece sospechoso?

Al vigilante le parecía más extraña la forma en que Speedo actuaba.

—Le aseguro de que anda hablando con ciertos ancianos en particular. Ejem... ¡Sí, creo que debe ser un estafador financiero! ¡De esos que roban datos personales! —le respondió, con lo primero que se le vino a la mente.

—¿Está seguro?

—¡Por supuesto! ¡Será mejor que lo eche cuanto antes!

—¡Oiga, venga acá!

Al gritarle el vigilante al hombre de dudosas intenciones, éste se sorprendió y comenzó a retroceder como si lo hubieran pillado con las manos en la masa.

—¡Guardias, que vengan los guardias!

Al unirse los guardias del banco a la captura, se armó un gran revuelo por todo el establecimiento; sin embargo, Speedo, sin prestar atención alguna a lo que ocurría, fue a sentarse de lo más contento a la ventanilla que había quedado libre.

—Vine por la cuenta de ahorros que ofrece intereses anuales de tres por ciento. ¿Podría abrir una rápidamente?

El resto de su día fue casi perfecto. Consiguió hacerse con una bolsa de diez bollos recién hechos y en la verdulería compró una caja de zanahorias por sólo cincuenta seals. Aunque en el restaurante famoso, al que fue expresamente a la hora de apertura, tomó un plato que tenía un sabor más ordinario de lo que esperaba, se sintió orgulloso de su diligencia al ver la fila que se formaba afuera mientras él comía.

Después de inflar las ruedas de su bicicleta y recoger la ropa que había dejado en la tintorería, finalmente regresó a casa, se dejó caer sobre el sofá y prendió el televisor.

"Todavía queda un rato para que empiece la telenovela de las diez", pensó. Sintió cómo su cuerpo se relajaba por el cansancio y la sensación de satisfacción acerca de lo productivo que había sido su día. "No me hará daño echar una breve cabezadita", se dijo, y enseguida acabó durmiéndose tal cual, acostado en el sofá.

Por el televisor que había dejado prendido, estaban dando el noticiero de la noche.

Les informamos ahora de la última noticia de hoy. Se ha detenido a una banda de carteristas organizados que tomaba la avenida comercial como principal escenario de sus delitos. El modus operandi habitual con el que actuaban era acercarse a personas mayores o ciudadanos que parecían estar visitando por primera vez bancos u otras instituciones gubernamentales haciéndose pasar por miembros del personal para así proceder con sus fraudes. El presunto atracador fue reportado por un ciudadano que se encontraba en el banco justo cuando aquél pretendía cometer su primer delito tras de unirse a la banda. El hecho de que confesara la ubicación de la organización e información adicional acerca de sus componentes facilitó su rápida detención. Como resultado de la pesquisa realizada en el lugar que usaba como sede el grupo delincuente, los investigadores han logrado recuperar un alijo de sueños de alto valor e incluso una botella de "ilusión". Los artículos interceptados fueron identificados y, según ha comunicado la policía, serán próximamente devueltos a las personas a las que les fueron robados. El valeroso ciudadano que reportó el acto delictivo al vigilante de la institución bancaria desapareció sin dar parte de su nombre una vez concluido el motivo de su visita. Las autoridades esperan poder encontrar a dicho ciudadano para recompensarlo. Si es usted y está viendo esta transmisión, póngase en contacto con la comisaría más cercana...

Justo en ese momento, Speedo se despertó dando un respingo para comprobar la hora en su reloj. Eran las nueve cincuenta y cinco. Agarró rápidamente el control de la televisión y cambió de canal. Por suerte, todavía estaban apareciendo los comerciales que precedían a la telenovela. Con esto había logrado llevar todas las cosas a cabo de acuerdo con su plan. "El día de hoy no ha podido ser más perfecto", murmuró para sí mismo con una sonrisa de oreja a oreja.

Esta obra se imprimió y encuadernó
en el mes de octubre de 2023, en los talleres
de Impregráfica Digital, S.A. de C.V.

Av. Coyoacán 100-D, Col. Del Valle Norte,
C.P. 03103, Benito Juárez, Ciudad de México.